人民共和國文化與文學叢書

五 編

李 怡 主編

第 **23** 冊

舒蕪胡風關係史證（下）

吳 永 平 著

花木蘭文化事業有限公司

國家圖書館出版品預行編目資料

舒蕪胡風關係史證（下）／吳永平 著 — 初版 — 新北市：花木蘭文化事業有限公司，2017〔民106〕

目 4+174 面；19×26 公分

（人民共和國文化與文學叢書 五編：第23冊）

ISBN 978-986-485-094-5（精裝）

1. 舒蕪 2. 胡風 3. 學術思想 4. 左翼文學

820.8   106013293

特邀編委（以姓氏筆畫為序）：

吳義勤　孟繁華　張　檸
張志忠　張清華　陳思和
陳曉明　程光煒　劉福春
（臺灣）宋如珊
（日本）岩佐昌暲
（新西蘭）王一燕
（澳大利亞）鄭　怡

ISBN-978-986-485-094-5

9 789864 850945

人民共和國文化與文學叢書
五　編　第二三冊　　　　　　ISBN：978-986-485-094-5

舒蕪胡風關係史證（下）

作　　者　吳永平
主　　編　李　怡
企　　劃　北京師範大學民國歷史文化與文學研究中心
　　　　　四川大學現代中國文化與文學研究中心
總 編 輯　杜潔祥
副總編輯　楊嘉樂
編　　輯　許郁翎、王　筑　美術編輯　陳逸婷
印　　刷　普羅文化出版廣告事業
出　　版　花木蘭文化事業有限公司
社　　長　高小娟
聯絡地址　235 新北市中和區中安街七二號十三樓
　　　　　電話：02-2923-1455／傳眞：02-2923-1452
網　　址　http://www.huamulan.tw 信箱 hml 810518@gmail.com
初　　版　2017年9月
全書字數　479692 字
定　　價　五編30冊（精裝）台幣56,000元

舒蕪胡風關係史證（下）

吳永平 著

目次

上 冊

序　朱正

上部：感傷的攜手（1943年至1949年）⋯⋯⋯⋯⋯ 1

0　引子⋯⋯⋯⋯⋯⋯⋯⋯⋯⋯⋯⋯⋯⋯⋯⋯⋯⋯⋯⋯ 3

1　黃淬伯拔擢高中肄業生方管為大學助教⋯⋯⋯⋯⋯ 5

2　胡風為「七月派」同人星散而煩惱⋯⋯⋯⋯⋯⋯⋯ 11

3　舒蕪何時識胡風⋯⋯⋯⋯⋯⋯⋯⋯⋯⋯⋯⋯⋯⋯⋯ 17

4　胡風建議舒蕪寫「另樣的東西」⋯⋯⋯⋯⋯⋯⋯⋯ 23

5　胡風暗示舒蕪可與郭沫若爭鳴⋯⋯⋯⋯⋯⋯⋯⋯⋯ 31

6　陳家康、喬冠華突然「變卦」⋯⋯⋯⋯⋯⋯⋯⋯⋯ 39

7　《論主觀》是為聲援陳家康等人而作⋯⋯⋯⋯⋯⋯ 45

8　《論主觀》題旨是抵制中共的思想整肅⋯⋯⋯⋯⋯ 51

9　舒蕪「怯」於干預政黨思想鬥爭⋯⋯⋯⋯⋯⋯⋯⋯ 57

10　胡風在「希望」即將實現的時候⋯⋯⋯⋯⋯⋯⋯⋯ 65

11　《論中庸》的構思⋯⋯⋯⋯⋯⋯⋯⋯⋯⋯⋯⋯⋯⋯ 75

12　《希望》的易轍⋯⋯⋯⋯⋯⋯⋯⋯⋯⋯⋯⋯⋯⋯⋯ 81

13　胡風如何「呼應」《論主觀》⋯⋯⋯⋯⋯⋯⋯⋯⋯ 91

14　「在壇上，它是絕對孤立的」⋯⋯⋯⋯⋯⋯⋯⋯⋯ 101

15　「頂怕朋友們的消沉」⋯⋯⋯⋯⋯⋯⋯⋯⋯⋯⋯⋯ 113

16 《論中庸》發表始末⋯⋯⋯⋯⋯⋯⋯⋯ 123

17 胡風不准舒蕪「逃遁」⋯⋯⋯⋯⋯⋯⋯ 129

18 真的「主觀」在運行⋯⋯⋯⋯⋯⋯⋯⋯ 139

19 舒蕪心中忽起「大洶湧」⋯⋯⋯⋯⋯⋯ 147

20 胡風懷疑舒蕪想進《希望》編輯部⋯⋯ 159

21 舒蕪論「魯迅的中國」⋯⋯⋯⋯⋯⋯⋯ 165

22 「你還不覺得他們是權貴麼？」⋯⋯⋯ 173

23 「用反教條主義掩蓋反馬克思主義」⋯⋯ 187

24 「寂寞與復仇」⋯⋯⋯⋯⋯⋯⋯⋯⋯⋯ 195

25 舒蕪放言「即將到來的歷史的大清洗」⋯⋯ 207

26 「是不是你已經覺得我正逐漸遠去」⋯⋯ 215

27 完全非「進步女性」一流⋯⋯⋯⋯⋯⋯ 223

28 「桐城陷落，不知管兄如何？」⋯⋯⋯ 233

29 「若不要，以後就不能怪我不寫了」⋯⋯ 243

30 「通紅的文藝，托派的文藝」⋯⋯⋯⋯ 253

31 胡風斥喬冠華拿他「洗手」⋯⋯⋯⋯⋯ 265

32 舒蕪「準備爆炸一下」⋯⋯⋯⋯⋯⋯⋯ 275

33 「在行動與鬥爭當中」⋯⋯⋯⋯⋯⋯⋯ 285

中 冊

下部：決絕的告別（1949 年至 1955 年）⋯⋯⋯⋯ 293

1 胡風叮囑「多和老幹部接觸，理解這個時代」
⋯⋯⋯⋯⋯⋯⋯⋯⋯⋯⋯⋯⋯⋯⋯⋯⋯ 295

2 胡風說「這公案遲早要公諸討論的」⋯⋯⋯ 303

3 「暴露思想實際」的後果⋯⋯⋯⋯⋯⋯⋯ 313

4 「至少能夠使舒蕪先生也能說話」⋯⋯⋯ 321

5 「相逢先一辯，不是為羅蘭」⋯⋯⋯⋯⋯ 331

6 「向錯誤告別」⋯⋯⋯⋯⋯⋯⋯⋯⋯⋯⋯ 339

7 「層層下水」的文藝整風學習運動⋯⋯⋯ 351

8 《從頭學習〈在延安文藝座談會上的講話〉》· 363

9 「希望我自己檢討，否則他們提出來」⋯⋯ 375

10 「此次大概要帶決定性罷」⋯⋯⋯⋯⋯⋯ 385

11 「微笑聽訓」 ……………………………………………… 393

12 「爭取愛護之情溢於言表」 …………………………… 401

13 丁玲說：「胡風啊，也真是的……」 ………………… 415

14 周總理批示：「對胡風的方針和態度正確。」 423

15 胡風謂茶苦，舒蕪甘如飴 ……………………………… 433

16 胡風認為舒蕪沒有資格「掛著代表的紅條子
……」 …………………………………………………… 445

下 冊

17 胡風上書揭發「獨立王國」 …………………………… 457

18 舒蕪身居另類「獨立王國」 …………………………… 465

19 舒蕪登門受辱 …………………………………………… 473

20 胡風向中央描述「後周揚時代」願景 ……………… 481

21 胡風之「關於舒蕪問題」 ……………………………… 489

22 「這是我寫呈中央的報告發生了作用」 ……………… 495

23 「批紅」運動的兩個層面 ……………………………… 503

24 周揚指出胡風對舒蕪有「狂熱的仇視」 ……… 511

25 胡風說：「只偶然聽到磷火窸窸的聲音。」 … 525

26 有研究者說，舒蕪推動了歷史。 …………………… 535

27 邵荃麟說：「只要他們政治上不是反革命……」
…………………………………………………………… 543

28 舒蕪以私人書信為「材料」撰文 …………………… 551

29 林默涵說：「當然不是說胡風是反革命……」 559

30 周揚說：「批判胡風是毛主席交下來的任務。」
…………………………………………………………… 567

31 周揚說：「主席定了，就這麼做吧！」 ……… 577

尾聲：「一個永遠解不開的謎」 …………………………… 587

後 記 ……………………………………………………… 607

附錄：舒蕪胡風關係簡表 ………………………………… 613

17 胡風上書揭發「獨立王國」

　　1953 年 3 月以後，報刊上對胡風文藝思想的公開批判已經停止。其後一年多，胡風赴東北、返上海、遷北京、擔任《人民文學》編委，仍享有比較高級的政治待遇，並擁有從事研究和創作的客觀條件。然而，由於 1953 年下半年第二次文代會前後，他受到了更多的冷遇，有限的耐心逐漸失去，鬱悶開始發酵。一言以蔽之，他更加確信：建國初期中國文藝不振的關鍵並不在於上層制定的文藝方針，而在於周揚等的「宗派主義統治」。他認為：是周揚等隔斷、歪曲或篡改了中央的文藝政策；而自己的錯誤全在於：較早地看出了這個重要問題，但出於自由主義，沒有勇氣向中央揭發，反而向周揚等作了妥協。幾個月後，他便在自以為合適的政治環境下起筆「萬言書」，斷然地與周揚等「黨代表」決裂〔註 1〕。

　　1954 年 3 月 12 日，他突然撇開所有的工作，「開始查閱冤獄材料」〔註 2〕，準備撰寫「萬言書」。

　　通讀其日記，在此之前並無任何徵兆。他仍安心地忙於《人民文學》的編務；他為朋友審讀新作，包括綠原的詩稿《從來沒有過的》，路翎的小說《初雪》、《窪地上的戰役》、《你的永遠忠實的同志》、《節日》，魯藜的詩稿《雲之歌》；他的作品集也不斷再版，《和新人物在一起》出到第四版（1953 年 10 月），《為了朝鮮，為了人類》出了再版（1954 年 1 月），《從源頭到洪流》出了第三版（1954 年 2 月）；他重新修訂了詩集《時間開始了》，於 1954 年 2 月送交馮雪峰審閱，準備在人民文學出版社出版；3 月 4 日至 9 日，他還氣定神閒地

〔註 1〕　胡風 1954 年 11 月 25 日致方然信：「總之，我不把他們當作黨代表了。」
〔註 2〕　胡風 1953 年 3 月 12 日日記，《胡風全集》第 10 卷。

撰寫報告文學《農村印象斷片》。換言之，此時的他並沒有「被推到絕路上」，也不是「什麼也不能發表了」。

朋友路翎的處境也比以前好。他的小說《戰士的心》發表在《人民文學》1953 年第 2 期，《初雪》、《窪地上的戰役》相繼發表於《人民文學》1954 年第 1 期和第 3 期，巴人還撰文給予《初雪》以好評（載《文藝報》1954 年第 2 期）。換言之，此時周揚等似乎並沒有表現出「要把胡風路翎當作『反對派』繼續剿滅的仇恨心理」〔註3〕。「胡風派」其他成員的情況也大致如此。

問題正在這裡，胡風此時的處境並不壞，路翎的處境也不壞，至少不比 1952 年下半年「討論會」期間更壞，他為什麼突然決定上書中央，要在「萬言書」中控訴周揚等「非黨」乃至「反黨」，急不可耐地促使文藝思想鬥爭轉化為政治鬥爭呢？這是應該認真探討的問題。

根據有關史料，胡風上書是受到了當時高層鬥爭的啟發，用他在「萬言書」中的話來說，即是受了「在黨的歷史上是佔了劃時代的意義的、因而在思想鬥爭史上是佔了劃時代的意義的四中全會決議〔註4〕」的激勵。中共中央七屆四中全會於 1954 年 2 月舉行，會議通過《關於增強黨的團結的決議》。該決議不點名地批評了高崗、饒漱石的非黨（宗派）活動，指出：

> 在中國新民主主義革命勝利後，黨內一部分幹部滋長著一種極端危險的驕傲情緒，他們因為工作中的若干成績就沖昏了頭腦，忘記了共產黨員所必須具有的謙遜態度和自我批評精神，誇大個人的作用，強調個人的威信，自以為天下第一，只能聽人奉承讚揚，不能受人批評監督，對批評者實行壓制和報復，甚至把自己所領導的地區和部門看作個人的資本和獨立王國。

當時，高饒問題高度保密，知情者僅限於黨內高層人士。胡風是通過綠原和晶紺弩打聽到這次政治鬥爭內幕的。據康濯《〈文藝報〉與胡風冤案》：

> 黨中央在中南海懷仁堂召開部分高級幹部會議傳達高、饒問題時，那兩年正在中宣部工作、和胡風很接近的綠原同志辦公室就在懷仁堂隔壁的慶雲堂內。據說綠原發現那天晚上懷仁堂外邊小汽車很多，而且戒備森嚴，連他們中南海裏面的幹部也不能隨便行動，便預感到黨內可能出了什麼大事。於是他很快就打電話告訴了胡

〔註3〕 《胡風全集》第 6 卷第 373 頁。
〔註4〕 《胡風全集》第 6 卷第 400 頁。

風。這以後沒兩天，胡風的老朋友聶紺弩同志去看望他，胡風突然
問道：「紺弩，前兩天你在懷仁堂聽了什麼重要報告？」這當然是胡
風懵他嘍！因為紺弩是二十年代入黨的老黨員負責幹部，胡風估計
他可能聽了那個報告，事實上紺弩也確實聽了那個報告。經不住胡
風三問兩問，紺弩就把高、饒問題告訴了胡風。

這次懷仁堂會議是於 3 月 4 日召開的，周恩來和陳毅在會上向 2000 餘名高、
中級幹部傳達了中央對高饒問題的處理情況，據說陳毅的報告長達 7 個小時。
康濯還寫道，專案組後來從胡風 1954 年上半年日記中查到了聶紺弩洩密的記
載。為此，聶紺弩曾被公安部隔離審查。筆者查閱了胡風日記，3 月 4 日和 9
日有「綠原來」的記載，16 日有「伍禾、聶紺弩來，一道到小館吃晚飯」的
記載，但未見關於高饒事件的記載。為何如此呢？一種可能是康濯回憶有誤，
一種可能是《胡風全集》編者時對日記內容有所刪節。

　　據聶紺弩在肅反期間所寫的材料，他確實曾將高饒事件洩露給胡風。他
寫道：「和他（胡風）這幾年的來往，整個都錯，最錯的是把高饒事件的機密
洩漏給他了。把他看成一個朋友，把朋友看得和政治一樣重要，玩忽政治，
不知死活，什麼都不在乎，談高興了什麼都談。〔註5〕」在同年作的另一次「補
充交代」中，他寫得更加具體：

　　　　關於高饒問題。他（胡風）證實了高饒問題之後，問屬於什麼
　　性質。我說是篡奪黨權政權，高想取劉而代之。問題揭露之後，高
　　曾企圖自殺。我並聯繫貝利亞，認為這種野心家真不可理解。他認
　　為在這時候出這樣的事真不幸，給美蔣造謠的機會。但野心家就是
　　這樣，沒有什麼不可理解，為了權力，什麼都做得出。此外大概還
　　談了一些關於高的品質向來就有些不好的傳說之類的話。也有他說
　　的，也有我說的，現在記不起了。〔註6〕

說者無心，聽者有意。胡風從中央對高饒集團的果斷處理中得到了極大的啟
發。他馬上從政治上的問題聯想到了文藝上的問題，於是產生上書的衝動。
他曾寫道：

　　　　現在讀到了（四中全會）公報，其中提到黨也犯了錯誤。我覺
　　得，我不能不把對文藝實踐情況和文藝領導的看法清理一下，向中

〔註 5〕　《聶紺弩全集》第 10 卷第 40 頁。
〔註 6〕　《聶紺弩全集》第 10 卷第 60 頁。

央提出了。公報提的錯誤，當是指某某領域帶原則性的錯誤，我無
從知道。但我以為，至少也應包含有文藝領域上的錯誤。我以為，
既然我兩年多前向總理提過對文藝領導有意見，後來文藝領導又公
開地批評了我，我再不提出我的意見供中央參考，那未免太對總理
（中央）不起，至少也應該是不相信黨的原則，不相信中央了。我
平靜地寫了起來，沒有存原則上的顧慮。……〔註7〕

在他看來，四中全會的決議不僅在政治領域的「思想鬥爭史上是佔了劃時代
的意義」，而且可以借用於文藝領域的思想鬥爭；在他看來，周揚等領導文藝
的方式與高饒集團有許多相似之處，搞的都是「獨立王國」，都拒絕批評和自
我批評。他認為，黨既然不允許高饒非黨「獨立王國」的存在，那麼也絕不
會放任周揚的宗派主義小集團坐大。於是，他當即確定了「上書」的宗旨，
決定把周揚等的「宗派主義統治」上綱為高饒式的「非黨」路線，期望以此
引起中央的高度警覺，從上而下地一攬子端掉「周揚派」。胡風的動機也許是
真誠而純正的，用他的話來說，這是「對歷史對黨負責的要求」。

　　「萬言書」寫得很快。1954 年 3 月 12 日「開始查閱冤獄材料」，3 月 15
日「對林文（指林默涵的《胡風的反馬克思主義的文藝思想》）做出提綱」，3
月 17 日「對何文（指何其芳《現實主義的路，還是反現實主義的路》）作出
提要」，3 月 21 日即「開始寫關於理論部分的『材料』」，當年 7 月初全部寫成。
他在隨「萬言書」呈上的「給黨中央的信」中陳述了上書的動機，寫道：

　　　　「在學習四中全會決議的過程當中，我作了反覆的考慮和體
會。我反覆地考慮了對於文藝領域上的實踐情況要怎樣說明才能夠
貫注我對於四中全會決議的精神的一些體會」，「我理解到黨所達到
的高度集體主義，是一次又一次地克服了非黨和反黨的毒害從內部
瓦解的艱險的難關，這才通過血泊爭取到了勝利的。」〔註8〕

出於這種認識，他在這封信中緊緊扣住中央反對非黨（宗派）活動的政治主
題不放，歸納出了周揚等「非黨」（宗派）活動的四點表現：

　　　　一，以樹立小領袖主義為目的。

　　　　二，不斷地破壞團結，甚至竟利用叛黨分子製造破壞團結的事
件。

〔註7〕　《胡風全集》第 6 卷第 661～662 頁。
〔註8〕　《胡風全集》第 6 卷第 94 頁。

　　三，把文藝實踐的失敗責任轉嫁到群眾身上，以致竟歸過於黨中央和毛主席身上。

　　四，犧牲思想工作的起碼原則，以對於他的宗派主義統治是否有利爲「團結」的標準；這就造成了爲反動思想敞開了大門的情勢。〔註9〕

抹掉其中僅出現一次的「文藝」字樣，幾乎便是高饒集團非黨（宗派）罪狀的翻版。胡風將與周揚等的理論分歧和宗派糾葛政治化後，進而推斷出了令人震驚的政治結論：

　　我完全確定了以周揚同志爲中心的宗派主義統治一開始就是有意識地造成的。以對我的問題爲例，是有著歷史根源，利用革命勝利後的有利條件，利用黨的工作崗位，有計劃自上而下地一步一步向前推進，終於達到了肆無忌憚的高度的。

　　我完全確定了以周揚同志爲中心的領導傾向和黨的原則沒有任何相同之點。我完全確信，以周揚同志爲中心的非黨傾向的宗派主義統治，無論從事實表現上或思想實質上看，是已經發展成了反黨性質的東西。〔註10〕

從「有意識」到「有計劃」，從「非黨」到「反黨」，這便是胡風爲周揚等文藝領導所作的政治結論。值得注意的是，胡風上書之前，報刊上對他的文藝思想的公開批評僅止於「反馬克思主義」和「反現實主義」，並沒有超出文藝思想鬥爭的範疇，而胡風在上書時卻將周揚等的「宗派主義」上綱爲「非黨」和「反黨」，表現出將文藝思想分歧政治化的明確意圖，表現出企圖借助體制的力量一舉剷除異己的強烈願望。

　　1955 年初胡風「萬言書」部分章節公開發表後，曾被人譏爲「清君側」。賈植芳後來曾寫道：「（胡風）冤案發生以後，人們普遍對胡風上書的動機有所懷疑，甚至有人認爲他是爲了在困境中採取不同尋常的手段求得一逞，達到借助最高當局的力量剷除異己的目的，不料不僅沒有得逞，反而罪加一等，因此是自作自受。〔註11〕」從某種角度看，這種社會輿論並非是空穴來風。

〔註 9〕　《胡風全集》第 6 卷第 98～100 頁。
〔註10〕　《胡風全集》第 6 卷第 101 頁。
〔註11〕　賈植芳《胡風爲何不能取信於毛澤東？》，爲曉風《我的父親胡風》所作序，美國溪流出版社 2000 年。

胡風晚年回顧「萬言書」的寫作動機時，也承認了與「清君側」類似的意圖，他是這樣寫的：

> 我一直認為，毛主席黨中央深知文藝方面掌領導權的人事力量是最弱的一環，而且，由於文藝本身的特性，更決不會把這個方面和掌握國家命運的實際權力連結在一起。至於對文藝領導本身，我當時已經認為，那並不是什麼作風上的官僚主義問題，而是一種在具體工作路線上違反歷史運動規律的，以粗糙而且庸俗的形式主義掩蓋著自己的宗派主義。它雖然源遠流長，但因而也就掩蓋不了，在洶湧的歷史前進力量衝擊之下，不久就會發生從根底起的變革過程。我當時沒有想到他們。我後來在呈中央的報告提的看法中，就是以文藝領域上的建黨問題為中心或歸結的。〔註12〕

「萬言書」的「中心或歸結」竟是「文藝領域上的建黨問題」，這個提法很晦澀，難道文藝領域裏還沒有建黨，要從空白開始來建黨嗎？其實，胡風的意思是說這個領域裏的原有「掌領導權」的黨員領導者大都不稱職，應該進行「從根底起的變革」。然而，本流派中間的有些人還不是黨員，因而「中心」問題應是「組織問題」。他為力爭解決「組織問題」耗費了幾年的光陰，他在第二次文代會前力推路翎走上領導崗位，他在「萬言書」中向中央推薦阿壟，都是出於這種考慮。從胡風當年撰寫「萬言書」的背景、環境和心境來分析，實際情況也非如此理解不可：胡風已對周揚等「企圖人工地把自己首先造成毛主席文藝思想的唯一的正確的解釋者和執行者的統治威信」的文藝領導們完全失去信心，他已不再把他們看作是「黨代表」了，他似乎要自己充當或另外推舉這一領域的「黨代表」。

在朋友們看來，胡風對「毛主席黨中央」的敬畏及對胡喬木、周揚等的藐視都是歷史事實，這種思維定勢決定了他只能將希望寄託於最上層的政策制定者，而將責任全諉之於下面的政策執行者，「上書」只是基於這種歷史事實、出於這種思維定式的必然表現而已。賈植芳晚年曾對胡風的這種思維方式提出過置疑，他對人說：「胡風這個人有忠君思想，像晁錯一樣，認為皇帝是好的，只是小人多，想清君側，這是傳統知識分子的思想。他寫三十萬言，實際和過去傳統的上萬言書差不多。應該從中國的傳統文化看這段歷史。」

〔註12〕　《從實際出發》，《胡風全集》第 6 卷第 727 頁。

　　不管是「傳統知識分子的思想」，還是現代的政治鬥爭手段，胡風身爲黨外人士，五十年前竟如此關注共和國「文藝方面掌領導權的人事力量」，如此關注「文藝領域上的建黨問題」，他的革命責任感迄今未得到適當的評價。

　　「萬言書」雖然適時地遞交給了黨中央，但後來的局勢並沒有向著他所希望的方向發展。其中決定性的一個因素也許在於，高饒的核心問題雖是惡意攻擊中央主要負責人，但其錯誤實質是「故意將他們的個別的、局部的、暫時的、比較不重要的缺點或錯誤誇大爲系統的、嚴重的缺點或錯誤」（《關於增強黨的團結的決議》）。胡風在上書中將周揚等的宗派主義傾向歸納爲「非黨」和「反黨」，是否也因存在著類似的「誇大」而不被中央認可呢？

18　舒蕪身居另類「獨立王國」

　　就在胡風緊張地撰寫「萬言書」，向中央揭發「周揚獨立王國」罪行的時候，舒蕪所在的人民文學出版社古典部（以下稱「二編室」）也被籠罩在將被指控為「聶紺弩獨立王國」的陰影之下。

　　所謂「獨立王國」，中央給高饒集團的定性是「誇大個人的作用，強調個人的威信，自以為天下第一，只能聽人奉承贊揚，不能受人批評監督，對批評者實行壓制和報復，甚至把自己所領導的地區和部門看作是個人的資本」（《關於增強黨的團結的決議》）；胡風給周揚等的定性則是：「企圖人工地把自己首先造成毛主席文藝思想的唯一的正確的解釋者和執行者的統治威信……要求作家們和幹部們對於他的服從，擺出『我』就是黨的架子，任何理論問題用組織手段解決……用小領袖主義代替了領導，企圖造成『自封為王』的局面。〔註1〕」

　　周揚當年任中宣部副部長兼文化部副部長，管轄的部門很多，他是否如胡風所指控的那樣一概將所轄部門搞成「獨立王國」，證據似乎不充分。至少對其轄下的人民文學出版社，他尚無力管，也無意管。1951 年馮雪峰受周總理的任命出任人民文學出版社社長兼總編輯時，擔心無法與周揚相處，曾毫不掩飾地向當時國家出版總署領導胡愈之說：「我不想搞文學出版社，更不想當社長，但是總理要我搞，我也沒有辦法。看看中宣部那幾個人，叫我怎麼工作？！〔註2〕」

〔註 1〕　《胡風全集》第 6 卷第 99 頁。
〔註 2〕　胡愈之《我所知道的馮雪峰》，載《新文學史料》1985 年第 4 期。

舒蕪在回憶文章中也曾談到當年周揚與馮雪峰的關係，他寫道：「文學出版社的事，他（指周揚）卻從來不管，不敢管。因為，馮雪峰的資格比他老。他跟馮雪峰之間，過去矛盾很多。馮雪峰那時一直也不犯什麼錯誤，沒有被打倒的時候，加上資格又擺在那裏，根本不買周揚的賬。周揚當時是文化部的黨組書記，又是中宣部副部長、文化部副部長，主要工作還在文化部這邊。可是周揚，別說管，來都不來。〔註3〕」

時任出版社辦公室主任的許覺民對馮雪峰與周揚的這種特殊關係體會更深，當年馮雪峰概不出席凡由周揚作為文化部副部長召集的出版界負責人會議，而讓他代替參加，然後回來傳達。時間長了，他便得出一個印象：「周揚對某些難以解開的矛盾，採取了退讓的辦法，不使矛盾激化，他對雪峰尤其是如此。〔註4〕」

馮雪峰上任之時，曾向組織明確提出：「要我幹，就得按我的意見辦。〔註5〕」他不願受周揚的領導，但並不拒絕胡喬木的領導。他經常向時任中宣部常務副部長的胡喬木請示工作，聶紺弩也如是。舒蕪曾回憶道：「那時候胡喬木在上面管得非常具體，什麼都管，聶紺弩又什麼東西都往他那裏送，連比較長一點的退稿信，都要送到胡喬木那裏，讓他審一審，胡就批，批得極具體。」由此來看，人民文學出版社還不是周揚治下的「獨立王國」。

然而，不是周揚治下的「獨立王國」，卻將被指責為另類的「獨立王國」。舒蕪所在的二編室不久便被誣之為「聶紺弩的獨立王國」。

其實，二編室人員結構並不具備構成宗派的基礎，編輯們真個稱得上「來自五湖四海」，二編室老人顧學頡曾回憶說：「初建時，人員很少，馮雪峰同志首先把注意力放在羅致人才、充實編輯力量上面，從各個管道調來一些專門人員。從他平時的談話和實際的做法上，當然他也有所偏重。他和編輯室的負責人積極想方設法從各方面調集編輯力量，充實隊伍，以便打好出版社的基礎，提高出版物的品質。對古典編輯室，也是他注意力集中的一個重要方面。他和聶紺弩一道，先後調來許多曾在大學任教的人員到社工作。我到古編室之前，這裡僅有黃肅秋、文懷沙等三位同志。之後，陸續又調來汪靜之、張友鸞、舒蕪、王利器、陳邇冬、周汝昌、嚴敦易和錢南揚、王慶菽、

〔註3〕 《舒蕪口述自傳》第256～257頁。
〔註4〕 潔泯《閱讀馮雪峰》，《晨昏斷想錄》三聯書店2006年4月。
〔註5〕 史索、萬家驥《在政治大批判漩渦中的馮雪峰》。

童第德、馮都良等人，眞可謂濟濟一堂，盛極一時。一次開室務會，馮也參加了，談了許多本社的方針、任務等。後來又談到本室人才濟濟，專家眾多，在和社外專家作比較時，他非常得意，認爲我們的編輯力量，業務水準，不會弱於大學或研究機構。〔註6〕」

其次，二編室的管理形式也不具備構成宗派的條件。如前文所述，在聶紺弩獨特的「大自由主義」的領導作風培育下，二編室形成了「閒談亂走」的寬鬆自由的學術空氣，領導與被領導者的關係非常融洽，不像什麼「獨立王國」，倒像是個「自由王國」。這些學者型編輯的日子過得比較逐心，有的編輯不習慣「朝8晚5」的作息制度，白天遲到，寧願晚上熬夜工作；有的編輯不習慣於「坐班」，說是在辦公室裏不能做事；主任聶紺弩一概由之，並不多加批評，因爲他自己也不習慣早起。這些編輯還多有舊時的「名士」作風，時常以打油詩的形式來紀盛、抒懷或發牢騷。如，他們整理的古籍各有不同，舒蕪有詩紀之：

> 白帝千秋恨，（顧學頡整理《三國演義》）
>
> 紅樓一夢香；（汪靜之整理《紅樓夢》）
>
> 梁山昭大義，（張友鸞第二次整理《水滸傳》）
>
> 湘水葬佯狂；（文懷沙整理《屈原集》）
>
> 莫唱釵頭鳳，（李易協助社外游國恩先生選注《陸游詩選》）
>
> 須擎月下觴；（舒蕪選注《李白詩選》）
>
> 西天何必到，（黃肅秋整理《西遊記》）
>
> 東四即天堂。（當時人民文學出版社社址在北京東四頭條）

又如，社裏提倡要尊重「社外專家」，他們也是專家，當然不甘爲人作嫁，於是便有一些牢騷，加之汪靜之校點的《紅樓夢》出版後受到社外專家的批評，馮雪峰用社的名義召開廣請社外專家參加的檢討會，並發表了一封檢討式的信，聶紺弩還在專家面前作檢討。

總之，二編室貌似散漫，工作效率卻很高，他們在這個時期整理的幾本古典小說被戲稱爲「老四本」，後來不斷重印。

〔註6〕 顧學頡《記文藝理論家馮雪峰同志》，收入牛漢、鄧九平編《思憶文叢》第二冊《荊棘路》。

不久，這個類似於「自由王國」的二編室便飽受「整頓」之苦，寬鬆和諧的氣氛被一掃而空。

1954年2月，王任叔（巴人）從外交部調任人民文學出版社黨委書記、第一副社長兼副總編輯。他到任不久，便大刀闊斧地開始「整頓」，推行「開門辦社」的方針。首先受到衝擊的是出版社的領導層，樓適夷離開了出版社黨組織負責人的職務，許覺民不再擔任辦公室主任，聶紺弩的終審權被取消，為此社長馮雪峰與王任叔之間曾產生很大矛盾。舒蕪回憶說：「他（指王任叔）一來，取代樓適夷而為社內黨組織的領導人，接管了全社日常行政；他又分工主管中國古典文學編輯室，從聶紺弩手裏接過這方面的終審權，實際上免了聶紺弩的副總編輯職務，降為僅僅編輯室主任的中層幹部。〔註7〕」

不久，二編室的同人們便感到「氣氛迅即緊張」。王任叔把該室作為「整頓」的試點，嚴厲地整肅在聶紺弩治下形成的自由主義風氣。他甚至無視二編室整理古典文學作品所取得的成績，批評古典部「對古典文學抱虛無主義態度」，責令重搞選題計劃。聶紺弩一氣之下撂了挑子，編輯室諸人也叫苦不迭。據顧學頡回憶：「這位副社長下車伊始，就想對出版社大力『整頓』一番。這時，古編室在聶紺弩不很循規蹈矩的領導下，被社里許多權力人士議論紛紛，說是『閒談亂走』，『一團和氣』，『打夥求財』，等等流言蜚語，不脛而走。偏偏聶和這位副社長在職權上（聶也是副總編輯）和某些具體做法上意見很不一致，不免有些矛盾。不巧，又遇上與胡風私人關係密切被審查的不利條件，於是，古編室便成了被『整頓』的對象。〔註8〕」

不久，副總編輯聶紺弩便被迫在黨內作檢討。該檢討後被收入近年出版《聶紺弩全集》第10卷，為「運動檔案」之首篇。檢討作於1954年5月22日，題為《個人主義初步檢查》，內容與「獨立王國」有關。起首第一段，他寫道：「（我）從來沒有領袖欲、首長欲、權位野心之類。更沒有用欺世盜名的手段或其他陰謀詭計在黨內黨外撈一把的行為或思想。剛剛相反，倒是怕當首長之類，怕做行政工作，尤其是領導工作。具體事實是曾因不願做中南文藝學院院長及中南文聯主席或副主席，而到北京來，現在對部分領導工作也感到若干苦惱。因此，宗派、山頭、小王國之類的行為或思想，也從來不

〔註7〕 舒蕪《悼念樓適夷先生》，收入《大家文叢：舒蕪》古吳軒出版社2004年8月。

〔註8〕 顧學頡《記文藝理論家馮雪峰同志》。

曾有過。〔註9〕」聶的陳述應該是事實，但要得到他人的理解卻也難。順便說一句，他的老友胡風對他就不甚理解，年前在給他人信中曾評曰：「此人一方面有正義感，另一方面，不甘寂寞，常常想抓點什麼衝出去。〔註10〕」胡風都不理解他，王任叔自然更不能理解。

「整頓」給舒蕪所帶來的是更加尷尬的處境。前文已述，舒蕪原在二編室裏所幹的工作相當於沒有名義的副主任，王任叔主管二編室後，聶紺弩自覺地退避三舍，舒蕪的處境便顯得有點微妙。他曾回憶道：「聶紺弩的副總編掛了空，他乾脆連編輯部主任那點複審權也不要了，胡亂地交給我。而我當時又什麼都不是。結果就變成編輯初審，我複審，簽名還是簽聶紺弩的名字，只是下面寫上『舒蕪代』，然後送王任叔終審。王任叔也就默認了，好像由我來代審是名正言順的事，問都不問一聲。但我在具體工作中還是很注意的，對聶紺弩很尊重。他又不是離職離任，稍微大一點的問題，我還是要問他。〔註11〕」

簡言之，自王任叔主管二編室後，舒蕪實際上做的就是沒有名義的「代主任」的工作了。舒蕪對聶非常尊重，私人關係很好，聶紺弩也信賴舒蕪，工作上十分放手，他說：「在二編室舒蕪威望高，各方面都比較行。」還曾這樣說道：「有時不是我領導舒蕪，倒是我跟著舒蕪走。〔註12〕」

在王任叔「整頓」二編室期間，聶紺弩和舒蕪的處境即如上述。在此前後，舒蕪與胡風並無直接交往，而聶紺弩與胡風則來往不輟。胡風對王任叔的看法對聶不無影響，聶曾在另一份檢查材料中寫道：

關於任叔同志。一天，在他（指胡風）家裏，他說，聽說王任叔要到你們那裏去了。我說，是，大概不久就來了。你理解他麼？我們也真需要有個能力強的人來整頓一下。聽說在抗戰時，他在上海對青年起過很大作用；在印尼時，印尼黨人對他敬佩得不得了，認為印尼黨如果有一個巴人就好多了。他說，很容易明白，現在外交這麼重要，人才這麼少，放他來搞出版！我說，他對文學有修養吧。梅志說，小說我看過，不好。我說，理論呢？胡風說，他懂什

〔註 9〕　《聶紺弩全集》第 10 卷第 3 頁。
〔註10〕　胡風 1952 年 6 月 30 日致路翎信。
〔註11〕　《舒蕪口述自傳》第 259 頁。
〔註12〕　《聶紺弩全集》第 10 卷第 179～180 頁。

麼理論，一本書，《新文藝》不要，他強迫人家要。雪峰看他在黨裏
有地位，硬把他拉來，是錯誤的。〔註13〕

胡風對王任叔的評價或多或少影響了聶，聶又以此或多或少地影響了舒蕪，後
來又或多或少地影響了二編室諸人對王的共同觀感。當然，王任叔所作「整頓」
不被二編室諸人認可，這是引起聶、舒和其他編輯「反王」的最主要原因。聶
在1955年隔離審查期間曾為此作過檢查，他列舉了五個事例以說明王任叔「下
車伊始」的領導作風，其中有兩項涉及到舒蕪：其一，王任叔曾主持「向外印
發了一個重印文學古籍的書目，引起『古典界』大嘩，紛紛提來很不客氣的意
見，有的甚至是罵」。這工作本應是舒蕪做的，但王任叔既未讓他做，也未和
聶商量，便自作主張，造成如此惡劣的後果，引起二編室普遍的不滿；其二，
關於編輯工作的「標準與體例問題」。王任叔認為「標準是思想性的，體例是
技術性」，主張先搞一個區分古籍精華和糟粕的「標準」，他還以「繁瑣」為由
否定了舒蕪在聶的指導起草的「注解體例」，聶當時曾表示不同意見，但王根
本不聽，舒蕪為此付出過很多的精力，當然非常不滿。此外，王的「整頓」還
包括「開門關門問題」、「勞動紀律問題」、「定質定量問題」及「注解費問題」
等等，這些「革新」措施都可歸於「規範化管理」的範疇，對於尚處在草創時
期的國家出版社不無必要性，但由於執行者工作方法的失當，損害了二編室諸
人的感情和利益，更引起了廣泛的不滿。聶在檢查中曾寫道：「二編室有些人
不滿王，尤以舒蕪為甚，在我這方面看，我倒是受了他的一些影響。二編室不
滿王的最高表現是工會小組向王提意見的態度惡劣，我曾及時批評他們。舒、
趙都說我批評得太早，影響了二編室的情緒。〔註14〕」

　　胡風對人對事的看法對聶紺弩有一定的影響，這是肯定的；但具體就王
任叔、舒蕪等個體而言，胡風對聶紺弩的影響絕不能估計過高。從歷史上看，
聶自左聯時期起就對胡風的作風不無微辭，1944年起又與胡風絕交數年，1948
年還曾撰文批判胡風的宗派主義和文藝觀點；從現實上看，胡風此時已視舒
蕪為階級異己份子，而聶則與舒蕪傾心相交，根本不在乎胡風會對此有何看
法。這些因素決定了聶在心理上及思想上始終對胡風保持著相當的距離。在
1955年的肅反運動中，曾有人將聶及二編室與王任叔之間的矛盾說成是胡風
「製造」的，聶在檢查中對這種猜測進行了批駁。他寫道：

〔註13〕　《聶紺弩全集》第10卷第66～67頁。
〔註14〕　《聶紺弩全集》第10卷第176頁。

　　　　我說過我受了胡風的影響，我比別的胡風分子更胡風分子，（那
　　是）事已至此的一種忍痛犧牲，自己對自己的誅心之論。胡風確實
　　講過王（任叔）的壞話，但他也說過馮（雪峰）、樓（適夷）的壞話，
　　我卻沒反馮、樓。如果受胡風指示或「仰仗」胡風之意，在二編室
　　我應打擊排擠的是舒蕪，我對舒蕪卻無話不談，在領導面前沒口稱
　　贊。至於我和王的意見不同的那些事實，不是我製造的，更不是胡
　　風所能製造的。〔註15〕

胡風喜歡臧否人物，與朋友交談時更是口無遮攔，他是否講過有關王任叔、
馮雪峰、樓適夷等的「壞話」，暫且不議，但他絕不會不講舒蕪的「壞話」。
但聶是有主見的人，他不為胡風的愛憎所左右，他仍舊親近馮、樓，也從未
「打擊排擠」過舒蕪，反而信任之，器重之，「沒口」地稱贊之。他自有他的
度人和待人的標準。

　　聶紺弩既「對舒蕪無話不談」，在這段時間裏他是否也經常與舒蕪談到有
關胡風的話題呢？諸如胡風的文藝思想、作風、境遇和近況，再如胡風對《論
主觀》、《從頭學習》和《公開信》等文章的反應，又如年前中宣部召開的「胡
風文藝思想討論會」的細節，等等。當然，他們之間絕不可能迴避這些話題，
他們應該談了，而且談了很多。

　　可以說，在胡風與舒蕪的矛盾上，聶對後者的理解和同情始終更多一點，
而且並非從舒蕪進入二編室後才如此的。1952 年舒蕪來北京參加「胡風文藝
思想討論會」，邂逅聶紺弩，曾談及胡風事，聶對他說「某種人把人不當人看」
〔註16〕，舒蕪當時不知何指。1954 年 11 月 17 日聶紺弩在《紅樓夢》研究批
判會議上發言，批評胡風對舒蕪的態度，更明確地說：「他（指舒蕪）反黨時
和他是朋友，他向黨低頭後又痛恨他。〔註17〕」為此，胡風非常惱怒。

　　聶紺弩當年對於胡風和舒蕪關係所持的上述看法和態度，頗讓研究者費
解。上世紀進步文化人之間的恩怨糾葛盤根錯節，不是一兩句就可以說清楚
的。概而言之，聶紺弩與胡風的關係自 30 年代起便呈現出異常複雜的狀況，
這裡有因性格不同而引起的矛盾，也有思想認識上的深刻分歧，還有利益方
面的衝突。茲不贅述。

〔註15〕　《聶紺弩全集》第 10 卷第 181 頁。
〔註16〕　聶紺弩 1982 年 10 月 25 日致舒蕪信。《聶紺弩全集》第 9 卷第 419 頁。
〔註17〕　胡風 1954 年 11 月 25 日致方然信。

19　舒蕪登門受辱

　　1954 年 7 月 7 日，在胡風的生命歷程中是一個值得紀念的日子。在這一天裏，他做完了人生中最重要的一件事情，其影響和後果將在數月後顯現出來，並在中國當代文壇上產生持久的震盪。當天，他在日記中寫道：

　　（上午）校改。

　　（中午）紺弩引無恥和何劍薰來；即罵出門去。

　　（下午）歐陽莊來。把報告裝成冊子。共四件：

　　　　1. 幾年來的經過簡況，

　　　　2. 幾個理論性問題的說明材料，

　　　　3. 事實舉例和關於黨性，

　　　　4. 作為參考的建議。

　　　寄出給習仲勳的信。

　　（晚上）開始抄呈中央的信。

這天上午，他終於校改完成呈送中央的《關於解放以來的文藝實踐情況的報告》（以下簡稱「萬言書」），耗時近四個月的討伐周揚「宗派主義統治」的檄文就此殺青。

　　這天中午，他終於向「舊友」們公開地宣告了「決絕的告別」，徹底地割斷了與舒蕪等之間殘留的一絲感情聯繫。

　　這天下午，他在朋友歐陽莊的幫助下將「萬言書」裝訂成冊，並寄出給政務院文教委員會副主任習仲勳的信，說明了請代向中央遞送材料事，並請求約見。

　　這天晚上，他進行最後一項工作，修訂並謄抄《給黨中央的信》（以下簡稱「信」），該「信」起草於 6 月 14 日，改成於 6 月 21 日，實際上是「萬言書」的「內容提要」。

　　這一天，也可以稱得上是胡風及「胡風派」命運的重要轉捩點。在這一天，他和朋友們鄭重地向中央表白：他們與周揚等在思想意識、領導作風和文藝理論諸方面的矛盾衝突，已不再屬於文藝學範疇，而是文藝領域裏的「階級鬥爭」；他和朋友們鄭重地向中央揭發：周揚等具有與高饒集團類似的「狂亂的欲望」，他們的「宗派主義統治」已經發展到了「反黨」的程度；他和朋友們鄭重地敦請中央：趕快「轉到主動地位上面」，以「挽救人民的文藝事業脫離危境」。可以說：在此之前，他們只是一個被主流社會所忽略了的文藝流派；在此之後，他們將以更加政治化的姿態介入文藝戰線的「階級鬥爭」，直至被主持者逐出局〔註1〕。

　　「萬言書」實質上是「宣戰書」，幾天後胡風在給朋友的信中坦誠地寫道：

　　　　我的工作已完成。等著交出去。這是一個全面性的社會問題，

　　不當作社會問題處理是不可以的。問題到了這地步，沒有時間也得

　　分出一些時間來處理的罷。連根動，當然麻煩，但我相信會從這個

　　麻煩工作中看出好處的。這是幫助中央取得全面的主動。　〔註2〕

為什麼他深信毛澤東看過「萬言書」後一定會直接干預呢？在這裡暫時撇開歷史原因不談，僅述及最關緊的現實因素：第一，他認為自己所揭發的是事關「全面性的社會問題」，即性質屬於「非黨」或「反黨」的「獨立王國」問題。高饒問題是政治領域的，毛澤東處理了；周揚問題是文藝領域的，自然也不能不處理。第二，他認為自己所揭發的「問題」已嚴重到上面不能不重視的程度。毛澤東曾及時地發現並處理了《武訓傳》問題，當不會聽任瀕臨「危境」的文藝戰線繼續「萎縮而混亂」下去。當然，他也考慮到所揭發的並不是一人一事或一枝一葉，而是事關整個「文藝領域上的建黨問題」，要徹底解決問題非得把中宣部、文化部領導班子「連根動」不可，震盪將是自上而下的，改變將是全域性的，但他確信毛澤東深思熟慮後有這樣的魄力。

　　「萬言書」原稿和謄抄稿都整理好了，胡風長吁了一口氣。經過近 4 個月的思考和多次與朋友的「模擬答辯」，措辭和觀點似乎都打磨得銳利無比，

〔註 1〕　本段引文均出自胡風《給黨中央的信》。《胡風全集》第 6 卷第 94〜103 頁。
〔註 2〕　胡風 1954 年 7 月 14 日致羅洛、張中曉信。

這是一隻搭在張開的弓弦上的響箭，只要一脫手，就會帶著雷聲飛走。他吃過午飯，安然入睡。

一切似乎都是是命中注定！就在胡風小睡的時候，聶紺弩、何劍熏、舒蕪等「不速之客」竟無巧不巧地闖進了這個歷史性的時刻。

這天，時任西南師範大學中文系主任的何劍熏趁來京開會的機會到人民文學出版社看望聶紺弩。何與聶結識於 1942 年，最初只是投稿人與編輯的關係，後來成為朋友。何是從社會底層「滾」出來的，詼諧多智，落拓不羈，善作諷刺小說。聶非常欣賞他的才華，曾稱他為「未實現的天才」。何與胡風的結交更早，他曾在《七月》上發表過小說，胡也盛讚過他的「諷刺才能」。如前文已述，1945 年後何與胡風因嫌生隙，基本斷絕來往，他還在抗戰後出版的《中國文學史》前言中指名批判過胡風〔註3〕。何與舒蕪結識於 1940 年，那時何在私立建華中學擔任教務主任代校長，曾接受高中肄業的舒蕪到該校教書，算得上是患難之交。1945 年後因胡風的關係，他們之間也基本上沒有往來。這次是解放後他們三人的第一次見面，舊友重逢，心裏各有打算，於是鬧出了下面的戲劇性場面。據舒蕪回憶：

> 聶紺弩知道我與何是老朋友，把我也叫去了。沒有想到何劍熏一見面似乎不認得我。我問：「你還認識我嗎？」他提高了聲音說：「認得。你不就是方管嗎？」我奇怪，以我同他過去的熟悉程度，他怎麼是這個態度？不管怎麼說，我還是仍然坐下來一起談。談了一陣，聶請何到地安門馬凱食堂吃午飯，邀我作陪。一餐飯中間，主要就是何一個人在說話，說的都是大罵胡風的話。
>
> 吃完飯了，走出飯館，坐上聶紺弩從出版社叫來的小車，正要開車，聶紺弩忽然說：「胡風家就在這附近。」何劍熏立刻接話：「好，我們看看他去！」……可我卻有點猶豫。我本來已感覺到胡風對我的態度不大好，所以不想去，就說，你們去我不去了。何劍熏直嚷嚷：「去去去，為什麼不去！」當時我們都已坐上了車，外面正下著毛毛雨，經何劍熏這麼一鼓勁，我也就不置可否。這時，聶紺弩已吩咐司機開車。〔註4〕

〔註 3〕 何劍熏《中國文學史》，重慶寒流社 1948 年 4 月出版。
〔註 4〕 《舒蕪口述自傳》第 283～284 頁。

何劍熏分明十分厭惡胡風，中午就餐時還在「大罵胡風」，怎麼突然要去看望胡風呢？這確實有點費解！舒蕪分析道：「他本來只是在我面前罵胡風，而他自己卻不當著胡風的面罵。現在已在公開發表的中國文學史長篇自序中評駁了胡風，等於把看法挑明了，這個時候去當面看胡風，又有了新的含義，意思好像我公開評駁他了，並不怕他，偏去看他。〔註5〕」舒蕪已知胡風對他不會有好臉色，為什麼也隨著大家一起去登門拜訪呢？大概確是迫於無奈罷！他是被何劍熏「激」著去的，只是他此時尚不知道何為什麼要「激」他。

他們三人就這樣到了胡風家，之後便發生了不愉快的一幕，當事人對此各有說法：

（胡風日記）：紺弩引無恥和何劍薰來；即罵出門去。

（梅志）：一天下午，老轟喝得醉醺醺地帶著何劍熏和舒蕪來到了他家。……這時，三人剛喝過酒，不知為何來到了胡風家，舒蕪手裏還拿著一瓶沒喝完的竹葉青。胡風正在午睡，只有 M 一人開門迎接。看到舒蕪，她心裏一緊張，不知如何應付，就慌忙跑進去告訴胡風。胡風已起床上廁所，沒說什麼便讓 M 先去接待。等他出來見他們時，三人都站起來笑臉相迎。他的臉色可非常難看，只對何劍熏笑著點了點頭，就說老轟，你怎麼隨便把人領到我這兒來？用手一指舒蕪。老轟也很尷尬地說，你這是何必呢？……就同他二人一起怏怏地走了。〔註6〕

（舒蕪）：我們進了院子，梅志抬頭看見我，好像楞了一下，但立刻就招呼我們在客廳裏坐下來。然後，進去叫胡風。一會兒，胡風出來了，開口說了三句話。第一句話，直衝著何劍熏過去，握手：「開會啊，還有幾天住吧，我們改日再談。」說完了掉頭往回走，一面走一面說第二句話：「老轟，你也事先不通知一聲，什麼人都往我這裡帶！」……說著再往裏走，馬上就要跨進門了，又是回頭一句，那是直接衝著我來的了：「我這裡，不是那些混帳東西可以來的！」說完就進去了。〔註7〕

〔註5〕《舒蕪口述自傳》第 284 頁。
〔註6〕梅志《胡風傳》第 631 頁。
〔註7〕《舒蕪口述自傳》第 284 頁。

（聶紺弩）：有一次，我和舒蕪、何劍熏三人到他家裏，他對舒
蕪說我這地方不許渾蛋來，把我們三個都趕出來了。〔註8〕

以上四人所述回憶，胡風最略，梅志較細，舒蕪較詳，聶紺弩較略。梅志
與舒蕪的敘述同中有異，都談到了胡風逐客，只在胡風是否「罵」上有所
不同。聶紺弩的敘述雖然簡略，卻可與胡風互證。順便說一句，胡風是當
天日記，聶紺弩的回憶寫於1955年；梅志的回憶寫於1996年；舒蕪的口
述自傳完成於2001年。按照考證學的一般原則，胡風和聶紺弩的記錄較為
可信。

聶、何、舒三位遭到了胡風的如此對待，情形頗為尷尬。舒蕪在自傳中
對此後發生的事情有所描述：

何劍熏楞了一下，立刻說：「這個胡風，太不對了！我們走！」
於是我們就出門走了。坐在汽車上，大家都很沉悶，誰也不說話。
下午，我們仍湊在一起，相約到北海喝茶……我說：「這真是奇怪的
很，胡風怎麼這個態度呢？何至於生這麼大的氣！」聶紺弩講話了，
他說：「胡風氣就氣在，你檢討就檢討，不該把他也拉上。他當初發
表《論主觀》是為了批判的。」我大吃一驚。這是我第一次聽到還
有這麼個說法，很生氣，我說：「怎麼是這個說法呢？要是這樣講，
那好，他給我的信都還在，可以拿出來證明嘛！看看究竟當初是不
是這樣嘛，人證物證都在，我們可以看看事實嘛。（聶還是笑勸道：
「何必呢？何必呢？」）……倒是何劍熏說了一句：「今天我才相信
你的《從頭學習》是真檢討，本來我還以為你只是裝裝樣子的呢。」
〔註9〕

又是《論主觀》！又是「為了批判」！這樁歷史公案是舒蕪胡風關係史上驅
除不去的魅影，每到重大的歷史時刻，它便要跳出來攪亂當事人的心智，分
離他們的關係。

舒蕪確是「第一次」聽到這種說法。1950年他決定檢討《論主觀》的錯
誤，並如實向魯煤、綠原、路翎、胡風諸友通報，他們當時都覺得不應徹底
否定；1952年「胡風文藝思想討論會」召開期間，他與胡風的爭議焦點並不
在《論主觀》本身的正謬，而在該文的寫作是否受到過胡風文藝思想的影響。

〔註8〕　《聶紺弩全集》第10卷第128頁。
〔註9〕　《舒蕪口述自傳》第283～284頁。

那時，胡風盡力地洗刷了其可能給予對方的「影響」，只願意承擔由「失察」而發表該文的責任。所謂「失察」說，指的是當年並沒有發現《論主觀》有什麼問題，是將其作為肯定意見而發表的，主編者僅負「看走了眼」之責。如今，舒蕪從聶紺弩處聽到了「為了批判」說，這是與「失察」說完全不同質的新提法，指的是當年胡風即已發現該文有問題，是將其作為反面意見展示的。「為了批判」說，非但有違歷史真實，且有推卸責任之嫌，舒蕪當然接受不了，當然會「很生氣」。

聶紺弩應當並不是「第一次」聽到這種說法。早在 1952 年「胡風文藝思想討論會」期間，胡風已在信中囑咐路翎道：「那文章（指《論主觀》），並非當作肯定意見，而是作為討論的，而且，當時沒有人完全同意他。」那時胡風住在文化部招待所裏，聶就住在他的隔壁，閒聊時也許會涉及這個話題。順便說一句，聶紺弩一向不滿意胡風對待門下青年作家的態度，他曾說道：胡風「自以為高人一等，自以為萬物皆備於我，以氣勢凌人，以為青年某某等是門徒，是口袋中物」。這裡似乎也蘊含著對舒蕪的同情。

何劍熏更是不會相信這種提法。在他的印象中，舒蕪與路翎一樣，都是真正的「胡風派」，與胡風有著「打斷骨頭連著筋」的關係，他不相信解放後舒蕪與胡風的關係會突然惡化，懷疑舒蕪的《從頭學習》和《公開信》諸文都出自胡風的「戰略」。他之所以極力「激」舒蕪來看望胡風，原本是想要親眼驗證一下他們二人的關係到底如何，如今一切都看到了，當然也就相信了，並由此堅定了他已有的對胡風的看法。

這是一出現代的「三叉口」，當事人微妙的心理動態全在「舒蕪受辱」這一幕裏表現了出來。但他們並沒有想到，這一幕將在中國當代史上激盪起串串漣漪。數十年後，當胡風的家屬追思「冤獄」成因時，還將這一幕作為舒蕪「蓄謀已久」利用胡風書信構陷人罪的證據。

胡風的子女們在為《胡風致舒蕪書信選》整理作注時，寫道：

應該指出，舒蕪要利用胡風這些信件，是存心已久的。

據梅志回憶……事後舒蕪曾悻悻地說：「他別厲害，我手裏還有他的信呢！」聶紺弩嚇了一跳，連忙勸解，試圖讓舒蕪打消此念。

……過了幾天，聶紺弩夫人周穎來胡風家，告訴胡風和梅志，周穎來告知這情況是要胡風提高警惕，胡風和梅志隨後找出舒蕪的

來信，藉以回憶給舒蕪信的内容，但實在想不出信中有什麼問題。
〔註 10〕

梅志在《胡風傳》中回顧這一幕時，也曾寫道：

> 儘管老轟也大罵胡風不通人情，不給自己面子，但對胡風還是
> 關心的，怕他受到報復，就託人轉告胡風，要他小心點，檢查一下
> 他給舒蕪的信。胡風只覺得這些信都是談文藝的，有的還是舒蕪引
> 他談的，不會有什麼問題，更沒有想到可以用來斷章取義上綱上線，
> 作爲有力的武器。〔註 11〕

查胡風日記，1954 年 7～8 月均未見有聶紺弩或周穎來訪的記載，9 月 20 日
才有「聶紺弩來」的記載，10 月 22 日才有「周穎來」的記載。如果胡風當年
沒有漏記，聶「託人」示警事似應存疑。況且，聶紺弩先於周穎看望胡風，
他自有機會當面示警，似不必「託人」，哪怕是周穎。更何況，當時舒蕪已與
聶紺弩簡略地談到過胡風書信中的有關内容，他如要轉告胡風「小心」，不會
說得那麼含糊〔註 12〕。

舒蕪對胡風家屬上述說法的眞實性提出過質疑，他在回憶文章中寫道：

> 據說，聶紺弩聽我這樣一講，特地讓他愛人去通知梅志，說舒
> 蕪可能要把信拿出來。我不知道他爲什麼那樣緊張，我說拿胡風的
> 信出來不過是要證明《論主觀》確實是在胡風指導下寫出來的，胡
> 風發表這篇文章根本不是什麼「爲了批判」，不過就是爲了說明問題
> 罷了。當時我說過也就過去了，並沒有眞的拿信出來。〔註 13〕

以當年聶紺弩與舒蕪的關係，如果他眞「緊張」於舒蕪要置胡風於不利，有
的是勸阻舒蕪的機會、理由和手段，但他並未施之於對方。以當年舒蕪與胡
風的矛盾，只要胡風沒有公開聲明發表《論主觀》是爲了「批判」，他也絕不
會將那些書信公之於眾。原因很簡單，如前文已述，那些書信不僅可以「說
明問題」，而且還會牽扯出更多更大的問題。

〔註 10〕曉風曉谷曉山整理輯注《胡風致舒蕪書信選》。載《新文學史料》1998 年第 1
期。

〔註 11〕梅志《胡風傳》第 630～631 頁。

〔註 12〕聶紺弩 1955 年 5 月 30 日致周揚信中寫到：「(胡風) 給舒蕪的信，以前曾聽
舒蕪口頭談過一點點。」舒蕪與聶紺弩談胡風信，應該就在這次受辱之後。
轉引自徐慶全《從聶紺弩致周揚的信說起》，載 2003 年《人物》雜誌第 3 期。
下不另注。

〔註 13〕《舒蕪口述自傳》第 285 頁。

　　然而，舒蕪竟在這一天裏仍矇然地把胡風當成有嫌隙的舊友，當他忐忑不安地跟隨著同樣與胡風有嫌隙的老朋友聶紺弩、何劍熏跨進胡風的大門時，他所期盼的無非只是對方的一句客氣的寒暄而已。未料到會受辱，未料到對方想抹煞歷史，他急於向朋友們表白自己，情急之下便欲列舉物證。他只能這樣做，否則令人無法理解。

　　這一天裏，處於臨戰前的高度亢奮狀態下的胡風，比往日更深地沉浸在政治話語圈套之中。他怒斥對方為「混帳」或「混蛋」，他把階級敵人趕出門去，只是用身體語言傳達出了與書面形式同樣的內容。他應該這樣做，否則也令人無法理解。

　　胡風「趕」走了聶、何、舒三人後，下午與歐陽莊一起裝訂「萬言書」。晚上，「開始抄呈中央的信」。這一整天，他都處於高度亢奮的狀態中。

20 胡風向中央描述「後周揚時代」願景

　　1954 年 7 月 22 日，胡風面見政務院文教委員會副主任習仲勳，呈上「關於解放以來的文藝實踐情況的報告」（以下簡稱「萬言書」）和「給黨中央的信」（以下簡稱「信」）。

　　「萬言書」長約二十六萬餘言，分爲「幾年來的經過簡況」（簡稱「經過簡況」）、「關於幾個理論性問題的說明材料」（簡稱「理論問題」）、「事實舉例和關於黨性」（簡稱「事實舉例」）和「作爲參考的建議」（簡稱「建議」）四個部分。首先寫的是「理論問題」，3 月 21 日起筆，4 月 30 日完成初稿；接著寫的是「經過簡況」部分，5 月 10 日起筆，同月 19 日完成初稿；5 月 24 日起筆寫「事實舉例」部分，6 月 8 日完成初稿。6 月 17 日起筆寫「建議」，同月 24 日完成初稿。7 月 7 日全部改竣，歷時近 4 個月。

　　「信」不到 6 千字，6 月 14 日起草，16 日重寫，18 日修改，21 日改成，7 月 8 日謄抄。「信」的「抬頭」寫著「習仲勳同志轉中央政治局、毛主席、劉副主席、周總理」。正文分爲四個部分，是對「萬言書」內容的提綱挈領的說明。

　　梅志在《胡風傳》中描述了胡風面呈「萬言書」的場景，她寫道：

　　　　胡風來到文教委員會，見到習仲勳，雙手捧上裝訂好的四大冊報告，也就是捧上了一顆對黨對文藝事業赤誠的心。習親切地和他交談，詢問一些情況。原來，習對文藝界的事知道不多，所以不但沒有打官腔，還對他這一做法表示了歡迎。只是，他說了一句，「可惜我不能親自處理了，我將專管教育方面的工作了……」。最後，他親切地將胡風送到辦公室門口。〔註 1〕

〔註 1〕 梅志《胡風傳》第 630 頁。

中共中央主管文藝的部門是中宣部，陸定一時任中宣部部長，胡喬木任常務副部長，周揚任主管文藝的副部長，林默涵為文藝處實際負責人（丁玲已離任）。1952年陸定一離職，胡喬木病休，習仲勳曾主持過中宣部的工作。1953年3月10日中央《關於加強中央人民政府系統各部門向中央請示報告制度及加強中央對於政府工作領導的決定》（草案）明確規定「文教工作，由習仲勳負責」〔註2〕。1954年陸定一重新上任後，習已不再分管中宣部的工作，仍主持全面的「文教工作」。

按說，胡風應該把「萬言書」呈送中宣部文藝處。1952年「胡風文藝理論討論會」期間，他的兩份申訴（報告）和路翎的兩份申訴（報告）都是經這個管道呈交的。這次為何不按慣例來辦呢？梅志在《胡風傳》中講了原因：

> 歐陽（莊）建議要依靠一個人，他們就決定送交中央文教委員會副主任習仲勳。胡風先給習仲勳去信，說明情況，並希望習能將材料轉呈中央，這當然包含著不要周揚從中插手的意思。〔註3〕

胡風之所以選擇習仲勳，並不是與他有特殊的交往，只是想通過他繞過中宣部和文化部，將「萬言書」直接遞交最高層。如前所述，「萬言書」的要害在於敦促中央關注「文藝領域的建黨」問題，主張將中宣部、文化部、全國文聯、全國作協的領導班子「連根動」，他當然不願讓被告胡喬木、周揚等人知曉。

然而，他沒有想到，胡喬木、周揚等文藝領導仍先於毛澤東等中央領導讀到了「萬言書」。據康濯回憶：

> 這份「三十萬言書」交上不久，周揚、默涵同志即在作協黨組內提起過此事。大概材料先後經過了文藝處、周揚以及習仲勳、陸定一、胡喬木等同志，送到主席手上，或許按胡風交毛、劉、周的要求再經過少奇、恩來同志，那就顯然不可能很快。……毛澤東是1954年11月開始閱讀胡風上書，並於12月批示發表、討論、批判。
>
> 〔註4〕

〔註2〕 轉引自邱石編《共和國重大事件和決策內幕》（上），經濟日報出版社1997年版，第181〜183頁。下不另注。

〔註3〕 梅志《胡風傳》第630頁。

〔註4〕 康濯《〈文藝報〉與胡風冤案》，載1989年11月4日《文藝報》，下不另注。

「萬言書」繞了一個圈，仍被送到了中宣部文藝處，送到了胡喬木、周揚、林默涵等手裏。根據現有史料，毛、劉、周讀到該文的時間不會早於當年 10 月。

　　然而，胡風對此一點也不知情。他以為中央最高層無疑會在第一時間看到他的「萬言書」，而且肯定會及時地作出批示或指示。此後，他便非常關注文藝領導們對他的態度，期望從中揣度出最高層的態度和反應，並一味地向好的方面設想，先給自己構築起一片虛幻的樂觀氛圍，再以此激勵朋友們，以提高大家的信心。以下是胡風當年 8～9 月間給張中曉部分信件的摘錄，充分體現出他彼時思維的虛幻性特點：

　　　　（8 月 12 日）：這裡已在動，十一以後可能要著手清理問題的。當事者見面時已作親善之狀了。

　　　　（8 月 24 日）：現在做的是基本建設工作，所以，一個月兩個月是不會有什麼頭緒的。如果在小事情上給一些照顧，那反而說明領導上是不從根本考慮問題的。下面還是照常，這就表示在慎重處理中。想來，總得在十月以後罷。

　　　　（9 月 8 日）：這裡的工作看情形已在開始進行中，但這樣的工作不可能單純的發展，也不是一個月兩個月能弄出頭緒的，但有一點可以肯定，不像以前那樣抓不著頭緒，有的人已經現出應該團結的表情來。看來領導上是有決心把工作推到正軌上去的。

站在今天回顧歷史，可以確定地說，胡風的樂觀情緒完全是虛幻的。其虛幻性不單體現在他此刻對文藝領導們態度和言語的揣度，更在於他對幾年來中央之於文藝領域的具體評價及之於文藝領導們滿意程度的分析，分析的結果盡顯露在「信」和「萬言書」中。

　　在此，似乎沒有必要縷述胡風在「信」和「萬言書」中對林默涵、何其芳理論觀點的批判，因為他用以解剖這些「毛主席文藝思想的唯一的正確解釋者和執行者」的理論依據，與被批評者並無二致，或許更多了一些從蘇俄來的教條。

　　在此，也似乎沒有必要分析胡風在「萬言書」中對周揚「宗派主義統治」的憤怒抨擊，因為其時中宣部的操舵者是毛澤東的秘書、中宣部常務副部長胡喬木，而周揚則因政治上的不敏感而多次受到毛澤東的批評，其「統治」地位並不鞏固。胡風這幾年一直把胡喬木「作為最大的依靠」，他

的希望和失望大都由胡喬木的態度而來，如果說他此時被「逼到絕路上」，「逼」他的人首推胡喬木，其次才是周揚。然而，胡風在「信」和「萬言書」中卻不敢指責胡喬木，而僅點了周揚的名，這是他鬥爭性並不徹底的表現〔註5〕。

在此，倒是應該特別關注胡風要求參與「毛主席所指出的文藝上兩條戰線的鬥爭」及「思想上的階級鬥爭」的積極性〔註6〕。早在 1952 年他就在寫給毛澤東、周恩來的信中表達過「要求在領導下工作」和「要求得到指示」的要求。此時，他在「信」中更明確地亟呼文藝應服務於階級鬥爭的需要，他寫道：

> 革命勝利了以後，階級鬥爭展開了規模巨大和內容複雜的激劇變化的情勢，但在文藝實踐情況上反而現出了萎縮和混亂。這個反常的現象是早已引起了黨和群眾的普遍的關心的。許多使人痛苦的事實說明了這裡麵包含有嚴重的問題……到了今天，客觀情況已經發展到了再也不應該忍受下去的地步，而階級鬥爭又正在向著更艱巨更複雜曲折的深入的思想鬥爭上發展，不會容許這個應該擔負起專門任務的戰線繼續癱瘓下去……〔註7〕

從這個基點著眼，他極力渲染「文藝上兩條戰線的鬥爭」的嚴峻形勢及文藝領導者的無能，聲稱「反動的《武訓傳》之所以能夠在庸俗社會學的偽裝下面打了進來，絕對不是一個偶然的錯誤」，文藝領導的失職「基本上不是理論水準問題」，「更完全不是政治水準問題」，而是「（非黨或反黨的）思想態度所招來的結果」〔註8〕。

這樣，他向中央請纓承擔在「思想上的階級鬥爭」戰場衝鋒的重任便有了前提。他聲稱，「從四中全會決議的精神受到了（周揚等的）批判以後」，決定「非馬上正視我所處的這個環境，擔負起我應該擔負的鬥爭不可」及「非馬上首先正視我自己，向黨交待問題，爭取參加鬥爭的條件不可」〔註9〕。

〔註5〕 胡風1952年12月6日給梅志信中寫道：「那麼，問題在以後怎麼辦了。這完全操在佛爺和軍師手裏。」《胡風家書》第347頁。信中「佛爺」指周恩來，「軍師」指胡喬木。

〔註6〕 《胡風全集》第6卷第185頁、第220頁。

〔註7〕 《胡風全集》第6卷第95頁。

〔註8〕 《胡風全集》第6卷第101頁。

〔註9〕 《胡風全集》第6卷第95頁。

　　這樣，他向中央推薦一批「能擔當一份（階級鬥爭）的忠誠的戰士」也
就有了依據。他推薦的第一位是路翎，他贊道：「他在勞動過程中每一次都在
透過表面深入潛在內容的過程中進行了猛烈的思想感情上的階級鬥爭」〔註
10〕；他推薦的第二位是阿壠，他贊道：「他在美學鬥爭上對於封建主義性的、
資本主義性的、和教條主義的打擊，那些深入要害的分析，在我們今天文藝
思想上的階級鬥爭當中，是能擔當一份任務的忠誠的戰士。〔註 11〕」

　　爲了使揭露和清算「（周揚等）惡性的宗派主義統治情況及其歷史根源和
思想根源」的鬥爭得到組織保證，他籲請黨中央趕快轉到「主動地位上面」，
建議道：

> 我覺得，那第一步，黨中央非得在籠罩著整個文藝界的，由各
> 種各樣的自由主義所形成的堅韌的殼子上面打開幾個缺口，就無法
> 著手。〔註 12〕

爲了使中央痛下決心，他向中央描述了「後周揚時代」的願景：

> 清算了（周揚的）宗派主義的統治以後，就有可能也完全有必
> 要把在最大限度上加強黨的領導作用和在最大限度上發揮群眾的創
> 作潛力結合起來，把在最大限度上保證作家的個性成長與作品競賽
> 和在最大限度上在黨是有領導地、在群眾是有保證地進行批評與自
> 我批評、進行提高政治藝術修養結合起來，把在最大限度上提高藝
> 術品質與積累精神財富和在最大限度上滿足群眾當前的廣泛的要求
> 結合起來……〔註 13〕

很明顯，胡風此時的思維特點不僅是虛幻的，也是高度政治化的。很難設想
當他具有「參加鬥爭的條件」時，他會幫助中央做到上面引文中提到的四個
「最大限度」，能真正使共和國文藝事業繁榮起來。

　　別的且不說，就拿「在最大限度上保證作家的個性成長」這一條來說吧，
胡風在其 20 餘年的文藝實踐中從來就沒有表現出過這樣的雅量——

　　30 年代初他從日本返國後投入反對「第三種人」的鬥爭，撰寫論文《粉
飾，歪曲，鐵一般的事實》，文中把在《現代》雜誌第 1 卷上發表小說作品的

〔註 10〕　《胡風全集》第 6 卷第 363 頁。
〔註 11〕　《胡風全集》第 6 卷第 349 頁。
〔註 12〕　《胡風全集》第 6 卷第 402 頁。
〔註 13〕　《胡風全集》第 6 卷第 102 頁。

作家,如穆時英、杜衡(蘇汶)、施蟄存、沈從文、郁達夫、巴金、靳以、馬彥祥、沈櫻等,一概劃入「第三種人」,進行了粗暴的批判。

40 年代初他從香港脫險來到桂林,他對這座抗戰文化城的觀感竟然是「戰鬥的東西被市儈的東西所淹沒,人民的要求被敵方的影響所淹沒」;他筆下描述的「創作界」是:「有的掛著利劍,有的敲著木魚,有的穿著法定式樣的制服,有的披著豔麗紋彩的頭巾,有的攤開了古老字畫,有的搬弄著海外奇談,有的把唾液當作藥水出賣,有的把肉麻當作有趣贈人……熙熙攘攘,具體而微地像是克利斯朵夫在巴黎所見到的『節場』一樣。這叫做混亂。〔註 14〕」

40 年代中期及以後,他號召青年作者在各地報刊上展開對「主觀公式主義」、「客觀主義」、「市儈主義」及「色情文學」的「清算」,曾傷害過郭沫若、茅盾、沙汀、劉白羽、周而復、臧克家、趙樹理、馬凡陀(袁水拍)、陳白塵、姚雪垠、沈從文、袁可嘉、鄭敏、李健吾、吳祖光、馬彥祥、許傑、田漢、朱自清、馮至、胡繩、邵荃麟、林默涵、黃藥眠、適夷、蔣天佐、李廣田、劉盛亞、卞之琳、沙鷗、梅蘭芳、齊白石等一大批文藝家。

50 年代他在撰寫「萬言書」時仍然是這樣做的。在他看來,共和國文壇上除了本流派的幾位作家之外,其他流派的作家都是要被逐出文藝史和文藝隊伍的,如:

> (庸俗的作家類)「即使周揚同志不滿意東平沒有和他把友誼保持下來,但他是黨員,又是在抗日的敵後戰場(新四軍)上犧牲了的唯一的作家,他的作品所寫的主要內容是海陸豐革命鬥爭中的人民和新四軍的戰士,給他在《新文學選集》中保留下來,在單純的政治影響上說也應該是有意義的,至少也不應該不選他而選上了庸俗的作家王魯彥之類。」〔註 15〕

> (反動的作家類)「甚至對於沈從文,也用『求賢』的態度詞意懇切地勸他恢復創作生活;甚至對於張恨水,也要把他的作品拿到國家出版社出版,還勸他把能夠靠『題材』吸引讀者的『梁祝故事』寫成小說,由這來建立他的作家地位。」〔註 16〕

〔註 14〕 《胡風全集》第 3 卷第 4～11 頁。
〔註 15〕 《胡風全集》第 6 卷第 116 頁。
〔註 16〕 《胡風全集》第 6 卷第 386 頁。

（異己的作家類）「南京暗探范泉主編《文藝春秋》，何其芳同
志的朋友，剛剛弄掉了國民黨上海市黨部審查科長位子的李健吾主
編《文藝復興》，幹著何其芳沒有引出來的、羅丹所說的『爲引誘群
眾而皺眉扮臉，裝腔作勢』的文藝事業。」

（腐爛的作家類）「（胡繩）憑著比溫情主義更庸俗得多的態度，
不恤歪曲作品內容，挽回了姚雪垠那樣用腐爛的感情玩弄人民的作
家聲望，這就使我無法忍受。」〔註17〕

當然，他在呈送中央的這份報告中還是有所保留的，如果能如前幾年那樣無
所顧忌的話，以上名單中還要增加許多許多人。

在某些研究者看來，胡風的「萬言書」是因「爲知識分子說話」或「爲
作家請命」而獲罪的，這似乎是誤識。從歷史上進行考察，胡風從未以「知
識分子的代言人」的形象出現過，充其量以流派的「代言人」出面，更多的
則是以文壇和作家們的揭露者或暴露者的身份說話。解放前他曾用「狗打架」
比擬文壇，最爲平和的形容也僅是「中庸的」。解放後他對「大文壇」的描述
是「亂得很」、「獨立王國」、「宗派和軍閥統治」，他所致力的便是要「刺痛」
它。如果說從「萬言書」中可以看出別樣的東西，那只是對文壇「階級鬥爭」、
「思想鬥爭」理論的趨奉和迎合，可惜許多研究者根本沒有看到這一點。

再重複一遍，我們也很願意看到 40～50 年代的文藝家中能有一個傳承「五
四」薪火的旗手，然而，胡風似乎並不是人們所期待的那一個。如果相信胡
風具有更多的科學和民主精神，那只是一廂情願罷了；如果相信胡風會比較
正確地看待知識分子的歷史地位和歷史作用，那也是不現實的！

〔註17〕《胡風全集》第 6 卷第 352 頁。

21 胡風之「關於舒蕪問題」

　　1954年7月22日胡風向中央呈上「關於解放以來的文藝實踐情況的報告」（以下簡稱「萬言書」）和「給黨中央的信」（以下簡稱「信」）。「信」和「萬言書」中都有對舒蕪的政治定性及激烈批判。

　　「信」中列舉了周揚等「宗派主義統治」的四大罪狀，第二條罪狀是「不斷地破壞團結，甚至竟利用叛黨分子製造破壞團結的事件」。他憤怒譴責道：

　　（周揚）破壞了團結的基礎，壓下了群眾的積極性以後，就更加覺得群眾是可以欺侮和蒙蔽的，更加頑強地以毛主席文藝思想的唯一的正確解釋者和執行者自任，用行政命令的手段在混亂情況中建立「威信」，企圖造成「思想」上的「一致」，即宗派主義的完全統治。把毛主席的某些原則歪曲地做成了庸俗社會學的教條，當作對於革命文學陣營內的不向他屈服的作家的征服武器，不惜亂用黨的原則羅織成案，不惜利用「孤立少數、打擊一點」的對付敵人的手段。那發展到極致，又完全恢復了二十年前的「故態」，竟利用叛黨分子在黨和群眾面前公開地造謠侮蔑不向他屈服的作家，竟指使黨已經下過結論的不但犯了嚴重錯誤、而且品質壞的黨員把黨機構作為講壇發洩報復心理，替他把不向他屈服的作家做成了政治上的異己分子。這樣，破壞了團結的基礎以後，又把批評與自我批評這個黨的莊嚴的武器授與品質壞的黨員和叛黨分子當作造謠工具，指使他們製造出了一次比一次更嚴重的破壞團結的事件。〔註1〕

〔註1〕 《胡風全集》第6卷第99頁。

其中，「叛黨分子」指的便是舒蕪。胡風把舒蕪在「整風學習運動」中所作的兩篇文章及其在「胡風文藝思想討論會」上的發言，都看成是周揚等為打擊他而有意作的安排，詆之為「公開地造謠誣衊」。如前所述，舒蕪前此的所為與周揚沒有任何關係，胡風此說是沒有什麼依據的。順便說一句，「品質壞的黨員」指的是四川作家林向北，1952 年曾任重慶市委統戰科長，率隊參加土改時曾與胡風有過糾紛，1953 年 4 月他在重慶市委宣傳部召開的「批評胡風文藝思想座談會」（1953 年 4 月）作過發言，胡風在這裡指責他「發洩報復心理」。

胡風在「信」中把舊友舒蕪強制性地定性為階級異己份子或有意識的反革命，究竟有什麼根據呢？如前所述，唯一的根據是路翎 1950 年冬與他的一次談話。另據張業松的《舒蕪的兩篇「佚文」》介紹，「萬言書」原本中可能還有如下一段文字：

> 舒蕪是他那個出身的地主貴族階級在思想意識上派來做破壞作用的代表，他是看準了同志們底宗派主義的強烈的統治欲望，所以敢於膽大包天地從這個空隙打了進來的。而且，他是由於他的叛黨行為，被黨洗刷了，使他無法不在內心上看到了自己的階級本質，因而惱羞成怒，產生了對黨的仇恨心理……〔註2〕

路翎的揭發有無根據，這不是筆者所欲探討的問題。問題在於，路翎與舒蕪結交已有 15 年（從 1939 年到 1954 年），他們曾是情同手足的好朋友，同室而眠，同桌吃飯，互相砥礪切磋，彼此的作品中都刻下了對方思想的深深的印痕；胡風與舒蕪結交也有 11 年（從 1943 年到 1954 年），他們也曾推誠相見、無話不談，共同參與過「廣義的啟蒙運動」，攜手跨進思想文化領域。如前所述，1945 年及以後，胡風和路翎也曾多次表露出對他的不耐、不滿乃至「失望」，但至多只批評他有「教條主義」和「五四遺老」的傾向，從來不曾懷疑過他的政治歷史問題及「階級本質」。此時胡風以如此激烈的態度來揭發、批判舊友，意欲置對方於死地，這裡有無實用主義的態度，這裡有無機會主義的表現呢？或如聶紺弩稍遲的時候所說的，「他（指舒蕪）反黨時和他是朋友，他向黨低頭後又痛恨他」呢？

〔註 2〕 張業松接著寫道：「這裡的引用文字與三十萬言書中的相關文字略有出入，也許另有出處，不過大致意思是不差的。」《舒蕪的兩篇「佚文」》為「第二屆胡風研究學術討論會」交流論文（2002 年 10 月），下不另注。

也許可以這樣說，解放初的這幾年裏，舒蕪、胡風在如何看待過去共同走過的道路及如何評價「共同點」的問題上確實產生了很大的分歧，而且分歧越來越大，最終演變成了不可調和的衝突。但在這一過程中，他們處理矛盾的方式是迥然有別的：舒蕪的批評和自我批評，乃至批判和揭發，都以公開發表的文章形式出之；而胡風等卻不然，他們對舒蕪的反擊主要是通過向上面寫「報告」來完成的，如在 1952 年下半年中宣部召開的「胡風文藝討論會」期間，胡風曾向中宣部文藝處遞交了兩份報告，《關於舒蕪和〈論主觀〉的報告》和《關於〈希望〉的簡單報告》，路翎則遞交了四份報告，「關於和舒蕪的關係的報告」、「對於舒蕪批評他的理論根據的分析」、「關於解放以來自己的工作情況」、「對於解放以前的創作的檢查」〔註3〕。而且，舒蕪的視線未超出思想文化領域，而胡風等幾年前就已專注於「揭發」對方的政治歷史問題了。

然而，胡風也深知，僅以路翎一人的揭發，尚不足以將舒蕪定為階級異己分子，要使中央確信舒蕪的「一些表現並不簡單是一個封建家庭子弟的缺點和自私的欲望而已」，還需要提供更為切實的旁證材料。於是，他在「萬言書」中專闢了一節「關於舒蕪問題」，引證了各種形式的材料，努力地把舒蕪描述成有意識的「破壞者」。何謂「破壞者」呢？借用他的表述，即是「他那個出身的地主貴族階級在思想意識上派來做破壞作用的代表」；或者借用 1952 年他向林默涵揭發時所述，即是「內奸」。

「關於舒蕪問題」為胡風「萬言書」第三部分「事實舉例和關於黨性」的第四節〔註4〕。這節文字是他為 1952 年呈交的《關於舒蕪和〈論主觀〉的報告》所作的補充，他認為 1952 年的報告從時間來說「只簡單地說到解放以前的情況」，從內容來說只是「以能夠說明我的檢討為限」，沒有把舒蕪的政治品質問題說透；於是再「補充幾點，並說明那以後的情況」。這補充的「幾點」共有十一則，約 5000 字。

細讀此節全文，最令人驚奇的發現是：胡風用以證實舒蕪「氣質」和「品質」的十一則材料中竟有七則利用了私人書信。順便提一句，署名「舒蕪」的《關於胡風小集團的一些材料》，因使用了私人書信為後人所詬病，寫作時間在「1955 年 4 月底或 5 月初」；參照胡風日記，「關於舒蕪問題」的起筆時

〔註3〕　《胡風全集》第 6 卷第 355 頁。
〔註4〕　「關於舒蕪問題」，收入《胡風全集》第 6 卷第 324～331 頁。下不另注。

間不遲於 1954 年 5 月；換言之，胡風「將私人書信用於公共事務」早於舒蕪一年整。

胡風在「關於舒蕪問題」中，是如何「將私人書信用於公共事務」的呢？請看其文中列舉的七則材料，順序號按照原文：

第（一）則材料揭露舒蕪 1945 年 11 月與胡喬木討論《論主觀》時的惡劣表現。提到兩封書信，未摘引信件內容。第一封信是他建議舒蕪給胡喬木寫的「表明願意聽取意見的誠意」的信，第二封信是他寫給舒蕪的轉達胡喬木歉意的信。

第（二）則材料揭露舒蕪的「市儈主義」的氣質。摘引了舒蕪 1945 年 7 月 2 日給他的信，利用對方的自我批評來揭露對方：「觀看朋友們的反映，我，似乎已是逐漸走向市儈主義的了。……一定是，心理有不安有難堪時，倒成了顧影自憐，倒成了市儈主義。……二十世紀的個人主義，客觀上就是市儈主義。是不是？」

第（四）則材料揭露舒蕪解放後不安於位，總想到大城市工作。提到及摘引了三封私人書信，其一南寧解放後舒蕪託他找工作的信（1949 年 12 月 8 日），第二封是他的回信（1950 年 1 月 12 日），第三封是舒蕪的關於「在老幹部身上看到了『毛澤東思想的化身』」的覆信（1950 年 4 月 6 日）。

第（六）則材料揭露舒蕪解放後「市儈主義」的表現。提到舒蕪 1950 年寫給他的三封信，引述了其中關於「熊復黑丁同志請他吃飯」的一封信（1950 年 10 月 21 日）。

第（八）則材料揭露舒蕪的「虛偽」。摘引了舒蕪 1952 年 10 月 9 日寫給他的關於「兩年多來，不大清楚你的行蹤」的信。

第（九）則材料批駁舒蕪在《論主觀》問題上對他的「誣陷」。提到舒蕪在寫完《論主觀》次日給他的信（1944 年 2 月 29 日）。

第（十）則材料仍是為了揭露舒蕪的「虛偽」。摘引了「胡風文藝思想討論會」結束後，舒蕪離京前寫給他的關於「將只檢查自己」的信（1952 年 12 月 27 日）。

綜上所述，胡風在「關於舒蕪問題」中共提及和摘引私人書信 12 封，其中他自己的書信 2 封，舒蕪的書信 10 封。無論是為了揭露對方的「氣質」，或是為了替自己辯誣，他都毫不猶豫地間接或直接引用私人書信。

「關於舒蕪問題」中其餘四則材料也是用來揭露舒蕪的政治「品質」的，所使用的材料則全是私人談話及私人印象，這種做法似乎更甚於「將私人書信用於公共事務」，詳見下述。

第（三）則材料揭露舒蕪1947年「從劉鄧大軍佔領過的家鄉跑出來」，稱「他對解放軍的態度引起了朋友們的強烈的不滿」，這是從「私人印象」立論。

第（五）則材料揭露舒蕪1950年赴京開會期間與胡風等「閒談的時候」的表現，說「他對『毛澤東思想的化身』的老幹部取了嘲諷的態度，而且對於一些工作方式也取了尖刻的嘲笑態度。我感到失望。」這是從「私人談話」及「私人印象」立論。

第（七）則和第（十一）則材料揭露時任中宣部文藝處副處長的林默涵對舒蕪的包庇和縱容，所據材料是1952年9月25日他們之間的談話內容。也是從「私人談話」及「私人印象」立論。

這裡還有一個存而不論的問題，胡風在1952年下半年中宣部召開的「胡風文藝討論會」期間，曾向中宣部文藝處遞交了兩份報告，《關於舒蕪和〈論主觀〉的報告》和《關於〈希望〉的簡單報告》。其中是否也如「關於舒蕪問題」一般，大量使用私人通信、私人談話及私人印象立論，尚不得而知〔註5〕。

「關於舒蕪問題」的最後一段，是胡風對他與舒蕪之間長達10年（1943年至1952年）關係所作的總結，其痛悔的程度超出了人們的想像。他寫道：

> 在這整個過程中間，我一直痛切地望著舒蕪給黨的威信所帶來的損害作用，但一句話也不能說，一點挽救的辦法也沒有。我鼓起最大的勇氣向林默涵同志點明了舒蕪「是破壞者」，但實際上恐怕那產生了相反的效果。只是引起了林默涵同志的對我的不滿而已。我尤其感到痛苦的是，對舒蕪的關係是我犯的一個大錯誤，同志們從我犯的這個錯誤又更深一步地陷了下去；我的由於無知所犯的錯誤終於招致了同志們意識地去擴大再生產了這個錯誤，我的痛苦是交織著對自己的悔恨和對同志們的惋惜的。我深切悔恨的是，一個錯誤能夠演變成怎樣大的使黨的威信受到了損害的結果。

〔註5〕 胡風1952年8月18日給梅志的信中寫道：「把無恥信全部掛號寄來。」《胡風家書》第295頁。那時他已將私人書信用於公共事務了，由於當年的史料尚未面世，在此且不談。

其實，胡風「犯的一個大錯誤」並不在結識了舒蕪，而是在如何對待舒蕪的批評和自我批評這個問題上。舒蕪的批評與自我批評都是公開的，他不憚將自己思想上的每一點變化都公開地告訴「胡風派」的朋友們，所撰文章也都是公開發表的；而胡風對舒蕪的批評和揭發卻全是私下的，他不願再與舒蕪進行坦誠的交流，他讓朋友們都來孤立他，甚至指使某些人「偵查」他，或秘密地向上面舉報。一個是公開，一個是私密，他們的主要區別就在這裡。

附帶說一句，前幾年曾有研究者提出，舒蕪 1955 年「主動將胡風給他的私人信件引入批判文章」，這個行為越過了「知識分子倫理底線」。近年來，已有研究者注意到胡風在 1952 年的「胡風文藝思想討論會」上及在 1954 年的「萬言書」中早就存在著利用私人信件向中央密報舒蕪政治歷史問題的事實〔註6〕。

〔註 6〕 參看筆者《細讀胡風「給黨中央的信」》（載長沙《書屋》2004 年第 11 期）、《細讀胡風論「舒蕪問題」》（載《江漢論壇》2005 年第 12 期）。

22 「這是我寫呈中央的報告發生了作用」

　　1954 年 7 月 22 日，胡風把「萬言書」送交中央後，一面焦慮地等待著回音，一面留意觀察上層人士的反應。不久，他發現了「當事者」見面時所表現出來的「親善之狀」及其他跡象，估計「十一以後」中央可能會有大動作〔註1〕。果如其言，兩個多月後，建國以來最大規模的以反對主觀唯心主義爲特徵的思想整頓運動如期而至。

　　10 月 16 日，毛澤東給中央政治局和其他有關同志寫了一封信（後收入《毛澤東選集》時定名爲《關於「紅樓夢研究問題」問題的一封信》）。全文如下：

　　各同志：

　　　　駁俞平伯的兩篇文章附上，請一閱。這是三十多年以來向所謂《紅樓夢》研究權威作家的錯誤觀點的第一次認眞地開火。作者是兩個青年團員。他們起初寫信給《文藝報》請問可不可以批評俞平伯，被置之不理。他們不得已給他們的母校——山東大學的老師，獲得了支持，並在該校刊物《文史哲》上登出了他們的文章駁《紅樓夢簡論》。問題又回到北京，有人要求將此文在《人民日報》上轉載，以期引起爭論，展開批評，又被某些人以種種理由（主要是「小人物的文章」，「黨報不是自由辯論的場所」）給以反對，不能實現；結果成立妥協，被允許在《文藝報》轉載此文。嗣後，《光明日報》的《文學遺產》欄又發表了這兩個青年的駁俞平伯《紅樓夢研究》一書的文章。看樣子，這個反對在古典文學領域毒害青年三十多年

〔註 1〕 胡風 8 月 12 日給張中曉信：「這裡已在動，十一以後可能要著手清理問題的。」

的胡適派資產階級唯心論的鬥爭，也許可以開展起來了。事情是兩個「小人物」做起來的，而「大人物」往往不注意，並往往加以攔阻，他們同資產階級作家在唯心論方面講統一戰線，甘心作資產階級的俘虜，這同影片《清宮秘史》和《武訓傳》放映時候的情形幾乎是相同的。被人稱爲愛國主義影片而實際是賣國主義影片的《清宮秘史》，在全國放映之後，至今沒有被批判。《武訓傳》雖然批判了，卻至今沒有引出教訓，又出現了容忍俞平伯唯心論和阻攔「小人物」的很有生氣的批判文章的奇怪事情，這是值得我們注意的。

俞平伯這一類資產階級知識分子，當然是應當對他們採取團結態度的，但應當批判他們的毒害青年的錯誤思想，不應當對他們投降。

　　　　　　　　　　　　　　　　　　　　　　　　毛澤東

　　　　　　　　　　　　　　　　　　　　一九五四年十月十六日

10 月 18 日，中共中央宣傳部和全國作協黨組開會傳達毛澤東指示精神（毛澤東的這封信當年未公開發表），確定了批判《紅樓夢》研究著作的組織和活動方式，還成立一個委員會，由茅盾、周揚、鄧拓、潘梓年、胡繩、老舍、尹達等組成，以加強對這次運動的領導〔註2〕。

胡風很快得知會議的內容，欣喜過望。他認爲毛澤東的指示是對「萬言書」的直接回應，覺得其中有些提法非常接近他的籲求——

他在「給黨中央的信」中寫過：周揚等歪曲了黨的統戰原則，向「那種不但在藝術上原來是墮落的、而且在政治上多年來積極反動的『老作家』」投降，甘心「做墮落的以至反動的東西的俘虜」。毛澤東在這裡談到：「他們同資產階級作家在唯心論方面講統一戰線，甘心作資產階級的俘虜。」

他在「給黨中央的信」中寫過：周揚等一貫「鄙視和威嚇」經魯迅精神和毛澤東理論「在廣泛的群眾中間所誘發出來的有生力量和萌芽性的實踐要求」，將其「悶住、悶死了」。毛澤東在這裡談到：「事情是兩個『小人物』做起來的，而『大人物』往往不注意，並往往加以攔阻。」

他在「給黨中央的信」寫過：「階級鬥爭正在向著更艱巨更複雜曲折的深入的思想鬥爭上發展，不會容許這個應該擔負起專門任務的戰線繼續癱瘓下

〔註 2〕　于繼增《〈紅樓夢〉研究風波實錄》，載《文史精華》2005 年第 8 期。下不另注。

去。」毛澤東在這裡談到：「看樣子，這個反對在古典文學領域毒害青年三十多年的胡適派資產階級唯心論的鬥爭，也許可以開展起來了。」

胡風不無理由地認為「這是我寫呈中央的報告發生了作用」〔註3〕，並告之聶紺弩。聶在 1955 年的「檢查」材料中曾回憶道：「應該是在號召批評《文藝報》之後，一天，我和胡風談到他的『理論』問題（在他家裏），我說他應該承認自己的錯誤。他說他一點兒也沒有錯，又回到他說過的『只有毛主席理解』。他已經寫信給毛主席了，並說說不定批評《文藝報》和周揚不兼文化部（領導）是與他的信有關。〔註4〕」

不久胡風又從某個管道聽到了一些最新消息，感到非常振奮。他於 10 月 28 日給張中曉去信，寫道：

> 這裡情況已經在大動搖中，第一，作協黨組連日來開會，大概是由先生們自己檢查，提出彙報，中央再來最後考慮問題，這裡面一定有許多好看的東西。今天甚至聽說二十多萬字的東西要出版了，如果真是這樣，大概是上面已經決定了要徹底考慮考慮。第二、今天報上發表了袁詩人攻擊《文藝報》的文字，這是一個很不平凡的現象，可以認為一則犧牲《文藝報》，想把主要責任推到《文藝報》身上，二則有些人（像袁詩人之類）趕快站住，要趁早抓住改打銅牆鐵壁的旗幟。第三、文聯會上的重要發言也要公開發表了，這在上面也許為了推動鬥爭的發展，在先生們也許是要藉此造成一個改良的局勢。〔註5〕

信中提到的「二十多萬字的東西」，指的是他的「萬言書」；「袁詩人攻擊《文藝報》的文字」，指的是袁水拍署名（胡風當時不知該文經過毛澤東修改）的文章《質問〈文藝報〉編者》；「文聯會上的重要發言」指的是周揚最近的一次講話，據說他在這次講話中批評了何其芳、林默涵，說他們 1953 年初發表的兩篇批判胡風文藝思想的文章「做法粗暴」，並說胡風堅持不寫檢討「是對的」〔註6〕。

〔註3〕 《胡風全集》第 6 卷第 526 頁。
〔註4〕 《聶紺弩全集》第 10 卷第 137 頁。
〔註5〕 此信轉引自林默涵《胡風事件的前前後後》，載《新文學史料》1989 年第 3 期。下不另注。
〔註6〕 胡風 1954 年 10 月 9 日致張中曉信：「子周在會上揭開了問題。對某某，雙木批評了，做法粗暴，當時是希望某某寫文章檢討的，今天看來，某某沒有寫是對的，堅持真理的原則是對的，云。」

　　細讀胡風書信錄，總能發現一些難以驗證的訊息。以上周揚的講話是一例，「萬言書」將出版更是重大的一例。「如果眞是這樣」，中央最高層領導者之一（毛澤東、劉少奇和周恩來）必定在當年 10 月或更早的時候已審閱過「萬言書」，並有所指示。

　　胡風對這個訊息確信無疑，5 天後他給周總理寫了一封信〔註7〕，信中談到「要求將他給中央的報告改寫爲文章發表並擬有所修改」，周總理將此信轉給了中宣部〔註8〕。

　　不過，目前尚無可徵信的材料證實周恩來其時已讀過「萬言書」，同樣，也沒有材料證實毛澤東、劉少奇等中央高層領導已讀過。

　　康濯在《〈文藝報〉與胡風冤案》一文中寫道：「（我）聽周揚同志談到，胡風的兩次發言引起了毛主席的注意，他還具體瞭解了此事，並由此而注意到了『三十萬言上書』，已經開始在看胡風的上書了。毛澤東是 1954 年 11 月開始閱讀胡風上書，並於 12 月批示發表、討論、批判。」

　　林默涵在《胡風事件的前前後後》中也寫道：「由於當時中央領導同志工作很忙，一時沒有處理此事……胡風在中國文聯，作協主席團擴大會議上的發言，引起了中央對他前些時提交的三十萬言書的注意與重視。中央建議中國作家協會主席團交《文藝報》發表，進行公開討論。」

　　看來，毛澤東 10 月間審閱過「萬言書」事似應存疑，但他讀過胡風「給黨中央的信」卻有很大可能。「萬言書」長達 28 萬字，且是手寫，毛澤東視力不佳，讀起來相當費力耗時，也許會擱置一段時間；但「給黨中央的信」只有 8 千言，且是指名呈送「毛主席、劉副主席、周總理」的，毛澤東也許在 7～8 月間即讀過；至於他讀過後是否向下面透露過要「出版」的消息，則不得而知。但，能批准「萬言書」出版者只能是毛澤東。

　　據研究者近年來的分析：「（毛澤東）批判胡適的目的，很大程度上是基於建國初期『破舊立新』、『興無滅資』政治形勢的需要。因爲胡適的自由民主思想，在知識分子中的影響太大太深，形成一種推進新制度的障礙。要想普及馬克思主義，鞏固新政權，就必須清除這種思想障礙；從批俞平伯的《紅樓夢》研究入手就是一個突破口。〔註9〕」當年，能深刻地領會到毛澤東這一

〔註7〕　胡風日記載，1954 年 11 月 2 日起草給周總理的信，4 日寄出。
〔註8〕　見於 1955 年 1 月 2 日中國作協黨組給中宣部並轉呈中央的報告。
〔註9〕　于繼增《紅樓夢研究風波實錄》。

戰略意圖者，文藝界惟獨胡風一人而已。早在兩個多月前，胡風在「萬言書」
中曾這樣向中央建議：「第一步，黨中央非得在籠罩著整個文藝界的，由各種
各樣的自由主義所形成的堅韌的殼子上面打開幾個缺口，就無法著手。」第
二步「要從這缺口擴大到全面」，第三步則是文藝領導班子的大調整，即所謂
「連根動」。遺憾的是，胡風當年對第一步和第二步的預測是對的，對第三步
的預測則完全錯了。毛澤東當年發動這個政治運動的構想只是從批俞平伯開
頭，進而批胡適，始於思想鬥爭，止於思想鬥爭，並沒有想在文藝領導班子
上「連根動」的打算。

　　與胡風的敏感和亢奮相反，周揚等對這場政治鬥爭風暴卻表現得遲鈍和
麻木。10 月 24 日中國作家協會古典文學部召開「《紅樓夢》研究問題座談會」，
他的指導性發言措辭非常緩和。他說：「批判俞平伯先生，當然只是批判他的
錯誤觀點而不是要打倒他這個人」，「這幾年學術界的自由討論的空氣太缺少
了，這大大地影響了學術的發展和思想的前進。這次《紅樓夢》的討論，是
學術界對資產階級的思想鬥爭，同時也是自由討論的開始。我們提倡學術上
的公開的、自由的討論。〔註10〕」

　　參加這次會議的大都是古典文學方面的專家，人民文學出版社古典部的
聶紺弩、舒蕪等也參加了這次會議。據孫玉明《紅學：1954》（北京圖書館出
版社 2003 年 11 月）所記，與會者表現出如下不同的傾向：

　　　　不知是有意還是無意，主持會議的鄭振鐸一開始就「擴大」了
　　批判範圍，他說：「幾年來我們的思想改造是不徹底的，因此經常出
　　毛病。」他使用「我們」，而不說「俞平伯」，並一再強調「徹底的
　　批判自己」，然後才說批判「人家的過去工作」。繼鄭振鐸之後，首
　　先發言的是俞平伯自己，接著是他的助手王佩璋。之後，批判俞平
　　伯的戲才算正式開場。其中吳恩裕的發言雖然表面上是在批判胡
　　適、俞平伯，但主旨卻是在替自己的考證作辯解。其餘的十四個人，
　　又大致可分成以下幾類：一、既高度贊揚、肯定「兩個小人物」的
　　文章，又對俞平伯、胡適進行批判或批評的人有：鍾敬文、王崑崙、
　　黃藥眠、何其芳、周揚；二、不提「兩個小人物」，只批判或批評胡

〔註10〕參看孫玉明《紅樓夢研究大批判運動前後》，載《新文學史料》2003 年第 4
　　　期。下不另注。

適、俞平伯的人有：舒蕪、聶紺弩、老舍；三、既肯定、批評俞平
伯，也批評、肯定「兩個小人物」的有：吳組緗、啓功；四、雖然
批評俞平伯，但卻明顯是在替俞平伯說好話的有：楊晦、浦江清；
五、只把目前學術界的弊端批評一通的有：馮至；六、不批評俞平
伯，反而批評「兩個小人物」的有：范甯。

舒蕪在發言中「只批判或批評胡適、俞平伯」，與聶紺弩、老舍所持態度相同，
按照孫玉明的說法即是「明顯缺乏火藥味」。顯然，他只是將這場運動視爲學
術界的與資產階級治學方法的鬥爭，是學術觀點的新舊之爭，根本就沒有從
政治鬥爭和階級鬥爭的高度著眼考慮問題，更沒有料到運動將由此迅速發展
爲對胡適派資產階級唯心論的全面清算，形成解放後第一場全國範圍的政治
運動，對學術界和文藝界的知識分子造成巨大的衝擊。

在隨後開展的「批判《紅樓夢研究》」運動中，舒蕪還出席過幾次全國文
聯全國作協主席團聯合召開的會議，並由此引起胡風的嚴重猜疑，且待後述。
實際上，他之關注《紅樓夢》及參與討論，只是與他的業務工作有關，與其
後中央決定將批判矛頭轉向胡風並無聯繫。

舒蕪是 1953 年初進入人民文學出版社古典部的，當時二編室諸人正忙於
整理四大古典名著，顧學頡整理《三國演義》，汪靜之整理《紅樓夢》，張友
鸞整理《水滸傳》，黃肅秋整理《西遊記》。1953 年底汪靜之整理的新版《紅
樓夢》出版後不久，其校點品質受到俞平伯的學生王佩璋專門撰寫的長篇批
評〔註11〕，出版社領導曾爲此向學界道歉。聶紺弩對此事有回憶，他寫道：「新
版《紅樓夢》的工作錯誤受了批評，雪峰同志用社的名義發表了一封檢討式
的信，又叫我在專家們面前作了檢討，《文藝報》又發表了一篇介紹《紅樓夢》
研究的文章。這些做法，二編室的思想都未搞通，我也未搞通。〔註 12〕」舒
蕪對此事也有回憶，他寫道：「出版社爲此開了一個相當規模的檢討會，請了
好些社外專家如俞平伯、王佩璋、啓功、王崑崙等以及業務有關的各方面人
士來參加，由出版社向他們檢討，請他們批評，雖然這樣弄得很嚴重，但那
時大家倒並不覺得有什麼政治壓力，因爲問題並沒有在政治方面上綱上線，
充其量只是學務上的、業務上的問題。〔註13〕」

〔註11〕 王佩璋《新版〈紅樓夢〉校評》，載 1954 年 3 月 15 日《光明日報》。
〔註12〕 《聶紺弩全集》第 10 卷第 65～66 頁。
〔註13〕 《舒蕪口述自傳》第 254 頁。

出版社隨後作出了補救的決定，讓舒蕪根據「程乙本」重新校點，迅速出版以供需要〔註 14〕。就是這項應急的工作，促使舒蕪開始接觸紅學。他回憶道：

> 「我最早讀《紅樓夢》是在高中一年級的時候。偶而得到上海一個什麼書局刊印的本子，潦潦草草看了一遍，印象並不太深，也不大喜歡。」「再次接觸《紅樓夢》，已經是解放初期。我調到人民文學出版社之後，因爲在古典部工作，所以又得到了一個偶然的機會，那就是我曾經談到過的，因爲《紅樓夢》標點校勘問題，挨了批評，出版社檢討之後，趕快組織補救，重校、重印《紅樓夢》，任務交到了我頭上。爲了做好這個工作，我不得不認眞仔細地邊讀邊校。」〔註 15〕

大約從 1954 年 10 月以後，舒蕪也以紅學專家的形象出現在公眾面前。他曾自述道：

> 到了 1954 年，批評俞平伯，全國展開《紅樓夢》問題的大討論。我們也跟著運動走，參加到討論中去。這時，才算馬馬虎虎進入了《紅樓夢》的研究。也就是爲了批判俞平伯，在《紅樓夢》裏面找些材料，來證明所謂「釵黛合一」的觀點如何如何不對。我在那時，批判文章倒沒有寫什麼，更多的是寫一些正面談《紅樓夢》的文章。文章發表了，引起一點社會關注。於是，有些單位就來請我去講《紅樓夢》……那一年，我究竟到過多少單位、講過多少場《紅樓夢》，自己也記不清了。大約有二十多場吧……基本上就是介紹、欣賞、分析，融會貫通，附帶批判一下俞平伯，指出他這不對那不對，不對的原因在哪裏等等。主要是批俞平伯的「釵黛合一」論，強調《紅樓夢》裏面所謂新的戀愛觀……甚至分析這些戀愛故事中的「兩條路線鬥爭」，認爲這就是《紅樓夢》的思想性所在。〔註 16〕

〔註 14〕 巴人未正式進入人民文學出版社前即有此打算，1954 年 2 月 13 日他在致馬克生信中寫道：「文學社出版了《水滸》、《紅樓夢》和《三國演義》，僅這三部就出了許多毛病。《紅樓夢》就有一百多處的錯誤。稍有研究的讀者就寫信來責問；但一般讀者又要求迫切，一出版就賣空，需要再版，而要再版則非重新校勘不可。」王克平《巴人書信彙編》，載《新文學史料》2001 年第 3 期。

〔註 15〕 《舒蕪口述自傳》第 358 頁。

〔註 16〕 《舒蕪口述自傳》第 358～359 頁。

舒蕪所謂《紅樓夢》中的「兩條路線的鬥爭」，只是書中戀愛當事者理智與情感的衝突，充其量只是以今律古，強作解人而已；而胡風此時關注的「兩條路線的鬥爭」，則是政治鬥爭在文藝領域的表現。他們所關注的問題是完全不同質的。

23 「批紅」運動的兩個層面

上世紀 50 年代初，毛澤東為宣傳馬克思主義、反對資產階級唯心主義、建立新政權的意識形態作了大量的工作——

他曾選擇文藝界作為「突破口」，1951 年發起的對電影《武訓傳》的批判，1951 年底批准的全國性的文藝整風學習運動，1952 年同意的中宣部小範圍的「胡風文藝思想討論會」，及 1953 年直接過問第二次文代會報告的起草及各協會機制的改革，均出於這種政治意圖。1954 年他又選擇學術界為「突破口」，《關於「紅樓夢研究問題」問題的一封信》明確地傳達出無產階級政黨不能再在意識形態領域與資產階級「和平共處」的意向，運動最初的構想是從「批評俞平伯」入手，進而批判「胡適派資產階級唯心論」；至於後來轉入對胡風思想及胡風集團的清算，繼以全國範圍的肅反運動，則另有原因。

目前學界普遍認為，毛澤東選擇《紅樓夢研究》為「突破口」，有一定的偶然性。其一，與個人興趣有關。毛澤東青年時代就愛讀《紅樓夢》，據說解放後搜集了該書的 20 餘種版本，且非常關注紅學研究的成果，並有自己的獨特見解。毛澤東讀過俞平伯的《紅樓夢研究》（1952 年 9 月出版）和周汝昌《紅樓夢新證》（1953 年 9 月出版），他比較欣賞周汝昌的研究方法、詮釋角度及有關觀點 [註1]。其二，與解放初古典文學的整理工作有關。馮雪峰出任人民文學出版社社長後主持了幾大古典名著的校注出版，汪靜之校點的《紅樓夢》出版後受到學界的批評，引起了李希凡、藍翎等青年學者嘗試用馬克思主義文藝學重新研究《紅樓夢》的興趣，毛澤東在江青的推薦下閱讀了李、藍的文章，找到了在文化界消除胡適影響的機會。

〔註 1〕　參看周汝昌《鄧拓論我的紅學》，收入《天‧地‧人‧我》，北京十月文藝出版社 2001 版。

　　換言之，如果解放初沒有出現古典名著整理的熱潮，沒有出現古典文學研究的勃興，就不會出現俞平伯《紅樓夢研究》熱銷的局面〔註2〕，也不會引起學界對其舊說的關注〔註3〕；如果人文社沒有出版汪靜之校點的《紅樓夢》，就不會有王佩璋（俞平伯的女弟子）批評事發生，李希凡、藍翎等青年學者也不會繼其踵用馬克思主義文藝學方法整理國故，自然也不會寫出聳動天聽的論文；更爲重要的是，如果毛澤東本人對《紅樓夢》沒有興趣，他也就不會關注紅學的最新研究成果，當然就不會以此爲討伐胡適資產階級唯心論的「突破口」了。

　　由於上述種種因素的綜合，1954年開展的「《紅樓夢研究》討論運動」實際上是在兩個層面上進行的：一是政治層面，一是學術層面。單世聯在《紅樓漫捲世紀風──胡適、毛澤東與〈紅樓夢〉，兼論紅學何成爲顯學》一文中寫道：「從 1954 年運動開始的當代紅學，有兩個層次，一是旨在建立新的意識形態的思想改造工程之一，二是以新的文藝理論重新解釋《紅樓夢》。」這個說法比較符合歷史實際。

　　如前所述，中宣部、文化部、全國文聯、全國作協的諸位領導在運動之初並未充分領會毛澤東的雙重意圖，他們一度在學術或政治的層面上游移不定。1954 年 4 月李、藍的文章《關於〈紅樓夢簡論〉及其他》寄到《文藝報》後，編輯部沒有及時處理，是將其視爲時限性不強的學術文章；山東大學學報《文史哲》（9 月號）發表李、藍的該文，也是將其作爲學術文章；同月江青找到胡喬木、鄧拓等人要求《人民日報》轉載該文時，胡、鄧均沒有答應，理由是黨報不是自由辯論的場所，同是將其作爲學術文章；《文藝報》第 18 號（9 月 15 日出版）轉載該文及《光明日報》（10 月 10 日）轉載李、藍《評〈紅樓夢研究〉》時所加「按語」，也還是從學術研究的角度著眼的。毛澤東對「按語」不滿意，則是從政治層面考慮的，在此無須贅述。

　　這場運動最先凸現出的是學術層面，以 10 月 24 日中國作協召開的批評俞平伯的會議爲其標誌。如前已述，主持者周揚只把這場運動看成是古典文學研究的新舊方法之爭，說：「這次《紅樓夢》的討論，是學術界對資產階級

〔註2〕 據說俞平伯的《紅樓夢辯》1923 年初版時僅印了 500 冊，其後近 30 年未再版。1952 年改訂爲《紅樓夢研究》出版，短短 1 年多已印至 6 版，總印數達 25000 冊，創建國初期學術著作發行之最。

〔註3〕 1953 年《文藝報》第 9 號（5 月 15 日出版）刊載了推薦《紅樓夢研究》的書評。

的思想鬥爭，同時也是自由討論的開始。我們提倡學術上的公開的、自由的
討論。〔註4〕」姚文元後來揭露道：

> 戰鬥剛剛開始，周揚就盡力想把這場尖銳的政治思想鬥爭，化
> 爲一場所謂「純」學術討論。一九五四年十月二十四日，他在中國
> 作家協會古典文學部召開的座談會上，迫不及待地要人們去研究「包
> 含複雜的內容」的所謂「學術思想上的問題」，開了一大批題目，要
> 人們去搞煩瑣考證。〔註5〕

舒蕪作爲人民文學出版社古籍部的專家出席了這次會議，並作了「沒有多少
火藥味」的發言。此後，他仍主要從學術層面關注這個運動。「批紅」運動起
來後，市場對該書的需求量極大，而汪靜之的標注本因受到學術界的批評而
無法再版，於是只得讓舒蕪「臨時趕工」。臨時重印本不久面世，回歸真正的
「程乙本」〔註6〕，滿足了社會的渴求。出版社領導甚爲滿意，曾破例發給他
「加班費」。附帶說一句，周汝昌牽頭的《紅樓夢》新校本於 1957 年 10 月由
人民文學出版社出版。

這場運動接著凸現出的是政治層面，以 10 月 28 日載於《人民日報》的
署名袁水拍而經過毛澤東親筆修改的《質問〈文藝報〉編者》爲其標誌。該
文不僅嚴厲地批評了文藝領導「對於『權威學者』的資產階級思想表示委曲
求全」、「對待青年作者的資產階級貴族老爺式態度」，還嚴正地指出「這決不
單是《文藝報》的問題，許多報刊、機關有喜歡『大名氣』、忽視『小人物』、
不依靠群眾、看輕新生力量的錯誤作風」。

胡風主要是從政治層面上關注這個運動的，他及時地讀到了袁水拍的這
篇文章，但並不以爲這場運動的目的如袁文所說，是爲了整肅文藝領導的「資
產階級的『名位觀念』、『身份主義』、『權威迷信』、『賣老資格』等等腐朽觀
念」，也不像後來者所分析的那樣，以爲中央實際上已將《文藝報》及其主編
馮雪峰作爲了主要的整肅對象，而堅定地認爲，毛澤東發動該運動的目的是

〔註4〕 孫玉明《紅樓夢研究大批判運動前後》。

〔註5〕 姚文元《評反革命兩面派周揚》，載《紅旗》雜誌1967年第1期。

〔註6〕 王珮璋在《新版〈紅樓夢〉校評》中批評汪靜之的注本：「『新本』自稱是根
據『程乙本』，但實際上卻是 1927 年『亞東圖書館』發行的『亞東本』。『亞
東本』雖自稱是翻印『程乙本』，實則改動很多，與原來真正的『程乙本』出
入很大……至於標點，新本恐怕也大部分都是用亞東的……種種標點不妥的
地方我看到有九十一處，其中由於亞東本連累的有七十九處……」

呼應他的「萬言書」，從「缺口」而到「全面」，徹底整肅文藝領導層的「宗派主義統治問題」。爲此，他甚至懷疑袁文有搶奪旗幟、轉移鬥爭方向之嫌。同日，他在致張中曉的信中寫道：

> 今天報上發表了袁詩人攻擊《文藝報》的文字，這是一個很不平凡的現象，可以認爲一則犧牲《文藝報》，想把主要責任推到《文藝報》身上，二則有些人（像袁詩人之類）趕快站住，要趁早抓住攻打銅牆鐵壁的旗幟。

一句話，他十分耽心周揚等文藝領導會在「犧牲」《文藝報》和馮雪峰之後金蟬脫殼。11 月 6 日他與來訪的聶紺弩談到他的耽憂，聶在後來的「檢討」中寫道：

> 批評《文藝報》的事發生之後到他家的那一次，我也說雪峰怕俞平伯，出了事。他說雪峰犯了許多錯誤，不信你去翻他論《水滸》的文章，一定有問題。又說，這回是大家犯了錯誤，拿雪峰作犧牲來搪塞上面。這，我可完全知道是他看錯了，不過未和他爭論，等他說完就走了。〔註7〕

很明顯，胡風此時只注意到了運動的政治層面，沒有注意到學術層面；而且，他只在政治層面上看見了組織上「整黨」的跡象，而沒有領會其思想上「整黨」的實質。一句話，他誤解了毛澤東發動這場運動的宗旨。隨後，他的誤判由此連綿而生，一誤而再誤，終於釀成了不可收拾的結果。

《質問〈文藝報〉編者》發表後，「《紅樓夢研究》批判運動」仍沿著上述兩個層面進行著。

學術層面的運動從批評俞平伯的《紅樓夢研究》開始，延伸到批評周汝昌的《紅樓夢新證》，對三十年來「新紅學」的研究成果來了個總盤點，最終擴展到對各個學術文化領域內胡適思想的總清算。在近一年時間裏，鍾洛、陸侃如、周汝昌、胡念貽、宋雲彬、褚斌傑、魏建功、王知伊、施子愉、唐弢、王若水、張嘯虎、李希凡、藍翎等許多專家學者都發表了文章，先後結集爲《〈紅樓夢〉研究資料集刊》（華東作家協會 1954 年 12 月編印）、《〈紅樓夢〉問題討論集》（作家出版社 1955 年 6 月出版）和《胡適思想批判論文匯編》（三聯書店 1955 年出版）。其中作家出版社的《〈紅樓夢〉問題討論集》

〔註 7〕 《聶紺弩全集》第 10 卷第 66 頁。

是舒蕪主編的，共四集，收錄 1954 年 9 月至 1955 年 6 月全國各報刊發表的論文 129 篇，影響甚大。

至今，認為該運動在學術層面上並非一無是處者仍有人在。如李希凡曾這樣談到：「這次討論與批判，曾激發了知識界深入學習馬克思主義的熱潮。至於在《紅樓夢》研究方面，也應當承認，對這部傑作的深刻的社會內容。偉大的時代意義，高度的思想藝術成就，可以說都是從此時起，才得到了廣泛而深入的探討。而且正是由於毛澤東同志對《紅樓夢》有很高的評價，在他後半生中多次談論《紅樓夢》的政治歷史價值，思想藝術成就，才引起了廣大群眾的閱讀興趣，造成了《紅樓夢》研究歷久不衰的所謂『顯學』地位。〔註8〕」

政治層面的鬥爭則以批《文藝報》及其主編馮雪峰的「領導思想」為突出特徵，據康濯《〈文藝報〉與胡風冤案》一文稱，當時中央文化單位曾同時召開三個會議：第一個會議規模最大，為全國文聯全國作協主席團聯席擴大會議，郭沫若主持，參加者有茅盾、周揚、老舍、丁玲、馮雪峰、邵荃麟、胡風、黃藥眠、鍾敬之、劉白羽以及老中青作家、評論家、研究家二百來人，共召開過 8 次會議；第二個會議規模次之，是中宣部召集的部務會擴大會議，文聯、作協、文化部許多黨員負責幹部參加，陸定一主持，開了多次；第三個會議規模較小，為中國作家協會機關支部大會，由支部書記康濯主持，也連續開了幾個晚上。這些會議的議題均集中於批評《文藝報》及其主編「投降資產階級權威、壓制馬克思主義新生力量的錯誤」，與學術層面所討論的內容截然不同，因而更能體現出政治鬥爭的特點。

胡風應邀參加了全國文聯全國作協主席團聯席擴大會議，並在第二次和第三次會議上作了激情洋溢的發言，其發言主要是從政治層面批判文藝領導向資產階級學術權威投降及打擊新生力量的錯誤，其涉及學術層面的內容僅有如下兩段：

> 俞平伯先生的考據工作還是為了替他的美學觀點服務，而且還建立了他的美學結論的。例如李希凡、藍翎兩同志批判過的「釵黛合一」的觀點，就是一個從腐朽的美學觀點所得出的結論。這符合不符合於作品的精神呢？《紅樓夢》和過去的作品截然不同的特點

〔註 8〕 《關於建國初期兩場文化問題大討論的是與非——訪李希凡》，載《文藝理論與批評》1999 年第 6 期。

之一，就是對於女性的態度。嚴格地説，在那以前的作品裏面，女性，要麼是性的化身，要麼是封建道德的化身，頂好的也是一種單純的反抗觀念的化身。但在《紅樓夢》裏面的女性，卻是人、社會人。是在歷史內容上呈現出來了敵友性格的人，而且是在眞實而又豐富的精神面貌裏面呈現出來的。這個態度強烈地表現在賈寶玉的身上。他對於林黛玉和薛寶釵的感情，不是決定於作爲女性的美貌上面，而是從對於人生態度的敵友性格所產生出來的。奴從封建道德的薛寶釵受到了賈寶玉的嫌棄，因爲反抗封建道德而被犧牲了的林黛玉誘發了賈寶玉的不枯不爛的愛情。

《紅樓夢》的思想力量和感人力量正是由於這個歷史內容的眞實性。封建道德是從兩個方面犧牲了林黛玉和薛寶釵，摧殘了人性的。所以，「釵黛合一」或「二美合一」的看法是把女人還原成了性的化身，完全是腐朽的反動的美學觀點，完全不是曹雪芹的態度，完全不符於作品的內容，因而和現實主義的美學分析是沒有任何相同之處的。〔註9〕

他批判了俞平伯的美學觀點，也闡述了自己的紅學觀。平心而論，胡風的紅學觀點不無可取之處，至今學術界仍有同調，這是應該肯定的；但他將五四以來新紅學的美學觀點一概打上「腐朽的反動的」政治標籤或階級標籤，卻是粗暴和輕率的。他也是在中學時期讀到《紅樓夢》的，當時讀過就讀過了，並沒有產生過研究的興趣；30年代中期他通過馮雪峰瞭解到毛澤東的紅學觀點，印象極深。據他回憶：

1936年馮雪峰從陝北被中央派回到上海的時候，對我談到過，毛主席愛看《紅樓夢》，長征中書丟光了（當是馬列主義以外的書），只保留著一部《紅樓夢》，閒談中說過「賈寶玉是近代史上第一個大革命家」。〔註10〕

1950年6月胡風在杭州浙江大學中文系演講時，曾演繹過毛澤東的如上紅學觀點。他說：

舊文學裏也有好東西，像《紅樓夢》那樣的作品。它是偉大的，那裏面的人物是千古不朽的，那些人物到現在還活在我們的身邊，

〔註9〕 《胡風全集》第6卷第447～448頁。
〔註10〕 《石頭記交響曲‧序》，《胡風全集》第1卷第315頁。

活在我們的中間。這部書反抗舊社會反抗封建制度，的確反抗得很
屬害。〔註11〕

胡風的紅學觀受毛澤東的影響，非常注重其反封建的內容及曲折表現出來的
階級鬥爭。他也看出這場運動有兩個層面——「是《紅樓夢》和《文藝報》
兩個問題」——但又認爲「在對文藝運動的教訓說，《文藝報》問題實質意義
還要重大得多」〔註12〕。於是，他無心全面地闡述自己的源自毛澤東的紅學
觀點，只略略談及新近發現的「女性觀」，這便給周揚後來的反擊留下了一個
把柄〔註13〕。

　　胡風的系統紅學研究始於 1957 年秋，當時他正處於「聽候處理」階段，
得到了一部《紅樓夢》新校本（人民文學出版社 1957 年版），半年內讀了五、
六遍。他對這個本子有所批評，說：「它不但合併了高鶚的四十回，無批判地
當作了『完全』的版本，並且在注釋和校勘方面包含有極明顯的錯誤。〔註14〕」
他又自述道，「指導我分析它的主導思想有兩點」，其一是馮雪峰轉述的毛澤
東的紅學觀點，其二是魯迅「關於高鶚續書的兩句話」〔註15〕。胡風晚年的
紅學觀皆源於此。如他認爲「《紅樓夢》是我們唯一的一部對幾千年統治階級
的統治秩序、意識形態（精神狀態）和生活道德（生活風尚），在血肉的風貌
上做了你死我活的痛烈的大斗爭的作品。而寶玉就是進行這個鬥爭的代表
者」，其源頭即是 1936 年馮雪峰轉述的毛澤東所說的「賈寶玉是近代史上第
一個大革命家」；又如他「對高鶚續書和高鶚本人得出了完全否定的結論」，
源頭即是魯迅關於高鶚續書時與原作者「偶或相通」又「絕異」的兩句話。

　　順便提一句，聶紺弩不讚同胡風的紅學研究方法及觀點。他曾在致舒蕪
信中寫道：「胡文以某大人物說寶公是最大革命家一語開始，心實恨之，與前

〔註11〕 《從莎士比亞談起》（記錄稿），原載《新文學史料》1988 年第 4 期，後收入
　　　　《胡風全集》第 6 卷。
〔註12〕 《胡風全集》第 6 卷第 739 頁。
〔註13〕 周揚在《我們必須戰鬥》中批判了胡風的紅學觀，說：「《紅樓夢》的價值和
　　　　積極意義主要也決不是在把女人當人來描寫這一點。這種說法實際上仍然是
　　　　貶低《紅樓夢》的積極意義，仍然是表現了對祖國文學遺產的極端輕視的觀
　　　　點。」
〔註14〕 《石頭記交響曲·序》，《胡風全集》第 1 卷第 315 頁。
〔註15〕 胡風寫道：「魯迅關於高鶚續書的兩句話。一是說，續書時高鶚尚未中進士，
　　　　有些寂寞，所以與原作者『偶或相通』。二是說，由於其他原因，兩者又『絕
　　　　異』。」《胡風全集》第 1 卷第 316 頁。

見說思想巨人同科。〔註 16〕」又寫道：「《紅樓》是人書，胡公逕稱爲唯人主義，但人的思想從哪裏來的，書中一點也看不出。〔註 17〕」

〔註 16〕 聶紺弩 1983 年 3 月 16 日致舒蕪信。《聶紺弩全集》第 9 卷第 423 頁。
〔註 17〕 聶紺弩 1984 年 5 月 29 日致舒蕪信。《聶紺弩全集》第 9 卷第 431 頁。

24　周揚指出胡風對舒蕪有「狂熱的仇視」

1954 年 10 月 28 日袁水拍的《質問〈文藝報〉編者》面世,「批紅」運動政治層面的鬥爭正式拉開了序幕,首當其衝的是《文藝報》及其主編馮雪峰。

10 月 31 日至 12 月 8 日中國文聯主席團和中國作協主席團先後聯合召開了八次主席團擴大會議,主持會議者為文聯主席郭沫若,參加會議者數百人。

胡風自始至終參加了這些會議。梅志在《胡風傳》中回憶道:「胡風每次會必到,並認真仔細地聽取會上的發言,回到家興奮地和朋友們談論著,都感到高興。一定是他的報告起了作用,打開了缺口,現在中央開始重視文藝了,這將使文藝,尤其是創作方面有一個新的轉機……」〔註 1〕

胡風記載了其中的五次會議,如下排序見於他的日記和書信,與他人的排序略有不同。

> 第一次會議:10 月 31 日下午。「參加文聯和作協主席團擴大會議,關於《紅樓夢》問題的俞平伯(胡適)思想和《文藝報》的錯誤。馮雪峰檢討。」

> 第二次會議:11 月 7 日下午。「第二次文聯擴大會,發了言。」

> 第三次會議:11 月 11 日。上午,「文聯擴大會。補上次發言。」下午,「文聯擴大會。路翎發言。」

> 第四次會議:11 月 17 日。上午,「文聯擴大會。黃藥眠刺了我,康濯實際上是反對我的意見,羅蓀、師田手、康濯否定了路翎。下午,「袁水拍轟了我(及亦門),吳雪、李之華攻擊路翎,轟紺弩用無恥(指舒蕪)事攻我和路翎過去反黨,現在反黨。」

〔註 1〕 梅志《胡風傳》第 633 頁。

第八次會議，12 月 8 日。上午，「鳳姐發言刺了我。」下午，「周揚發言轟了胡風。」

胡風在第二次、第三次會議上發了言，路翎在第三次會議上發了言，據說阿壟也發了言，但不知是在哪次會議上；在第四次會議上胡風等似乎遭遇到了有組織的反擊；在第八次會議上周揚宣佈將鬥爭矛頭轉向胡風。

勿庸諱言，胡風的這兩次發言的意義非同尋常，無論是對運動進程的影響（後來被批判爲「干擾和破壞」），還是對他個人、流派及其理論命運所造成的後果（後來他稱之爲「惹火燒身」〔註 2〕），其作用都不可輕估。有許多研究者認爲，沒有他的這兩次發言，大部分與會者也許就不會失去對他還有的一點同情，文藝領導也許就不會放棄對他尚存的一絲團結願望，毛澤東也許就不會嚴重地關注到他的「萬言書」，中央集體領導也許就不會決定將批判唯心主義的鬥爭矛頭從胡適轉移到他身上。無論從哪個角度來看，這兩次發言都是胡風生平的最大失誤。

不過，據胡風回憶，他原本並不打算在大會上發言，只是由於組織上的動員、朋友們的鼓勵、激將等諸多原因，才不得不發言的。他這樣寫道：

這個問題發生後，我錯誤地認爲這是我寫呈中央的報告發生了作用，決定不再說話。因爲，我的意見都寫在報告裏了，不應該在群眾中亂說什麼。但是，周揚動員我發言，沙汀動員我發言，聶紺弩動員我發言。恰好他（指喬冠華）也來看我。他對文藝情況一向不滿意，當然談到這個問題。我告訴他，我既然寫了報告，不打算發言。他立即說：「爲什麼不發言？發言愈尖銳愈好！」過後，我打電話給陳家康，告訴他我不打算發言，但老喬主張我發言，而且愈尖銳愈好。陳家康說：「應該發言。但我和老喬的意見不同，不要尖銳，要穩，這符合運動的要求，我屢次行之有效。」他說得很懇切。但我還不想發言，我以爲寫了報告，責任就已經盡了。後來終於發了言，而且感情那樣激動，那是被歐陽莊的話刺激起來的。

〔註 3〕

按照他的說法，當時鼓動他發言的有周揚、沙汀、聶紺弩、喬冠華、陳家康、歐陽莊諸人，其中周揚、沙汀、聶紺弩只是一般的動員，喬冠華、陳家康是

〔註 2〕 《胡風全集》第 6 卷第 635 頁。
〔註 3〕 《胡風全集》第 6 卷第 526～527 頁。

積極的鼓勵，而歐陽莊則使用了「激將法」。動員和鼓勵都沒有起到決定性的作用，只有朋友歐陽莊〔註4〕的「激將法」奏效了。此說頗爲令人費解，且待認眞分析。

周揚動員胡風發言事發生在「第一次會議休息時」（10 月 31 日）。梅志《胡風傳》對此有記述，她寫道：

> 周揚親自來動員他發言。説，問題有兩個，不僅是《紅樓夢》問題，還有《文藝報》。意思是要他把目標朝向《文藝報》，攻擊雪峰。後來，沙汀、老聶也都來動員他發言，他未爲所動。〔註5〕

如前所述，這個運動本來就有兩個指向（也包括學術和政治兩個層面），周揚此番說的是大實話，不能演繹出他有唆使其「攻擊雪峰」的意圖；至於沙汀，時任文聯創委會副主任（中宣部副秘書長邵荃麟爲主任），主持日常工作，他有動員包括胡風在內的所有參會者發言的責任，當不會懷有其他的意圖；至於聶紺弩「動員」胡風發言事，尚宜存疑。聶在肅反運動隔離審查期間對此事有過「交代」，他寫道：

> 關於（胡風在大會上的）猖狂發言，已經交代過。我同女兒到他家裏去，大概是快開擴大會議了。我問他發不發言，他說如果有人請，他就發言。我問他發什麼言，他講了一點發言的內容。說的時候也很猖狂。但我當時不但態度，連內容也沒有以爲有問題。曾說「你發言吧」之類的話。出來之後，我女兒說他有神經病。〔註6〕

聶紺弩攜女訪胡風事發生在 11 月 6 日，即第二次會召開的頭一天。胡風當天日記有記載：「聶紺弩攜小燕來。綠原來。得中曉信。得史華信。謝韜來。路翎、歐陽莊來。起草發言要點」。如果聶的上述回憶無誤，胡風其時已決定要在大會上發言。根據有三：其一，胡風說「如果有人請」，這已成事實，如上所述，周揚和沙汀已在第一次會上請過；其二，胡風向聶略談了「發言的內容」，雖只「講了一點」，但也應該是經過深思熟慮的；其三，胡風發言的傾向性已基本確定，因離題太遠，措辭激烈，以致聶的女兒以爲他的神經不太正常。換言之，聶紺弩是否「動員」過胡風，似無關緊要。

喬冠華和陳家康動員胡風發言事也發生在第二次開會前。梅志《胡風傳》對此有記述，她寫道：

〔註 4〕　歐陽莊解放前曾與化鐵合編《螞蟻小集》，時任南京下關電廠黨支部書記。
〔註 5〕　梅志《胡風傳》第 633 頁。
〔註 6〕　《聶紺弩全集》第 10 卷第 138 頁。

> 他（指胡風）打電話給喬冠華，告訴喬，他不想發言。喬卻說，
> 爲什麼不發言？越尖銳越好。又打電話給陳家康，家康說一定要發
> 言，但要穩。他還在猶豫中，覺得這些問題同自己提的關係不大，
> 並且也不願將矛頭對準雪峰。〔註7〕

胡風打電話給喬冠華、陳家康徵詢意見事，日記中雖無記載，應確認有其事；但胡風所謂「覺得這些問題」與己無關，且「不願將矛頭對準雪峰」的說法，則應存疑。原因很簡單，如前文已述，他已認識到毛澤東發動該運動的主旨是「反對向資產階級思想投降」及「保護新生力量」，這些「問題」同他在「萬言書」中提出的相同，他不可能不關心；此外，馮雪峰任《文藝報》主編後（1952年2月）批判胡風思想並不手軟，胡風已在私下稱其爲「三花臉」，此時他表示不願批馮，並不是對馮心存憐憫，而是──「目前，要嚴防以《報》和二馬爲『替罪的羔羊』」〔註8〕──惟恐中了周揚等的「金蟬脫殼」之計而已。

歐陽莊當時是如何對胡風施行「激將法」的，他的什麼話使得胡風改變初衷呢？梅志《胡風傳》中對此也有回憶，她寫道：

> 正在這時，有一位友人對他說，你不發言，將來要受中央責備
> 的，你自己提了意見，現在中央打開了缺口，你不去鬥爭，未必要
> 中央替你鬥爭麼？這話觸動了胡風，他不能再沉默了。〔註9〕

這位「友人」，指的就是歐陽莊。當年，與胡風交往最頻繁者，首先是路翎，其次便是此君。但路翎從來只是附和他的意見，只有歐陽才說得出「你不去鬥爭，未必要中央替你鬥爭麼」這樣的話來。胡風的回憶文章中也有與梅志所述相近的內容，但沒有明確提到「激將者」便是歐陽莊。他這樣寫道：

> 對《紅樓夢》問題和《文藝報》問題的發言，自以爲幾個黨員
> 對我的動員應該是代表了黨的期待，又錯誤地以爲是我的報告起了
> 作用，我不發言將來會受中央責備。問題的要害是《文藝報》和黨
> 員作者對胡適派唯心主義投降的立場和態度，否則，胡適派本身早
> 已是不能起什麼作用的。但那原來也是由於我自己對文藝領導的不
> 滿情緒產生的胡思亂想，那就當然是從在內部的「干擾和破壞」（寫

〔註7〕 梅志《胡風傳》第633頁。
〔註8〕 胡風11月7日致方然、冀汸信。
〔註9〕 梅志《胡風傳》第633頁。

報告）發展到了公開地在群眾面前對文藝領導的大「干擾和破壞」
了。我承擔這個罪責。〔註10〕

胡風、梅志的回憶固然有一定的可信度，但導致胡風在大會上「惹火燒身」
的根本原因畢竟在「內」而不在「外」。「黨員」的動員也好，歐陽莊的「刺
激」也好，都只能算是外在的因素。胡風本是個不大爲「黨員」所左右的人，
加之他的政治經驗要比歐陽莊多得多，進退皆由自決，責任當然也應自己承
當。況且，如果注意到胡風最近幾年來始終不懈的「全面研究文藝實踐」的
要求，參看他的「給黨中央的信」和「萬言書」，並佐證以其當年寫給朋友們
的書信，就可以發現，即使沒有別人的勸駕，他也是絕不會沉默的！蓄之既
久，其發必速，一切盡在情理之中。

　　11 月 7 日下午和 11 月 11 日上午，胡風連續兩次在兩會主席團聯席擴大
會議上發言。有一位研究者在其著作中描述了胡風發言時的情景：「慷慨陳
詞，沒有遲疑，沒有含蓄。胡風坐在擴音器前，發言稿都沒有，就口若懸河，
滔滔不絕地講下去。〔註 11〕」這樣的描寫也許會使讀者產生誤解，似乎胡風
事先未作任何準備，完全是即興發言。其實，他絕不會如此輕率，據胡風日
記所載，在這兩次發言之前，他都作了充分的準備，如 11 月 6 日「起草發言
要點」，11 月 10 日「寫發言大綱」，等等。

　　胡風在 11 月 14 日致方然的信中，概述了他及路翎入會發言的要點。他
寫道：

　　　　這裡已開三次對《報》的會。在第二、三次會上，荒胖子（指
　　胡風，筆者注）作了三小時的發言。就一、二兩卷看，那錯誤到現
　　在是一貫的。特點爲：理論武器是庸俗社會學，在美學上的表現之
　　一是形式主義，向資產階級（大人物）投降（袁水拍向俞平伯投降）；
　　因而，一方面碰到資產階級就投降（蔡儀、編者向朱光潛的挑戰求
　　饒），另一方面，對新生力量（小人物）打擊（對於阿壟）。基本上，
　　對馬列主義的態度是：一方面送給資產階級（朱、俞），一方面不准
　　小人物、革命作家做鬥爭的武器（由阿壟到李、藍）。其「群眾基礎」
　　是：壓下任何不同意見的讀者，收集一批天眞的信仰者、奉承者在
　　周圍，搞「內部通報」，打擊所要打擊的人，造成獨立王國。這樣，

〔註10〕　《胡風全集》第 6 卷第 757 頁。
〔註11〕　李輝《胡風集團冤案始末》第 149 頁。

畫出了宗派統治特徵，要他們承認。——剝出了袁「詩人」對阿壟的壓迫，指出二馬檢討還未接觸問題。

　　三次會上，徐（指路翎，筆者注）作了二小時發言。剝出歷史情況和此次打擊是有計劃的，子周（指周揚，筆者注）為主，鳳姐（指丁玲，筆者注）、雙木（指林默涵，筆者注）等一干人都同謀；提出了宗派和軍閥統治。（在會上提出要求：發表他的回答。）——會後反映好，打動了人；一般都隱隱承認了宗派主義是事實。

　　這樣，打亂了他們的「日程表」（想問題不擴大），鬥爭正式展開了。徐文，約四萬字，日內拋出去。〔註12〕

從上可見，胡風的發言不止於批判《文藝報》和馮雪峰在《紅樓夢研究》上所犯的「錯誤」，而擴展到對解放幾年來文藝實踐的總評價及對文藝「獨立王國」的總清算；他的發言也不限於對俞平伯唯心主義思想的批判，而擴展為對朱光潛等「資產階級（大人物）」的聲討；他在發言中雖然讚揚了李希凡、藍翎這兩位「小人物」，但表彰的重點卻是阿壟、路翎等「新生力量」。路翎的發言甚至根本就未涉及《紅樓夢研究》問題，只是訴說自己的「歷史」遭遇，控訴周揚、丁玲、林默涵等的「宗派和軍閥統治」。他們的目的相同，都是想把「問題」擴大化，想把鬥爭矛頭從俞平伯、胡適轉移到周揚等文藝領導身上去。

　　值得注意的是，胡風在同信中還提及舒蕪在「批紅」運動中所發表的一篇文章，疑心周揚等有繼續利用其人其文進行「恐嚇」的意圖。他寫道：

　　發表無恥文。其作用，暗示讀者以前對徐（指路翎）的「批評」並未取消，給對方以「恐嚇」印象。這種至死不悟的做法，是對鬥爭有好處的（徐發言，已揭露此人）。

信中提到的「無恥文」，指的是舒蕪不久前在《文藝報》上發表的一篇論文，題為《堅決開展對古典文學中資產階級思想的鬥爭》〔註13〕，其內容與胡風等完全無關，僅涉及俞平伯的《紅樓夢研究》。據舒蕪回憶，該文是應馮雪峰的要求而作的。馮向他約稿時曾表示，《文藝報》在「批紅」上已經落後了，再不發表文章好像真有什麼別的想法。他於是趕寫了一篇，馮拿去後發表在

〔註12〕　《胡風全集》第9卷第70～71頁。
〔註13〕　收入《紅樓夢問題討論集》，作家出版社1955年版。

《文藝報》上﹝註 14﹞。這本是一篇爲馮雪峰解困的文章，胡風卻疑心是周揚等用來「恐嚇」他們的。通過這個小插曲，固然可以看出胡風對舒蕪的猜測及對周揚等的警惕，也同樣可看出他對局勢的分析判斷中想像的成分居多。

一週後（11 月 17 日），兩會主席團召開第四次聯席擴大會議。上午，胡風發現會場氣氛有了重大變化，「黃藥眠刺了我，康濯實際上是反對我的意見，羅蓀、師田手、康濯否定了路翎」。下午，他發現會議主題也發生了重大改變，「袁水拍轟了我（及亦門），吳雪、李之華攻擊路翎，聶紺弩用無恥事以我和路翎過去反黨，現在反黨。」11 月 25 日胡風在致方然的信中簡略地敘述了這次會議，他寫道：

> 但第四次，來了反撲，對谷（指胡風）和寧（指路翎）。改變了會議性質。賴掉寧提出的一些事實，使群眾混亂。還有，武器之一是提出了無恥問題。他（指舒蕪）反黨時和他是朋友，他向黨低頭後又痛恨他，云云。無恥（指舒蕪）上司轟（指聶紺弩）提的。不到時間就匆忙散會。

在胡風看來，上述諸人的發言都是周揚等事先安排的，尤其是聶紺弩的發言，有借舒蕪問題再次發難之嫌，認爲周揚此舉旨在「改變」毛澤東確定的批紅鬥爭的大方向。

但當事者人都並不這樣認爲。康濯也是人會發言者之一，他認爲第四次會的大方向「仍末馬上轉移」。他在《〈文藝報〉與胡風冤案》中寫道：

> 我是在胡風發言之後才發言的，發言稿也於同期《文藝報》刊登在胡風發言稿之後，但我就全部是批評《文藝報》，沒有一個字涉及胡風同志。記得發言之前的會議休息時，周揚同志曾隨便問我：「你要發言了吧？你涉不涉及胡風的發言？」我説：「不涉及，我對他的發言沒研究，我也認爲現在會議重點還不應轉移。」周揚同志點頭同意。

聶紺弩也是在第四次會上的發言者之一，後來他曾在「檢討」中回憶了當時的思想變化。他寫道，聽過胡風在第二次會議上的發言後，「認爲很不錯，還未散會的時候，我在廁所碰見駱賓基，（對駱）說他發的言很好（但具體的話記不起，大概屬於『有聲有色、慷慨激昂』之類）」，第二天他還向舒蕪轉述過胡風發言的要點，直呼「尖銳，尖銳」。過了幾天後，他的看法開始改變，

﹝註14﹞ 筆者曾向舒蕪詢及該文寫作背景，這裡引用的是舒蕪答覆的大意。

並決定在大會上批評胡風。據他回憶，事先未經組織做工作，而是自己「躺在床上」決定的。他寫道：

> 關於（胡風的）猖狂發言，曾有一天躺在床上想到，他的話是全部不對的，他自己倒眞是庸俗社會學和形式主義。我在擴大會議發言時，曾想提出談談，因爲對「庸俗社會學」的眞正涵義弄不清楚（現在還未弄清楚），沒有提。〔註15〕

於是，聶沒有從「庸俗社會學」的角度批評胡風，而只是分析了胡風對舒蕪態度的前後變化，指責其愛憎完全依據流派利益爲轉移，批評他不應如此對待青年作家，並批評他的「反黨」情緒。參看前文可知，聶對胡風把青年作者視爲私有物的看法是很早就有的，他從這個角度批評胡風、同情舒蕪，並不是突發奇想。

梅志在《胡風傳》中對聶紺弩在第四次會上發言的情景另有描述〔註16〕。她寫道：

> 從 11 月 17 日的第五次會議開始，情況就變了。這就是被文藝界人士稱作的「戰線南移」，批評的對象不再是《文藝報》，而是胡風他們了。這次會上……老聶似乎剛喝了酒，帶著醉意就上了臺，用舒蕪文章中的話指責胡風，還說他和路翎過去反黨，現在也反黨……說話前言不搭後語，引起眾人的哄笑，他只好下去了。〔註17〕

她沒有參加這次會議，應是聽胡風的轉述而獲得的印象，由於並無其他當事人的文字記述作爲佐證，所述聶紺弩帶酒發言事只能存疑。

舒蕪沒有參加這次會議。但胡風卻一直疑心他坐在臺下，懷疑他將被周揚利用，甚至懷疑他會在某一關鍵時刻又會站出來說話。11 月 25 日胡風在致方然的同信中寫道：「他們還想用無恥救命。反撲會，他也去了，很灰，可能準備要他出來咬幾口的。」所謂「反撲會」，指的就是第四次會。胡風擔心周揚要繼續打舒蕪牌。

〔註15〕 《聶紺弩全集》第 10 卷第 139 頁。聶紺弩還曾寫過：「聽了他這次的談話和在擴大會上的發言，開始對胡風的信任發生了動搖。他那攻擊《文藝報》的發言內容，因已在他家裏聽過粗略，所以印象很深。躺在床上想，他的發言其實是些吹毛求疵，他自己倒剛剛是從形式主義和庸俗社會學出發的。」同書第 66 頁。
〔註16〕 胡風把這次會算做第四次，梅志計作第五次。
〔註17〕 梅志《胡風傳》第 634～635 頁。

附帶說一句，胡風此期對舒蕪的無端猜疑及仇視，不僅聶紺弩注意到了，周揚也注意到了。一個月後，周揚在最後一次會上作《我們必須戰鬥》的總結報告，引述了聶紺弩在四次會上對胡風的批評，談到：

> 聶紺弩同志在會上提到了十年前胡風先生在他所主編的刊物《希望》上發表過舒蕪先生有名的《論主觀》——這是一篇狂熱的宣傳唯心論和主觀主義的綱領式的論文……當十年前舒蕪先生宣傳反馬克思主義的唯心論的時候，黨是及時地指出了這種理論的錯誤和它的危險性的，胡風先生卻不聽黨的忠告，對這種錯誤理論狂熱的捧場；而當解放以後舒蕪表示願意拋棄他過去的錯誤思想，願意站到馬克思主義方面來的時候，黨對他的這種進步是表示歡迎的，而胡風先生卻表現了狂熱的仇視。這就是胡風先生對於共產黨和馬克思主義的最典型的態度。

第四次會結束的那天晚上，中宣部主管文藝的負責人周揚、林默涵突然來家看望胡風，談到一些重要問題，並徵詢了胡風的意見。這次談話是在中宣部作出繼批俞平伯、胡適後接著批胡風的決定後發生的，可視爲胡風集團案形成史上的一個重要的里程碑。胡風 11 月 25 日給方然寫了一封長信，信中不僅復述了這次重要談話的主要內容，還對當時的運動形勢進行了分析。現將有關部分錄如下：

> 晚上，子周雙木（指周揚和林默涵）來。追擊和挽救之意俱有。說要討論或出版我的理論部分，問我意見，我表示無意見。問以後做法，我無意見。

> 總之，我不把他們當作黨代表了。又把無恥（指舒蕪）當作武器提了一下。

> 還提你發表了他（指舒蕪）的《逃集體》等，加了按語云。我說，此事我已檢查，如不滿意，當再檢查。客氣地分了手。——從他們談話，還未看到我提的事實部分。可見上面完全取了主動地位。

> 後來最後一次會，鳳姐、子周、郭都（將）發言。看如何。

> 群眾因反撲有些混亂。後天甯（指路翎）也許要求幾分鐘的發言。同時，他交書面發言反駁。

> 那以後，轉入內部去了。聽說這些時正在鬥陳（指陳企霞）。缺口雖開，但內部還未眞正化冰。

　　谷（胡風自稱）即要補一彙報老先生（指毛澤東）。會議變質一
事，更可以使上面看清問題。聽說，中樞完全主動，不表示意見，
使爺們很焦急云。

　　給卩（指陸定一）信，這樣當然是好的，應如此。但注意兩種
新情況：一、卩休假中，可能落到雙木手裏。宣一級（指中宣部），
老底子作主，其他的人感情上有對立因素，又不摸中樞底，所以，
毫不能解決問題。準備：在新的情況中，如給了你回信之類，考慮
直接寄老先生。二、也會用無恥事和你纏的。

　　是的，鬥爭是長期的。關鍵在這二三個月內，要開端不被歪曲
了就好。中央態度已知者如下：一、不能壓制少數，自由辯論；二、
宣一級不能做結論；三、過去對資思想投降，壓制新生力量；四、
文藝界要有大變動，等。並聽說，老先生說少數是正確的，黨開始
就是正確的，黨開始就是少數，云。

　　問題在底子太壞，又無適當的中心人。中央當也是辛苦的。

　　大致如此。鬥爭正在展開，封不住了。現在是鬥爭決心、鬥爭
力量、鬥爭方式問題。我們別無所求，只要能對黨的事業有利而已。
群眾還是混亂的，不能不敢認識問題，有些人只想做兩面派，打蒼
蠅。此種情況要繼續很久的。

此信蘊含的信息量很大：第一，信中再次提到「萬言書」將公開出版事。他
是第二次聽說這個消息了，第一次是在 10 月 28 日，那時「批紅」運動剛剛
開始，他誤以為毛澤東將借助「萬言書」的出版把運動推向深化，非常興奮。
這次是第二次，周揚專程通知將公開出版「萬言書」的「理論部分」，胡風的
反應卻非常冷淡。這個史實耐人尋味，如果在運動之初即公開出版「萬言書」，
可視為替「反獨立王國」運動添薪；此時再出版「萬言書」，則是為運動釜底
抽薪了。出版的時機不對，效果自然也不同。第二，關於追究方然當年主編
《呼吸》時為舒蕪文寫「按語」事。解放前方然作為「希呼集團」的一方統
帥，固然引人注目，但解放後他一直在浙江文化行政機關裏任職，沒有什麼
新作，在文壇並無影響。周揚此時提起方然，應該與胡風信中提到的方然曾
給中宣部部長陸定一（即信中的「卩」）去信事有關。第三，關於通報「最後
一次會」議程事。周揚告知閉幕會上將有幾位作總結性的發言，此事也非同
尋常。周揚的報告《我們必須戰鬥》是討伐胡風的動員令，當時已送交毛澤

東審閱，還未批示退回。他迫不及待地告之胡風，不知有何用意。第四，關於給毛澤東寫信彙報「會議變質」事。胡風明知以上諸事對自己非常不利，卻固執地認爲這些都不是出自毛澤東的意旨，他不僅決定自己要上書，也建議方然上書。可見，此時他雖然已對中宣部陸部長以下諸人（即信中的「老底子」）徹底絕望，但仍把希望寄託在毛澤東身上。

　　此時，胡風思想方法的片面性、絕對性的弱點再次顯現出來，他又一次地把制定政策者（毛澤東）與執行政策者（中宣部）對立了起來，把中央集體領導（中樞）與具體部門（中宣部）對立了起來，甚至把中宣部主要領導（陸定一）與其他領導（周揚、林默涵等）對立了起來。他對形勢的推斷完全建立在信中的三個「聽說」上：第一個「聽說」，說的是《文藝報》副主編陳企霞挨批事，他由此判斷黨內清算鬥爭已經開始；第二個「聽說」，說的是中央對周揚等的請示「不表示意見」，他由此判斷中央將對周揚等有所動作；第三個「聽說」，說的是毛澤東有「少數是正確的」的指示，他由此推測毛澤東已有「連根動」的決心。思想方法的弱點及消息來源的局限性再一次導致判斷失誤，他再一次墮入這種思維怪圈之中。

　　梅志也是歷史的在場者，她的回憶與胡風稍有不同。她寫道．

　　　　當晚，周揚和林默涵來到胡風家中，和他談了一次話，針對他的抗拒態度和聲明，周揚解釋說，黨中央就在這裡，誰也不敢獨斷專行。意思是，他們的做法是根據中央的指示，以勸胡風認清形勢，接受批評，進行檢討。但不懂政治的胡風覺得這一切都是人爲的，分明是自上而下布置好了的。所以，他說，我無法說服路翎接受意見，我自己也難以理解。周揚倒很高姿態，馬上就說，搞錯了，我檢討，我是善於做檢討的。最後，出門時，周揚還說了一句，你主張的出幾個平行的群眾刊物，也是一個好辦法。就這樣，周揚的政治風度和經驗反使胡風覺得自己的抗拒態度持之有理，對當前的嚴重形勢一點也沒有察覺。〔註18〕

周揚當時似已發現胡風思路的窒塞，於是反覆強調他們是「根據中央的指示」行事的。無奈胡風總不肯相信，認爲「一切都是人爲的，分明是自上而下布置好了的」。其實，正因爲決策出自中央，才會有「人爲」的「自上而下」的

〔註18〕梅志《胡風傳》第 635 頁。

周密的安排。質言之，胡風此時的「抗拒」，已無關乎「政治風度和經驗」，而是思維邏輯的問題。

剖析如上史實時，還有如下幾個重大問題有待澄清——

第一，康濯在回憶文章中談到，毛澤東是在胡風兩次大會發言後才讀「萬言書」的，隨即指示中宣部呈報批判胡風思想的計劃。而胡風此信卻透露四次會結束的當晚周揚就已經與他談到公開出版事。按，胡風第二次發言是在11月11日，周揚等來訪是在11月17日，僅間隔6天，毛澤東能否在這麼短的時間讀完「萬言書」並向中宣部下達指令，此事尚有疑問。換言之，胡風懷疑周揚此行未奉毛澤東令，並不是毫無根據的。

第二，周揚此次造訪胡風談到「萬言書」的出版事時，並未說明奉哪一級指示，這不像他的一貫作風。再說，他突然提到要追究方然的舊賬，此事也頗爲蹊蹺。筆者近日重讀黎之的《回憶與思考——關於「胡風事件」的補充》，竟意外發現了解讀此謎團的線索。黎之文中寫道：

> 正當胡風、路翎在青年宮作長篇發言的時候，中宣部就爲批判「三十萬言書」作準備了。「文革」時期中國作協「造反團」編印的「大事記」中說：「舊中宣部辦公會議文件提出胡風問題處理辦法，主張將胡風反革命『意見書』中的建議部分交有關部門討論，其中正確的、可行的，應予採納，還要讓胡風參加討論。這個辦法事前由習仲勳徵得周揚同意。由周揚告訴胡風，他也表示同意。」……胡風十一月二十五日給方然的信中說，方然給陸定一的信「尸（陸定一）休假中，可能落到雙木手裏。」陸定一當時確在外地（記得在四川），他從四川將方然的信轉給林默涵並給林寫了長信，提出如何進一步批判胡風思想的意見。

引文的核心是一則文革時期的「大事記」，其眞實程度還須驗證。不過，將黎之的解釋與胡風、梅志等人的回憶互爲參照，可增加這則史料的可信程度：其一，「大事記」中說此事是由習仲勳主持的，習時任文教委員會副主任，曾主持過中宣部工作，在陸定一離京期間，他代管中宣部是有可能的。其二，「大事記」中只提到將討論胡風「萬言書」中的「建議部分」，似與胡風信中所說「事實部分」不合，然而梅志在回憶中提到周揚「出門時」隨口提到的卻是胡風的「建議部分」，兩相補充，則契合於後來的事實。其三，材料中提到是習仲勳指示周揚將此事通知胡風的，周揚奉哪一級指示行事的謎底也揭開

了。另外，周揚要追究方然的舊賬事也可得到合理的解釋，陸定一收到方然
的上告信後轉給了林默涵，林當然會給周揚看，周揚於是記住了方然。可惜
胡風當時未能聯想到這一點，還在給方然的信中建議：「（陸定一）如給了你
回信之類，考慮直接寄老先生（指毛澤東）。」順便說一句，這種先套話再告
狀的方法，胡風已用過數次。此時他又讓方然套陸定一的話，所關涉的人事
更加重大了。

　　陸定一當時是否給方然寫了回信，目前尚不得而知；方然後來是否給毛
澤東寫了信，自然也無從知曉；但胡風是給毛澤東寫了信的，主題當然是反
映「會議變質」事。康濯在回憶文章中以為胡風當時只是「想」寫而未「寫」，
說錯了。參看胡風日記，有如下記載：

> 11 月 30 日，開始寫《幾個月來的簡況》。
>
> 12 月 2 日，續寫《幾個月來的簡況》。
>
> 12 月 4 日，寫完《幾個月來的簡況》草稿。
>
> 12 月 9 日，改寫報告。
>
> 12 月 10 日，寫報告，完。
>
> 12 月 11 日，寄習仲勳信及呈中央的報告。

從上可知，胡風給毛澤東的彙報起筆於 11 月 30 日，即致方然信（11 月 25 日）
的後 5 天，草成於最後一次會（12 月 8 日）前夕，改定於周揚《我們必須戰
鬥》的動員令見報之日（12 月 10 日），次日即通過習仲勳呈送毛澤東。

　　12 月 13 日胡風又給方然寄出一信，信中寫到他對周揚文章的反應，對參
加運動過程的反思及已採取的應變措施。他寫道：

> 　　（周揚等的）文章都已出來，想已見到。由此事，浪費一定很
> 大。（我）被鬥爭需要和中樞決心所鼓舞，被樂觀估計所蔽，終於冒
> 進，沒有負責地分析具體情況，責任主要在我。愧對黨和事業，愧
> 對戰鬥者們。……已提出一報告，作了檢查。看多少能幫助究明真
> 相否？

康濯在《〈文藝報〉與胡風冤案》中提到了胡風的這封信，他認為胡風此時已
「看到自己錯了」，並說「他清楚瞭解自己並不怕與周揚等對峙，但同毛澤東
衝突可就不敢為、不敢想了」。此說仍待商榷。從上述可知，胡風此時或許已
「清楚」地知道對方後面站著的是誰，但仍未放棄對毛澤東的希冀。他仍指
望上面能通過他的報告「究明真相」，即是有力的證據。

　　總的來看，胡風此時的反思觸及到了這段歷史的癥結所在：「被……所鼓舞，被……所蔽」，這說的是客觀原因，由此可演繹出「引蛇出洞」之類的猜測；「冒進」和「沒有負責地……」云云，這說的是主觀原因，由此可歸納出「惹火燒身」之類的結論。直言之，在有關檔案（包括這個時期胡風寫給中央領導毛澤東、周恩來、習仲勳等人的報告和信件）解秘之前，當事者的敘述及後人的研究仍缺少使全社會達到共識的實證基礎。

25 胡風說：「只偶然聽到磷火窸窸的聲音。」

周揚的總結報告《我們必須戰鬥》於 1954 年 12 月 10 日見諸《人民日報》，新一輪「批判胡風反黨反人民的文藝思想運動」（以下簡稱爲「批胡風運動」）拉開了序幕。然而，龐大的宣傳機器並未應聲而動，它的預熱和啓動還要一定的時間。這樣，使給胡風留下了觀望和幻想的餘地。至本年年底，他除了給各地朋友去信之外，還做了如下的事情：

12 月 10 日，改定呈中央的「報告」。

12 月 11 日，給習仲勳去信並附「報告」。

12 月 14 日，擬「檢討」提綱。

12 月 15 日，撰寫「簡單的說明」。再給習仲勳去信。

12 月 16 日，開始寫「檢討」。

12 月 24 日，寫成「檢討」初稿。

12 月 25 日，外出拜訪朋友，聽到「理論部分」要鉛印討論的消息。

12 月 28 日，再給習仲勳去信。

綠原是「胡風派」的重要成員，也是歷史的在場者之一。他在《我與胡風》中寫道：

> 周揚的戰鬥號召發佈之後，胡風立即陷入了一片批判的鼓躁之中。眼見大勢已去，他心煩意亂，特別擔心會牽累朋友們而不勝後悔。在嚴峻的形勢下，爲了盡可能地挽回僵局，不得不承認錯誤，

> 準備檢討；這是胡風本人的決定，並沒有什麼朋友從旁施加影響。
>
> 可以說，隨著批判的政治色彩日益加重，他爲了讓朋友們得以解脱，
>
> 寧願低下他從沒低下過的頭。〔註1〕

事隔多年之後，當事人的回憶難免會模糊或丟失部分歷史細節，這是不足怪的。所幸胡風的日記和書信尚在，稍微檢視一下就能發現，他在周揚的「動員令」面世後並沒有「立即陷入……心煩意亂」的狀態中，那時也還沒有出現「批判的鼓躁」，反而呈現出奇怪的沉寂。借用胡風 12 月 30 日寫給李正廉信中的一句話來形容，即：

> 這裡，一切在微妙中；只偶然聽到磷火窸窣的聲音。

如上所述，在這段「微妙」的沉寂期，胡風做了兩件大事——

第一件事，連續給國務院副總理、文教委員會副主任習仲勳去信反映情況。第一信寄出時間是「報告」改定的次日，附寄的是呈送給毛澤東的彙報材料；第二信寄出時間爲撰寫「簡單的說明」的同日，也許是反映對中宣部將公開出版「萬言書」的意見；第三信寄出時間在聽到「理論部分」將出版的後三日，可能是繼續反映對此事的意見。不過，胡風日記中沒有收到習仲勳覆信的記載。值得注意的是，胡風此時仍企圖繞過中宣部與中央直接對話，似乎猶存待轉機之心。

第二件事，撰寫「簡單的說明」和「檢討」。這兩篇文章都是爲應付「萬言書」公開出版而提前作的準備。如前所述，胡風曾於 10 月 28 日和 11 月 17 日兩次聽到「萬言書」將公開出版的消息，加上 12 月 25 日這一次，已是第三次聽到這消息。他預料到「萬言書」部分內容的公開出版將成事實，爲了彌補該報告中固有的一些缺陷，他覺得有進一步解釋和說明的必要。

從上可知，胡風此時的心態基本恢復正常，借用他此時的表述，即：「樂觀、用功、韌戰，我想，這就是一切。〔註2〕」

「簡單的說明」一文沒有公開發表過，也未收入《胡風全集》。筆者以爲，它就是胡風後來呈送周揚的《我的聲明》的前身。根據是：文章起首有這樣一句，「這次批判資產階級思想運動開展後，我受到了很大教育，現在正在檢查這個『材料』（指萬言書的『理論部分』）裏面的錯誤。」

〔註1〕 《胡風與我——胡風事件三十七人回憶》第 524 頁。
〔註2〕 胡風 1954 年 12 月 28 日給李正廉信。

「關於『材料』的『檢討』」於 12 月 14 日構思，16 日起筆，草成於 24 日。據梅志回憶，胡風的這份「檢討」寫得十分艱難。她寫道：

> （周揚的《我們必須戰鬥》發表之後，胡風）開始研究周揚的報告，決定寫一篇檢討。剛開始覺得腦子裏一片混亂，不知從何說起，只好要朋友們先提出問題來，結合過去被批判的論點，由路翎寫一草稿，他再根據草稿結合朋友們的意見和會上的批評意見，開始寫。……他寫了改，改了寫，用了好幾個月的時間，終於寫好寄給了周揚，還給喬冠華和陳家康寄去，請他們提意見。〔註3〕

梅志上述回憶有誤，胡風此時寫的是《對「關於幾個理論性問題的說明材料」的檢查》，在日記中簡稱為「檢討」或「關於『材料』的檢討」，談的是與「萬言書」有關的問題；而不是作於次年年初的《我的自我批判》（日記中簡為「自我批判」）後者談的是文藝思想和文藝觀點問題。前者由胡風獨力完成，後者才是先由路翎起草後經胡風改成的。附帶說一句，這兩篇文章同時載於 1955 年 5 月 13 日《人民日報》第二版，並冠以不同的標題。

應該指出的是，胡風 1954 年 12 月間起筆「簡單的說明」和「關於『材料』的檢討」之前和之時，沒有受到來自組織上的直接的壓力。當時，他是根據各種跡象作出「萬言書」必將公開出版的判斷，為爭取主動而採取的未雨綢繆之計。「簡單的說明」在次年 1 月 14 日遞交周揚之前作過修改，改題為《我的聲明》；「關於『材料』的檢討」改定於次年 1 月 17 日，發表前也作了部分修改。附帶提一句，胡風在「簡單的說明」中檢討了撰寫「萬言書」時的政治態度，確定「裏面所表現的對黨對文學事業的態度……是錯誤的，有害的」。在「關於『材料』的檢討」中，他剖析了撰寫「萬言書」時的思想基礎，確定「不僅是模糊了自己的小資產階級革命性和工人階級革命性的區別，而且發展成了以自己小資產階級的立場來頑強地反對以至攻擊工人階級立場的極其嚴重的狀態了」。這些措辭非常接近於舒蕪 1952 年在《從頭學習》和《公開信》中的提法，據此雖不能證實胡風此時已接受了舒蕪的批評，但至少可以證明這樣的批評已在他能夠承受的範圍之內。

1955 年開年以後，「磷火窸窸的聲音」漸行漸近，漸行漸大。參看胡風元月份部分日記，可以發現一些有意味的跡象：

〔註 3〕 梅志《胡風傳》第 636 頁。

（1 月 2 日），重改「檢討」。

（1 月 3 日），改「檢討」。

（1 月 4 日），再考慮「檢討」。

（1 月 5 日），寄習仲勛信。

（1 月 6 日），赴陳家康處談話，十一時到二時。

（1 月 7 日），考慮「自我批判」。

（1 月 8 日），訪袁水拍道歉。訪邵荃麟、劉白羽，談了三個小時。《關於幾個理論性問題的說明材料》印本收到。

（1 月 9 日），代郭沫若覆陳毓淦。給周揚電話。

（1 月 10 日），寫成自我批判初稿。給家康信。

（1 月 11 日～1 月 13 日），研究「自我批判」。

（1 月 14 日），訪周揚。

（1 月 18 日），給周揚信。

（1 月 19 日），寄「自我批判」給周揚〔註4〕。寄「自我批判」給喬冠華、陳家康。

從上可知，胡風在這半個月裏又在忙於兩件事：第一件事（從 2 日到 5 日），繼續推敲「關於『材料』的檢討」，繼續給中央領導人寫信反映情況；第二件事（從 7 日到 14 日），開始緊張地撰寫「自我批判」，同時頻繁地拜訪各方面人士，尤其是他所憎惡的「宗派統治」的「小領袖」們〔註5〕。須知，「檢討」

〔註4〕 胡風將《我的自我批判》寄周揚後，綠原給曾卓去信稱：「（胡風的《我的自我批判》）共萬餘言，已交吉公（指周揚）。是否會很快發表，是否會因此改變運動步驟，均未可知。……谷公並囑我轉告你，『如見到那份自我批判，請通過自己的黨性和勞動感受來理解』！……有了古（指胡風）的自我批判，應該說是有寫文章的基礎的。……你寫文章事，如能寫就寫，否則不必勉強，但這次運動是勢在必須，大勢所趨，固然要實事求是，但也不能曖昧，更不能輕舉妄動，千萬好好考慮，想你是懂的，寫的時候，對於正確部分，當然也不容一筆抹煞，在同時，也可以提出來的。」轉引自于黑丁《培養青年作家，繁榮文學創作》，長江文藝出版社 1956 年版第 84 頁。下不另注。

〔註5〕 胡風見過周揚後，綠原給曾卓信中稱：「他（指胡風）本人這次算是受到『很大教育』，已正式向吉公（指周揚）表示，承認錯誤嚴重，一定檢討……『自我批判』不久就可寫出來。」轉引自于黑丁《培養青年作家，繁榮文學創作》第 84 頁。

與「自我批判」的性質完全不同：前者是爲應付「萬言書」的「材料」部分將要出版討論而作，主要內容是解釋和說明；後者則是爲即將全面展開的「批胡風運動」而作，主要內容是對自己文藝思想作「結論」，這是胡風在 1952 年「胡風文藝思想討論會」最後一次會上作出的承諾，拖了兩年，如今要兌現了。

胡風的轉變非常突然，非常不尋常。以他一貫的作風而論，在沒有得到非常可靠的信息之前，在沒有十分清楚形勢之前，是絕不會這樣做的，更別說主動地向他所憎惡的「袁詩人」（袁水拍）「道歉」，向「草君」（邵荃麟）及「昆乙」（周揚）等曲意示好了。由此推斷，他的突變必定有一個外界的「觸媒」，參看上面摘引的胡風日記，可以推測元月 6 日「赴陳家康處談話」或許是謎底的所在。

陳家康是胡風的老朋友。前文已多次述及，抗戰後期陳家康、喬冠華、胡繩等「才子集團」中人爲糾正「以教條主義反教條主義」的傾向曾共同發起「新啓蒙運動」，胡風曾組織舒蕪撰寫「反郭文」予以配合；後來延安發現他們的一些文章有偏向，責令南方局整肅他們的思想時，胡風又組織舒蕪撰寫《論主觀》予以聲援。解放後，陳家康轉入外交界，任外交部亞洲司司長、外交部部長助理。他是胡風朋友中最接近上層的人士，也是始終維持著與胡風友誼關係的少數老朋友之一。

此時，陳家康能夠給提供給胡風的，足以促其轉變態度的信息是什麼呢？只能是中央最高層對胡風問題的處理意見！

1954 年 12 月間，「毛主席……交下了胡風在當年夏天向黨中央的三十萬言上書……並指示《文藝報》發表其中主要論述文藝思想和文藝建設的兩部分，同時組織討論、批判……定的性質只是『資產階級唯心主義的文藝思想』。〔註6〕」

1955 年 1 月 2 日，就在胡風與陳家康長談的前幾天，中國作協黨組書記邵荃麟代表作協黨組，根據毛澤東的指示，起草了給中宣部的報告〔註7〕。該報告分爲三個部分：

第一部分，確定胡風文藝思想「實質上是資產階級主觀唯心論的文藝思想，但是卻披著馬克思主義的外衣」，指出「胡風以他這種思想爲中心形成了

〔註 6〕　康濯《〈文藝報〉與胡風冤案》。
〔註 7〕　報告內容轉引自張僖《隻言片語──作協前秘書長的回憶》，北京十月文藝出版社 2002 年版。下不另注。

一個小集團，長期地宣傳著他的錯誤的文藝思想，對抗著毛主席的文藝方針，對抗著過去解放區和國統區黨領導的文藝運動和目前黨領導的全國的文藝運動」，指出「萬言書」中「胡風的文藝思想及其實踐的理論，到此已經達到極其露骨反對黨的領導的地步」。建議「緊接著對《文藝報》的批評，以及對胡適思想的批判展開以後，應該立即展開對胡風思想的徹底批判，以肅清這種錯誤思想的文藝界長期存在的影響」。

第二部分，確定了批判胡風運動的宗旨仍是「治病救人」。報告指出「對於胡風以及胡風派的人，只要他們政治上不是反革命，仍然應該採取治病救人的態度；應當通過批判，幫助他們認識錯誤，改正錯誤。」

第三部分，確定了批判胡風運動的時程表。報告決定「原定召開的中國作家協會第二次理事會，擬延至四五月間，俟對胡風思想討論有一定結果時，再行召開。理事會除檢查作協領導和討論改進工作的報告外，並對胡風文藝理論和他關於文藝領導意見做出結論」。

該報告對即將全面展開的「批判胡風運動」的性質、對象、宗旨、意義有如下精闢的概括：「在這場思想鬥爭中，應當毫不容情地揭發出胡風的理論是資產階級唯心論的文藝理論，他的文藝路線是反對毛主席文藝方向的路線，他的活動是宗派主義的小集團活動；同時必須堅決反對向這種錯誤思想的投降主義態度。」

時任中國作協秘書長的張僖在回憶文章認為：「從這個報告中我們就可以看出，對胡風文藝思想的批判從此轉入了一個嚴重的階段。」所謂「嚴重的階段」，指的是該報告已將胡風的錯誤性質確定為思想上和行為上的「反黨」，與政治上的「反革命」僅有一線之隔。試對比1952年6月胡喬木為《人民日報》轉載舒蕪文所加的按語（「實質上屬於資產階級、小資產階級個人主義的文藝思想」）及1952年7月周揚致周總理的信中為胡風思想所作的定性（「他的理論是和毛主席的文藝思想正相違背的」），問題的「嚴重」性當會看得更加分明。

1月14日，毛澤東在中國作協給中央的信上作了批示：「看看胡風的意見，20萬字長，真是洋洋大觀！小資產階級的東西和資產階級的東西，實在不少！一寫就很長。讀讀這樣的東西，以及再讀讀批評它的文章，自己是可以學到一些東西的。〔註8〕」

〔註8〕 轉引自謝泳《從被遺落的文檔看中國政治文化》，載《黃河》雜誌2003年第1
　　　　期。下不另注。

　　此時，胡風能從陳家康那裏聽到的，還能有什麼更新的可促其轉變態度的信息呢？只能是毛澤東對胡風問題的處理意見，只能是邵荃麟寫給中宣部的這份報告及中央批示的內容。

　　龐大的宣傳機器嘎嘎地啓動了，「磷火窸窣的聲音」將爲沉悶的雷聲所取代。

　　就在這一刻，胡風對上面的期望霎時化爲了泡影。半年前，他還在「致黨中央信」中鄭重地提出要求，「（非）爭取參加鬥爭的條件不可」「（非）擔負起我應該擔負的鬥爭不可」；兩個月前，他還充滿信心地向朋友擔保：「這鬥爭，是老先生親自發動的。一定要從這缺口擴大到全面」。如今，他聽到毛澤東說他的理論是「反黨」的了，他聽到中央把他劃到胡適同一個陣營裏去了，他聽到中央號召反對向他的思想「投降」了。

　　就在這一刻，胡風也許會想起朋友聶紺弩先前的勸告。他曾認爲「（只要）和毛主席談一次話，問題就可以解決」，而聶卻對他說：「（你的）文藝問題，如果周總理、胡喬木、周揚、喬冠華、林默涵等同志都不理解，那就太難理解，說不定毛主席也不理解」，並勸他「不應把希望寄託在毛主席身上，而是（應）自己好好檢查一下思想」〔註 9〕。

　　就在這一刻，胡風的意志崩潰了。在與陳家康談話的次日（1 月 7 日），他開始「考慮『自我批判』」，但因已無法進行正常思考，只得委託路翎起草。

　　但，一切都已經晚了。

　　1 月 12 日作協主席團爲《文藝報》刊發「萬言書」所寫的「按語」已呈送到毛澤東處，按語爲：

　　　　胡風在 1954 年 7 月向中共中央提出一個關於文藝問題的意見的
　　　　報告，經中共中央交本會主席團處理。本會主席團認爲該報告中關
　　　　於文藝思想部分和組織領導部分，涉及當前文藝運動的重要問題，
　　　　主要地是針對著 1953 年《文藝報》刊載的林默涵、何其芳批判胡風
　　　　資產階級文藝思想的兩篇文章而作的反批判，因此應在文藝界和《文
　　　　藝報》讀者群眾中公開討論，然後根據討論結果作出結論。現在決
　　　　定將胡風報告的上述兩部分印成專冊，隨《文藝報》附發，供讀者
　　　　研究，以便展開討論。爲便於讀者研究，將林默涵，何其芳的兩篇
　　　　文章也重印附發。〔註 10〕

〔註 9〕　《聶紺弩全集》第 10 卷第 61 頁。
〔註 10〕　轉引自林默涵《胡風事件的前前後後》。

毛澤東於當日作了修改，並批示道：「劉、周、鄧即閱，退陸定一同志照辦。作了一點文字上的增改。」據說，「按語」中「(應在)群眾中公開討論，然後根據討論結果作出結論」一句是毛澤東加上去的〔註11〕。

1月14日夜胡風專程拜訪周揚，作了一些自我批評，他的本意是想阻止「萬言書」的公開發表，卻沒有料到反而使得問題的性質更加嚴重了起來。

1月15日周揚就胡風來訪所提的請求寫信請示中宣部部長陸定一併轉毛主席。他在信中寫道：

> 昨晚胡風來談話，表示承認錯誤，說他是以小資產階級觀點來代替無產階級觀點，思想方法片面，並有個人英雄主義，以致發展到與黨所領導的文藝事業對抗。他說他現在從根本上認識了問題，故感覺很「輕鬆」，他說他從來都是「樂觀主義」的，他再三詢問我對他現在這個認識及對他爲人的看法。我說他對自己的錯誤思想採取了批判的態度是好的，但認識和批判自己的錯誤並不是很容易的，是要經過痛苦的過程的，他應當準備聽取別人對他的更多的批評。至於爲人，各個人都有自己不同的個性，但做人總以光明磊落爲好，不要存陰暗心理。

> 他最後向我提出希望，不要發表他給中央的報告（按，即意見書），如一定要發表，也希望做些修改，他說有些話不是事實。我說發表出來公開討論有好處，你如對自己的觀點和所舉的事實有修正，可以再寫文章。我們也可以發表。他說他的檢討已寫好，並在下星期二可以交來，希望能連同報告同時發表。我說恐怕來不及，可以下星期發，他說如果這樣，希望在卷首附一聲明，隨即將他的書面聲明交我，我說我們可以考慮他的意見。

周揚信中所提到的「書面聲明」，指的是胡風寫於1954年12月的「簡單的說明」。錄其全文如下：

> 這次批判資產階級思想運動開展後，我受到了很大教育，現在正在檢查這個「材料」（指萬言書的「理論部分」）裏面的錯誤。在這個材料公開發行時，我首先聲明兩點：

> 一、這個「材料」裏面所表現的對黨對文學事業的態度，我已初步認識到是錯誤的，有害的。

〔註11〕 見黎之《回憶與思考》。

二、這個材料裏面對今天的文藝運動所得出來的判斷是帶有很大主觀成分的。其中有些具體提到的情況和例證，當時沒有很好地調查研究，後來發現有不切合實際之處，但現在「材料」已印好，來不及修正。

以上一切，我當負我應負的責任，希望同志們加以批判。〔註12〕

周揚認爲，「簡單的說明」對錯誤的認識僅止於抽象的概念性的描述，「太籠統，不具體，發表了對讀者沒有好處。」

中宣部部長陸定一當日在周揚的信上批示：「建議將胡風聲明送作協主席團傳閱，由主席團決定給以口頭答覆，即：內容太不具體，決定不登載。只要文章寫得有內容，不論反駁別人或自己承認錯誤，在討論的時期都是可以登載的。」

毛澤東當日也在周揚的信上批示：「劉、周、小平閱，退周揚同志：（一）這樣的聲明不能刊載；（二）應對胡風的資產階級唯心論，反黨反人民的思想，進行徹底的批判，不要讓他逃到『小資產階級觀點』裏躲藏起來。毛澤東一月十五日」

據康濯《〈文藝報〉與胡風冤案》所述，中央集體決策時還出現了一個小插曲——「當時也曾有個別負責同志表示是否可同意胡風要求，返回『上書』交他修改後再發；這當然未得同意。劉少奇同志當時也曾就此說過，胡風的『上書』是維吾爾姑娘的辮子，我們不正好抓住麼，怎麼還能再退給他呢！」

從 1 月 2 日邵荃麟爲作協黨組向中宣部寫的「報告」，到 1 月 14 日胡風呈上「簡單的聲明」，再到 1 月 15 日周揚爲胡風的聲明給中央的信及毛澤東的又一次批示，胡風問題的性質一步一步被確定了下來。「報告」說的是思想上和行爲上的「反對黨的領導」、「反對毛主席文藝方向」，胡風口頭承認的是「與黨所領導的文藝事業對抗」，周揚未對胡風問題的性質作明確表態，毛澤東則在胡風思想上的「資產階級唯心論」後面加上政治上的「反黨反人民」。胡風問題的政治性質由此確定，這才眞正進入了「嚴重的階段」。

1 月 20 日中宣部根據毛澤東批示擬定的《中共中央宣傳部關於開展批判胡風思想的報告》上報中央。報告的結語部分寫道：

〔註12〕 轉引自林默涵《胡風事件的前前後後》。

胡風的文藝思想，是徹頭徹尾的資產階級唯心論的，是反黨反人民的文藝思想、他的活動是宗派主義小集團的活動，其目的就是要爲他的資產階級文藝思想爭取領導地位，反對和抵制黨的文藝思想和黨所領導的文藝運動，企圖按照他的面貌來改造社會和我們的國家，反對社會主義建設和社會主義改造。他的這種思想是代表反動的資產階級思想，他對黨領導的文藝運動所進行的攻擊，是反映目前社會主義激烈的階級鬥爭。但是因爲他披著「馬克思主義」的外衣，在群眾中所起的迷惑作用和毒害作用，就比公開的資產階級反動思想更加危險。

1 月 26 日中央以（55）018 號文件的形式批轉了中宣部的這個報告，全文如下：

上海局、各分局、省市委，中央備部委，國家機關各黨組，軍事各部門，青年團中央和人民團體各黨組：

中央批准一九五五年一月二十日中央宣傳部《關於開展批判胡風思想的報告》。現將這個報告發給你們。胡風的文藝思想，是資產階級唯心論的錯誤思想，他披著「馬克思主義」的外衣，在長時期內進行著反黨反人民的鬥爭，對一部分作家和讀者發生欺騙作用，因此必須加以徹底批判。各級黨委必須重視這一思想鬥爭，把它作爲工人階級與資產階級之間的一個重要鬥爭來看待，把它作爲在黨內黨外宣傳唯物論反對唯心論的一項重要工作來看待。

（此件及附件可登黨刊）

中共中央

一九五五年一月二十六日〔註13〕

自此，國家宣傳機器的隆隆轟鳴聲取代了胡風耳畔的「磷火窸窣的聲音」。在強大的嚴密的高效率的組織面前，個體的意志再也起不到什麼作用了。

〔註13〕中宣部的報告及中央的批覆均引自《建國以來重要文獻選編》第 6 冊，中央文獻出版社 1993 年版。下不另注。

26 有研究者說，舒蕪推動了歷史。

　　1955 年 1 月 26 日中央（55）018 號文件下達後，全國範圍的「批判胡風的反黨反人民的文藝思想運動」（以下簡爲「批胡風運動」）很快開展了起來。

　　2 月 4 日夜作協黨組和文聯黨組在東總布胡同 46 號召開預備會。會議由文聯主席郭沫若主持，討論次日召開的中國作家協會主席團第十三次擴大會議的議程：「一是討論作協一九五五年工作計劃；二是決定組織關於第二次全蘇作家代表大會酌傳達報告和學習，三是決定展開對胡風的資產階級唯心土義文藝思想的批判。〔註1〕」兩會主席團第十三次擴大會議於 2 月 5 日和 7 日在青年藝術劇院（又稱「青年宮」）召開。

　　這本是一次沒有懸念的會議，卻因一件「洩密事件」牽扯到胡風和舒蕪，變得複雜了。時任作協秘書長的張僖在其回憶錄《隻言片語──作協前秘書長的回憶》（作於 2002 年 7 月）中寫到這次「洩密事件」：

　　　　第二天，大會正式召開。參加會議的人員有文聯在京的全委、作協在京的理事，以及其他各文藝協會的負責人等等大約二百多人，胡風也坐在主席臺上。

　　　　會下，舒蕪找到馮雪峰說，胡風在開會之前已經知道了今天會議的內容，並且做了準備。因爲舒蕪是人民文學出版社的編審，而馮雪峰是社長兼總編，所以舒蕪首先向他彙報了這件事。

　　　　肯定是有人把前一天晚上會議的情況告訴了胡風。於是我們對參加會議的人員逐一進行了分析，最後分析到束沛德同志的身上。

〔註 1〕 黎之《回憶與思考》。

我負責找束沛德同志談話，他承認是他透露給了同在一個宿舍住的閻望，但決不是故意的，而且也絕沒有料到閻望又告訴了胡風，使他有所準備。束沛德說他回到宿舍，閻望問他開什麼會，他就告訴閻望要批判胡風的三十萬言書。

在肅反運動中，束沛德、閻望都受到了審查，看來「洩密事件」確曾發生過。但舉報其事者真的是舒蕪嗎？迄今尚無旁證。按，舉報者應具備兩個必要條件，第一得夠資格參加該會，第二應能與胡風對話。舒蕪不是作協或文聯的「負責人」，且早與胡風斷交，不具備這些條件。當然，如果充分考慮到胡風對舒蕪的「瘋狂的仇視」已經公開化這個事實，凡出現不利於胡風的事，第一個受懷疑的對象就是舒蕪，持這種思維方式者也是有的。

舒蕪 2003 年 11 月 14 日致信網站《二閒堂文庫》（因該網站登載了張僖文章）〔註2〕，斷然否定此事。他寫道：

> 我要說明：當時我並沒有向馮雪峰先生作這樣的彙報，我根本不可能知道「胡風在開會之前已經知道了今天會議的內容，並且做了準備」這些情況。

> 第一，由於我在 1952 年發表了檢討文章《從頭學習〈在延安文藝座談會上的講話〉》，胡風先生對我很不滿，久已同我沒有往來，他在那樣關鍵敏感時刻瞭解到什麼內部情況，作了什麼準備，我怎麼可能及時知道？

> 第二，那個「中國文藝工作者聯合會、中國作家協會主席團聯席（擴大）會」，我根本沒有被通知參加，不知道有這樣一個會，我又怎麼會在會下找到馮雪峰先生作什麼彙報？

> 第三，當時，馮雪峰先生雖是人民文學出版社的社長兼總編輯，但全出版社的日常行政是副社長兼副總編輯樓適夷先生（後來是王任叔先生）主管，中國古典文學編輯室的行政和業務是副總編輯聶紺弩先生主管。我經常接觸打交道的領導，首先是聶，然後是樓，是王；而馮雪峰先生並不常到社來，來了也同大家很少接觸，儘管大家都很敬愛他。我不記得曾經向他彙報過任何事，更沒有向他彙

〔註2〕 該文遲至 2006 年 5 月才在該網站「來稿存真」欄發佈。該文庫編輯「維一」解釋道：「舒蕪先生的本封來信很早就已寄出。因郵路障礙，未能到達本堂。直至日前才由另一管道輾轉送至。遲發為歉，尚望見諒。」

報過「胡風在開會之前已經知道了今天會議的內容，並且做了準備」
這樣的事。

應該說，舒蕪陳述的上述三條理由是能夠成立的。

說句實在話，胡風此時也沒有必要打聽「運動」的內容、宗旨和時程安
排了。中宣部 1 月 20 日呈送中央的《關於開展批判胡風思想的報告》，已於 1
月 26 日隨中央「紅頭文件」下達至「上海局、各分局、省市委，中央備部委，
國家機關各黨組，軍事各部門，青年團中央和人民團體各黨組」，並在黨刊上
刊出。普通黨員都知曉的事，也就無秘可保了。1 月 25 日《文藝報》第 1、2
號合刊出版，「萬言書」的第二第四部分作爲「附發專冊」送到了讀者的手中，
批判的靶子已經豎好，目標已無須猜度了。

2 月 12 日《人民日報》在頭版刊載了「中國作家協會主席團開擴大會議」
的消息，副標題爲「決定組織關於全蘇作家代表大會的傳達和學習並決定展
開對胡風的資產階級唯心主義文藝思想的批判」，其中「批判胡風」部分的內
容是中宣部「報告」的精簡，但未公開提到「反黨反人民」的政治定性。這
是國家媒體第一次宣佈「批判胡風運動」全面展開的消息。

2 月 13 日胡風給杭州的方然去信，信中寫道：「小文（指「自我批判」）
已改寫一次送去，估計可能還不會早日發表，甚至是不滿意的，這只有等聽
了意見再說。情形已如此，當然要熱鬧一個時期，也許兩三個月吧。〔註3〕」
邵荃麟的「報告」中提到四五月間將「對胡風文藝理論和他關於文藝領導意
見做出結論」，胡風據此判斷該運動不會持續得太久。

2 月間，「批判胡風運動」果眞「熱鬧」起來，報刊上批判俞平伯、胡適
的文章明顯減少，批判胡風的文章則越來越多。應該指出，《人民日報》和《文
藝報》發表的若干批判文章，有許多是中國作協黨組於年初組織撰寫的。邵
荃麟 1 月 2 日代表作協黨組起草的「報告」中，已經談到組織有關人員撰寫
批判胡風稿件的工作，稱：

　　爲了進行對胡風思想批判，必須做好研究工作。作協黨組已經
開始約請了一些同志，進行研究，並要求他們都要負責寫出文章。
這些同志包括周揚、胡繩、艾思奇、喬冠華、邵荃麟、林默涵、何
其芳、馮雪峰、劉白羽、田家英、許立群、袁水拍、轟紺弩、蔡儀、

〔註 3〕　在同信中，胡風提到 1 月 8 日與邵荃麟談話的內容：「你的事雖不在圈子內，
但草君談話中提到，似乎很重視。」信中的「草君」，指的就是邵荃麟。

　　林淡秋、陳湧、王燎熒、康濯、侯金鏡、秦兆陽等。黨外方面，郭
　　老、茅盾均已同意進行研究並寫文章。俟胡風的報告印發後再廣泛
　　地組織各方面人士進行研究和寫文章。

這些特約撰稿人主要來自中宣部、全國文聯、全國作協、人民日報、人民文
學出版社及北京大學文學研究所等中央級文化單位，文藝界人士居多，也有
哲學界人士。值得注意的是，剛被撤去《文藝報》主編職務的馮雪峰和胡風
的老朋友聶紺弩均名列其中，可見作協黨組非常清楚馮、聶對胡風文藝思想
的基本看法；更值得注意的是，胡風「狂熱仇視」的舒蕪並不在名單之中，
可見作協黨組此時沒有繼續動員舒蕪揭批胡風的打算。

　　中央「紅頭文件」下發之後，各地文化單位都做了大量的組織工作。據
當時中宣部工作人員黎之回憶：「各地紛紛報來批判計劃。上海作協分會主席
團為此建立了核心領導小組。巴金、夏衍、羅蓀、吳強、葉以群、王元化、
王若望、靳以等都報了專題批判計劃。廣州、武漢，西安、瀋陽，重慶……
各作協分會都開會批判胡風，並訂出批判計劃。」

　　中宣部組織的特約撰稿人的批判文章陸續發表在中央級報刊上，如：

　　蔡儀《批判胡風的資產階級唯心論的文藝思想》，載 2 月 15 日
《文藝報》第 3 號。

　　秦兆陽《論胡風的「一個基本問題」》，載 2 月 25 日《文藝報》
第 4 號。

　　王燎熒《評胡風的〈有關現實主義的一個基本問題〉》，載《人
民文學》3 月號。

　　袁水拍《從胡風的創作看他的理論的破產》，載 2 月 20 日《人
民日報》。

　　聶紺弩《從文藝源泉問題看胡風的思想錯誤》，載 3 月 6 日《人
民日報》。

　　茅盾《必須徹底地全面地展開對胡風文藝思想的批判》，載 3
月 8 日《人民日報》。

　　楊耳（許立群）《胡風是馬克思主義的「實踐者」呢，還是馬克
思主義的反對者》，載 3 月 17 日《人民日報》。

　　邵荃麟《胡風的唯心主義世界觀》，載 3 月 20 日《人民日報》。

郭沫若《反社會主義的胡風綱領》，載 4 月 1 日《人民日報》。

胡繩《為什麼批判胡適、俞平伯、胡風的思想》，載《學習雜誌》4 月號。

林默涵《雪葦——胡風追隨者》，載 4 月 30 日《人民日報》。

各地文化單位組織的批判文章也陸續問世，其中有不少「胡風派」成員撰寫的文章〔註4〕，如：

天藍《背後的射擊》，載 2 月 15 日《文藝報》第 3 號。

綠原《我對胡風的錯誤思想的幾點認識》，載 2 月 25 日《文藝報》第 4 號.

王元化《胡風的反馬克思主義的立場觀點》，載 3 月 6 日《解放日報》。〔註5〕

彭柏山《論胡風創作思想的反馬克思主義的觀點》，載 3 月 9 日《解放日報》。

曾卓《從巴爾札克、托爾斯泰談起》，載 3 月 25 日《長江日報》。

彭燕郊《必須激起最嚴肅的責任心》，載 3 月 27 日《長江日報》。

魯藜《唯心論魔術師》，載 4 月 15 日《文藝報》第 7 號。

上述所謂「胡風派」成員大都是黨員，他們人都是在組織做了工作之後持筆的。王元化如下的回憶可供參考，他在《我和胡風二三事》中回憶道：

> 彭柏山把我和孔羅蓀叫到市委宣傳部，他拿出剛剛發下的紅頭文件對我們兩個人說：「中央責令每個黨員都要寫批判胡風的文章。這件事很嚴重，是毛主席親自抓的，我也要寫，你們也要寫。」談話回來不久，果然柏山寫了，我也寫了。這是我一生中所寫的至今內心深以為疚的文章。

研究者李輝對此另有看法，他認為上述「胡風派」成員所寫批判文章的動機可分為兩類：一是「真誠的醒悟和懺悔」，二是「聽從了胡風的勸告，積極表態以保全自己安然過關」〔註6〕。此說可備一格。

〔註 4〕 這裡是借用了運動後期的說法，實際上他們中許多人根本就不能算作「胡風派」。

〔註 5〕 3 月 29 日《人民日報》轉載時改題為《「潮流派」小集團的魅影》。

〔註 6〕 李輝《胡風集團冤案始末》第 179 頁。

　　舒蕪也在這澎湃全國的「批判胡風運動」浪潮中寫了兩篇文章：其一為《反馬克思主義的胡風文藝思想》（載 1955 年 2 月《中國青年》第 4 期），其二為《胡風文藝思想反黨反人民的實質》（載 1955 年 4 月 13 日天津《大公報》）〔註 7〕。他能不能不寫呢？似乎不能。舒蕪解放初雖然被逐出「胡風派」，也曾撰文與「胡風派」劃清界限，但他仍被有關部門視為「胡風派」的前骨幹。中央「紅頭文件」（中宣部 1 月 20 日的報告）中多次點到「當時屬於他的小集團的舒蕪」及「原屬於胡風小集團的舒蕪」，報刊上凡批判胡風唯心論的文章更無一例外地要批判《論主觀》。在這種政治氛圍下，他想置身運動之外根本是不可能的。舒蕪在 2 月作的這篇文章中曾明白地道出了當時環境的壓力及他的真實想法，寫道：

> 解放後，在黨的教育之下，我初步認識了過去的嚴重錯誤，對於過去的責任日益感到沉重。並且，儘管胡風因為我接受了黨的教育，放棄了反馬克思主義的文藝思想，對我表現了狂熱的仇視，可是，我對於胡風文藝思想和文藝活動在解放後的更加惡劣的發展，還是覺得和我並非完全沒有關係。

所謂「對於過去的責任日益感到沉重」，所謂「並非沒有關係」，說的就是「紅頭文件」給他帶來的壓力，這是促使他撰文的主要原因；其次，胡風對他的「狂熱的仇視」，也是他不能釋懷的原因之一。

　　舒蕪的這兩篇文章沒有寫出什麼特色，因此也不像綠原、王元化諸人文章為上層所關注。當年，能否在中央級報刊（《人民日報》、《文藝報》等）發表或轉載，是其人其文是否得到上層注重的顯著標誌。如眾所知，舒蕪的這兩篇文章都發表在次一級的報刊上，且未被中央級報刊所轉載。

　　近年來，有研究者對舒蕪的這兩篇批判文章發生了興趣，稱其為「佚文」，拔高為「標準的『思想史上的失蹤文獻』」，對其寫作動機、內容、影響和後果均提出新的解釋。如，認為舒蕪撰文時「明顯陷於一種病態的亢奮」，有意「促進對胡風的批判從文藝領域進一步升級」；認為他對「（胡風）思想鋒芒的可能的政治危害做出了最大化的想像」；認為他「發明」了一些新提法，從而「遂心如願地扮演了『推動歷史』的角色」，等等〔註 8〕。於是，舒蕪的這兩篇當年不為上層所重視的批判文章，被研究者賦予了未曾有過的歷史意義。

〔註 7〕 李輝誤以為該文載《人民日報》。見《胡風集團冤案始末》第 184 頁。
〔註 8〕 參看張業松《舒蕪的兩篇「佚文」》。以下未注明出處的引文皆出自這篇文章。

　　看來，重新審視舒蕪的這兩篇曾淹沒在運動潮流中的批判文章仍是有必要的。

　　先看舒蕪作於 2 月初的《反馬克思主義的胡風文藝思想》。該文開頭一段似乎直接抄自中央紅頭文件（1 月 26 日中央對中宣部報告的批覆），為便於比較，並舉如下：

　　　　（舒蕪的原文）「目前對胡風文藝思想的批判，是思想戰線上工人階級與資產階級之間的一個重要鬥爭，是在全國範圍內、宣傳唯物論反對唯心論的一項重要工作。」

　　　　（紅頭文件）「各級黨委必須重視這一思想鬥爭，把它作為工人階級與資產階級之間的一個重要鬥爭來看待，把它作為在黨內黨外宣傳唯物論反對唯心論的一項重要工作來看待。」

舒蕪該文中對「萬言書」的「建議部分」有所批判，其著眼點在於「家長統治」和「宗派主義」，較之 1 月 20 日中宣部呈送中央報告的有關提法略有不及。並列如下，可為參照：

　　　　（舒蕪原文）他提出了一套文藝運動的組織綱領，要取消現有的從《文藝報》起一切中央和地方的黨所領導的文藝刊物，而代之以七八個自由組合的小集團的刊物。每個刊物的「主編」，就是小集團的領袖，對他的刊物和小集團實行絕對家長統治，他可以規定小集團中黨團員作家所佔的比例，他可以要黨的支部工作服從他的權威。

　　　　（中宣部報告原文）胡風報告中關於文藝工作的組織領導部分則是主張取消作家協會等團體的刊物而改辦所謂「會員刊物」，實質上是取消黨對文藝工作的統一領導的原則，取消作家的統一組織，使文藝運動成為四分五裂的宗派活動。

當年文藝界人士發表的批判「萬言書」的文章很多，措辭及分析比舒蕪文更為尖銳者也很多。略舉兩例：王瑤的《不能按照胡風的「面貌」來改造我們的文藝運動》（載 1 月 31 日《人民日報》）早於舒蕪文，該文從歷史現實諸方面對胡風的「建議」進行了批判，文末還大喝一聲：「你的那一套是不行的！」曹禺的《胡風先生在說謊》（載 2 月 21 日《人民日報》）幾與舒蕪文同時，曹對胡風在「理論部分」舉其劇作《日出》為例抨擊何其芳非常反感，澄清事實之後，這樣寫道：「我想胡風先生有一天會明白，當著群眾認清他的真面目

的時候，那麼他多年賣弄的一切破銅爛鐵，包括他那『主觀戰鬥精神』等等，都是無能爲力的。」

再看舒蕪作於 4 月初的《胡風文藝思想反黨反人民的實質》，該文主要觀點是：「全國文藝界學術界正在批判胡風文藝思想，但這個問題決不僅僅是同文學藝術界有關係的問題」，「它（指胡風文藝思想）的實質，是反黨反人民的，是反對今天我們一切革命工作中的指導思想馬克思主義，反對我們社會主義建設和社會主義改造的偉大事業的。」

有研究者格外加重了舒蕪該文的歷史意義，認爲「這等於是一項以個人名義宣佈的將胡風問題從學術文藝領域升級和擴展到思想路線領域的動員令。」

如前所述，胡風問題在 1955 年初雖經過多次的反覆的定性，但從一開始就沒有局限在「文藝思想」的範圍之內，而是作爲批判資產階級唯心論運動的後續部分。中宣部 1955 年 1 月 20 日給中央的報告已見上引，中央 1 月 26 日的批覆如下：

> 胡風的文藝思想，是資產階級唯心論的錯誤思想，他披著「馬克思主義」的外衣，在長時期内進行著反黨反人民的鬥爭，對一部分作家和讀者發生欺騙作用，因此必須加以徹底批判。各級黨委必須重視這一思想鬥爭，把它作爲工人階級與資產階級之間的一個重要鬥爭來看待，把它作爲在黨内黨外宣傳唯物論反對唯心論的一項重要工作來看待。

批覆中的第一句，「長期内進行著反黨反人民的鬥爭」，說的就是「胡風文藝思想反黨反人民的實質」；批覆中的第二句，這是兩個階級間的「重要鬥爭」，說的就是「思想鬥爭」的「範圍」。如果說 1955 年 1 月胡風問題就已「從學術文藝領域升級和擴展到思想路線領域」或「政治領域」，大致是不會有錯的。

顯而易見，舒蕪其人其文還不可能扮演「推動歷史的角色」。

27 邵荃麟說：「只要他們政治上不是反革命⋯⋯」

1955 年初，胡風最關注的並不是報刊上越來越多的批判文章，也不怎麼介意上面的各種提法，而是忙於與朋友們反覆地推敲《我的自我批判》，討論「批判了（的）是什麼，不能涉及的是什麼，是不是有言過其實之處⋯⋯〔註 1〕」，等等。曾參與其事的綠原後來評價道：胡風此時所作的「自我批判」與作於 1952 年《一段時間，幾點回憶》雖都「不免有希圖過關的動機，字裏行間仍一致充溢著嚴格自剖的誠意和學術上的認真精神」〔註 2〕。

「過關」思想是否能與「誠意」及「認真」的態度掛上鉤來，是另外一個範疇的問題。這裡只討論胡風為何如此慎重地對待這個「自我批判」。說到底，他仍把這次運動的起因歸之於周揚等向他索討「歷史的債」〔註 3〕，認為「萬言書」的肇禍只是周揚等發難的由頭罷了。1952 年 12 月 16 日「胡風文藝思想討論會」的最後一次會上，周揚曾在總結發言中把胡風問題的性質提到了「存心反對黨的嚴重程度」，並讓他自己作出結論。胡風當時「愉快」地接受了意見，表示「當然還要繼續檢查，作出結論」。1954 年初高饒集團案發後，他錯誤地判斷了形勢，上書「清君側」，不僅徹底否定了「討論會」的結論，還企圖借體制之力除掉周揚等「小領袖」。如今，上面一個「反巴掌」打

〔註 1〕 胡風 1 月 20 日給張中曉信，轉引自綠原《胡風與我》，《我與胡風──胡風事件三十七人回憶》第 543 頁。

〔註 2〕 綠原《胡風與我》，《我與胡風──胡風事件三十七人回憶》第 543 頁。

〔註 3〕 胡風 1955 年 2 月 10 日致阿壠信寫到：「對歷史的債要還，相信歷史，其餘一切都是毫不足道的。」

過來了〔註4〕，中央沒有接受「萬言書」，周揚等還是要他自己作出「結論」。他於是以為問題又回到了 1952 年底或 1953 年初的狀態，公開批判的目的只是逼他自我檢討，大不了「熱鬧」兩三個月而已。

從某種角度而言，胡風的推測有其一定的合理性，但他沒有充分估計到思想鬥爭背景及前提的變化所帶來的新的因素。1952 年討論他的問題時僅限於文藝思想的範疇，會議的主持者是中宣部文藝處；而 1955 年他的問題則屬於批判資產階級唯心主義運動的後續部分，運動的指導者是毛澤東。此時，他已通過某種途徑瞭解到毛澤東對他的理論問題所作的「反黨」的基本定性，思想上產生了動搖。聶紺弩在「檢查材料」中曾談到 1955 年初與胡風的一次談話，他寫道：

> 談到毛主席說他的理論是反黨的之後，我又一次指出，如果毛主席不說什麼，人民日報不會登舒、林那些文章。他的希望落了空，應該檢查自己。他說他搞了幾十年文藝，就只有這點所信，在自己發現他是錯的之前，還只能守住它。林、何他們的文章也許是對的，但還未變成我的所信。老也老了，怎能說我還未信的話呢？我說，從他的話聽來，他基本上已經動搖了。如果這樣，那就不是什麼理論問題而是情緒意氣之類，不願低頭。他說不是，他的理論沒有錯。

〔註5〕

聶紺弩的判斷不無道理，「基本上已經動搖了」，但還有「情緒意氣」，這也許便是胡風在「自我批判」上的「字斟句酌」的主要原因。這篇檢討在三個月時間內先後寫了三稿，駁回兩次，面談兩次，改寫兩次，「情緒意氣」逐漸消磨殆盡，直改到上面基本滿意為止。

第一稿寫成於 1 月 10 日，同月 19 日寄給周揚。數日後，綠原將此事通知給武漢的曾卓，提到期望此文能「改變運動步驟」。

周揚將第一稿交給《文藝報》，據主編康濯回憶：「對這一稿，我們編委會和編輯部以及周揚、林默涵、作家協會黨組的同志和文藝界一些領導同志茅盾、夏衍、馮雪峰等都認為不行，認識的錯誤不多，解釋、辯護不少，於是把稿子退給了胡風，誠懇地向他提了意見。」1 月 30 日周揚、邵荃麟約見胡風，說明了「暫不能發表」的理由，退回讓其修改。

〔註4〕 「反巴掌」之說，轉引自路翎《我與胡風》（代序），曉風編《胡風路翎文學書簡》第 25 頁。

〔註5〕 《聶紺弩全集》第 10 卷第 61 頁。

　　第二稿改寫於 2 月 2 日，2 月 7 日改定，同日寄給周揚。2 月 10 日胡風致信天津的阿壟，寫道：

　　　　困難的是，心情沉重，思路遲鈍，連書都不大看得進去，理論問題更是無法深入進去的。文已改一遍送去，只希望能發表出來，減輕一點沉重之感，再走第二步。但也難做到罷。──所謂源泉問題，當然如此，但那是文字上的不小心，所以文中未提及，提了要牽到別的問題的。

「源泉問題」會「牽」出什麼問題呢？又會「牽」出舒蕪《論主觀》這件歷史公案。如前所述，1945 年他為《希望》創刊號撰寫了一篇與《論主觀》「呼應」的短論《置身在為民主的鬥爭裏面》，文中將作家的創作過程說成是「自我鬥爭」和「自我擴張」，並稱這就是「藝術創造的源泉」。1953 年初何其芳在《現實主義的路，還是反現實主義的路》一文中嚴厲批評了這個提法，1954 年胡風在「萬言書」中進行了激烈的反駁。阿壟擔心不檢討這個問題過不了「關」，但胡風卻有所顧慮。順便提一句，胡風在第二稿中仍只承認因「失察」發表了《論主觀》，而不談曾對舒蕪有過指導、支持和鼓勵〔註6〕。

　　《文藝報》主編康濯讀過第二稿，他回憶道：「這一次我們看了以後覺得進步不小，就由編輯部打印分發給了茅盾、夏衍等同志以及《人民日報》文藝部等有關單位，說明我們認為他這份檢討基本上可以接受了，但是也還想請胡風改得更好一些，並要求接到這份打印稿的同志提出修改意見。然後我們又綜合了大家的意見，轉告了胡風同志，希望他能再修改一下，並盡快交我們發表。」話雖如此說，但還是未能完全「接近上面的看法」〔註7〕，仍未獲通過。

　　第三稿改寫於 3 月 2 日，同月 15 日改訖送周揚。該稿得到作協黨組的認可。3 月 26 日胡風為第三稿起草「附記」，這是為該文公開發表所作的最後工作。「附記」中寫道：

〔註6〕　胡風在第二稿中寫到：「我在我後期主編的刊物上發表過《論主觀》等實質上是宣傳唯心論和個人主義的文章，在讀者中間造成了有害的影響。對於這，我長期地只是把它當作一個發表的責任看，不能認識到這是從立場錯誤而來的、一個違反了黨的思想原則的帶政治性的嚴重錯誤。」
〔註7〕　胡風 1955 年 2 月 13 日致方然信：「希望能振作起來，盡力如實，在這個努力上能接近上面的看法。」

　　　　我已認識到這個批判是必要的，適時的，而且更明確地認識到
　　了我的錯誤對於我們社會主義改造時期的文學事業是有極大的危害
　　性的。今天看來，我覺得這個自我批判很不夠，沒有深入地分析清
　　楚問題的具體內容和錯誤的思想實質，也許還含有新的錯誤。但目
　　前限於水準和時間等條件，希望同志們把它當做我自己擁護對我的
　　錯誤的批判的一種表示看。我要努力從同志們的批評當中進行學習
　　和反省，進入深一步的檢查，寫出新的文章來，清除和改正錯誤，
　　用實際行動來彌補我的過失。

從「更明確地認識到了……有極大的危害性的」一句中可以讀出新的基調，
從「我自己擁護對我的錯誤的批判」一句中可以讀出新的態度。胡風爲何突
然克服了心理障礙，作出如此重大的讓步，並不是沒有契機或緣由的。

　　　應該補述一件發生在胡風修訂第三稿期間的事情：3 月 8 日夜喬冠華、陳
家康、邵荃麟三人奉周總理指示來到胡風家〔註8〕，與他進行了推心置腹的談
話。此次談話並不是突然發生的，兩天前胡風曾與喬冠華通過電話，應是有
約在先。喬、陳、邵三位都是胡風的老朋友，結交於抗戰中期的重慶。喬、
陳本不是文藝界人士，解放後都在外交部工作，4 月初將作爲周恩來的隨從人
員出席在印尼萬隆召開的亞非會議，直到 5 月 7 日才返回北京。胡風回憶說：
「他們三個這次來當是周總理對我的問題再做一次挽救，免得弄到難於收
拾。〔註9〕」此說不無道理。綜合胡風及他人相關文章，此次談話的主要內容
如下：

　　　（喬冠華傳達周總理指示）「應檢查思想，應該打掉的打得愈徹
　　底愈好，這才更好建設新的。但是，要實事求是，不能包，包不是
　　辦法。」

　　　（喬冠華的意見）「……別的不說吧，你跟黨這多年，至少是你
　　沒有積極提出要求入黨，這在思想上應該檢查檢查，也可以回憶一
　　下歷史情況，看有什麼問題……」

　　　（陳家康插話）「一切可以說是一個認識問題……」

〔註 8〕　還有另外一種說法。喬冠華 1966 年 2 月 12 日致信章漢夫、姬鵬飛並轉周揚，
　　　　信中提到「最後一次（收到胡風的信），大概是 1955 年，根據（陸）定一同
　　　　志指示，我曾去勸過他一次」。參看徐慶全撰《胡風服刑前致函喬冠華始末》，
　　　　載《百年潮》2000 年第 3 期，下不另注。

〔註 9〕　《胡風全集》第 6 卷第 527 頁。

（喬冠華打斷）「家康這個同志就有這個毛病……」〔註10〕

（邵荃麟意見）「你老指責宗派主義，左聯的事情我不清楚，至少我和你的關係應該是沒有宗派的，但你也把我劃入宗派了……」〔註11〕

（臨別時喬冠華又說）「前幾天才把你對我的批評的回答小冊子翻了一下……」

所談內容當然絕不止這些〔註12〕，既然是「挽救」，當然也會提示相應的途徑和方法。

如果說，這次意義非同尋常的談話促使胡風對其問題進行了重新思考，並在第三稿中作了重要的修訂，也許不算是臆測。據審閱者之一的康濯回憶：第三稿「修改了若干實質性的內容」，「確有不止一個地方改得比二稿肯定是有重要的進步」。所謂修改了「實質性的內容」，所謂「重要的進步」，都可理解為檢討內容已基本接近或比較接近於「上面的看法」。

再如果說，胡風確信第三稿不僅可以告慰關心他的人們，還可以堵住所有敵對者的嘴，且給運動的發動者以下臺的階梯，使這場危機得以化解，這或許也不是臆測。附帶說一句，兩個月後《人民日報》發表了《我的自我批判》，當胡風發現登載的不是第三稿而是第二稿加第三稿的「附記」時，他感到非常震驚，立即向周總理辦公室彙報，周總理因而責令《人民日報》作檢討。這，亦可證胡風對第三稿的重視程度。

胡風將第三稿呈上後，曾給上海的朋友滿濤去信（3 月 25 日），信中談到了對錯誤的最新認識，可作參考。他寫道：

過去許多年，沒有認識到脫離了黨的思想方針，以書生心情看問題，這就在基本問題上犯了嚴重的錯誤。但卻以忠於當時當地的鬥爭和文藝特性蒙蔽著自己，弄得長期地不能認識問題，反而把錯誤發展了。……此次批評發生後，我曾用一個多月的時間日以繼夜地檢查過自己，寫了自我批判。現在看來雖然把基本點找了出來，但卻是不夠深入的。

〔註10〕 轉引自徐慶全《胡風服刑前致函喬冠華始末》。
〔註11〕 轉引自徐慶全《胡風服刑前致函喬冠華始末》。
〔註12〕 胡風 1966 年 2 月 11 日致喬冠華信中寫到：「記起了最後一次見面，提到某一問題時，你動情地說過：『如果那樣，活下去有什麼意思』。」

一言以蔽之，胡風終於在「基本問題」上找出了「基本點」，且自認爲比較貼近於中央對其問題的定性，這就是他特別看重第三稿的由來。

3月29日周揚約見胡風，又作一次長談，內容不詳。據有關人士的回憶，胡風的被作協黨組認可的《我的自我批判》第三稿原擬在4月出版的《文藝報》第7號或第8號上發表。中宣部在充分聽取群眾意見後，將對胡風問題作出結論。周揚約胡風談話，大約與通知發表刊期、囑其繼續檢討有關。

有許多過來人認爲，1955年開展的「批判胡風運動」本應是如此結束的，批判從嚴，處理從寬，被批判對象交出一篇像樣的公開檢討，事情就基本完了。你給了組織面子，組織上也會給你面子，以後該幹嘛就幹嘛，地位和待遇或許會比過去更高。賈植芳當年就執這種看法，他在回憶文章中寫道：

> 說句心裏話，當初批胡風雖然緊張，但畢竟與後來的政治運動還不一樣。在我心裏，也沒有特別大的壓力。因爲在這以前，有批判電影《武訓傳》和批判俞平伯的《紅樓夢》研究，但這兩次運動都沒有構成對當事人的迫害，孫瑜、俞平伯還加了工資，升了職稱。前幾年知識分子思想改造時，也有人跳河上吊，但事過之後，也照樣寫作教書，都未有人身迫害的現象，所以雖然爲胡風、爲其他朋友、也爲自己的命運添上幾分憂慮，但每天喝酒上課寫東西是照常的，並沒有受到絲毫的影響。記得一次我和劉大杰在余上沅家裏吃午飯，喝酒時劉大杰對我說：「老賈，你和胡風是朋友，我和老余與胡適也是朋友，誰沒個三朋五友的，沒關係。」後來，劉大杰還跑來嘻皮笑臉地說：「老賈，這回恭喜你要陞官發財了。」他說那話決不是調侃，是有孫瑜、俞平伯爲先例的。〔註13〕

在同文中賈植芳還引用了一份「文革」中的材料，說是劉少奇1955年2月間對胡風問題有過指示，他說：「對胡風小集團，可以開一些會，根據政策原則，對他採取幫助的態度，對胡風不是打倒他。」於是，賈植芳推斷：「如果按劉少奇的設想，胡風的命運也許和孫瑜、俞平伯一樣。」

雖說有先例在，也有未經驗證的首長講話，但胡風的情況畢竟與孫瑜、俞平伯不一樣。在上層人士看來：孫、俞的錯誤僅限於個體認識上的錯誤，充其量只是「非」馬克思主義或「反」馬克思主義的思想問題，其影響及後果均有限；而胡風的錯誤在於「小集團」活動，在於長期的「抵制」和「反

〔註13〕 賈植芳《在這個複雜的世界裏》，載《新文學史料》1992年第4期。

對」黨對文藝運動的領導，在於頑強的改變中共文藝領導班子和組織路線的努力。從這個角度而言，胡風及其流派的「命運」或許並不會「和孫瑜、俞平伯一樣」。

可為佐證的是：從邵荃麟 1 月 2 日代表作協黨組呈中宣部的報告和中宣部 1 月 20 日呈中央的報告中都可以讀出絕不同於「批判武訓傳」、「批判紅樓夢研究」等運動的新信息——

上面已認定胡風的問題不是孤立的個案，而是集團案，其成員構成及其政治身份也不無可疑。邵在報告中明確指出必須對其成員進行政治上的甄別：

> 這個小集團一直保持了十年以上的歷史，其中有黨員，有不少思想落後的分子，甚至政治上墮落的分子，在文藝界成為一種頑強的宗派。

> 對於胡風以及胡風派的人，只要他們政治上不是反革命，仍然應該採取治病救人的態度；應當通過批判，幫助他們認識錯誤，改正錯誤。

中宣部呈中央的報告中也提到集團案的性質及後期的甄別工作：

> 他（指胡風）的活動是宗派主義小集團的活動，其目的就是要為他的資產階級文藝思想爭取領導地位，反對和抵制黨的文藝思想和黨所領導的文藝運動，企圖按照他自己的面貌來改造社會和我們的國家，反對社會主義建設和社會主義改造。

> 對胡風小集團中較好的分子應耐心說服爭取，對其中可能隱藏的壞分子，應加以注意和考察。

這兩份報告中都明確提到「胡風派」的性質是非黨或反黨的「小集團的活動」，其成員中有「政治上墮落的分子」或「可能隱藏的壞分子」，最後的政治定性和組織處理懸於「只要他們政治上不是反革命」的一線之上，後期的政治甄別是必不可免的。換言之，在甄別過程中，什麼情況都仍可能發生。

如果正視這些已解秘的權威資料，那麼是否可以說，胡風、路翎 1952 年在呈送中宣部的報告中對舒蕪「政治面貌」的舉報，及胡風在 1954 年的「萬言書」中對「所謂胡風『小集團』有關的作者們」（除舒蕪外）「階級鬥爭」覺悟的褒揚，還有對各文藝單位的「文藝幹部」隊伍中「雜有投機分子以至政治上的變節分子」的揭發，所取得的客觀效果與他們的願望正適得其反。他們在政治上的敏感表現非但未能使上面放心，反而引起了嚴重的警惕性。

　　在政治化的時代裏，必然產生政治化的文藝人物。胡風是這樣，周揚是
這樣，舒蕪也是這樣，而當這代表著幾方面的政治化的文人湊在一起，出於
各各不同的動機，爭相表達對於時代主潮的個性理解和追隨意願時，必然會
產生政治化的戲劇效果。其起因、過程及結果都不能用詩學來解釋。

28 舒蕪以私人書信爲「材料」撰文

　　1955 年 4 月「批判胡風運動」進入了高潮。在這一階段，具有指導意義的批判文章主要有：

　　郭沫若《反社會主義的胡風綱領》，載 4 月 1 日《人民日報》。

　　林默涵《雪葦——胡風的追隨者》，載 4 月 30 日《人民日報》。

　　郭沫若在文中指出：「多年來，胡風在文藝領域內系統地宣傳資產階級唯心主義，反對馬克思主義，並形成了他自己的一個小集團。解放前，在他的全部文藝活動中，他的主要鋒芒總是針對著那時候共產黨的和黨外的進步文藝家。解放後，他和他的小集團的大部仍堅持他們一貫的錯誤的觀點立場，頑強地和黨所領導的文藝事業對抗。」這裡，公開了中宣部年初爲「小集團」作出的「反黨」的政治定性。

　　林默涵在文中指出：「雪葦與胡風的文藝思想在基本問題上是完全一致的，他們反對馬克思主義的世界觀，反對文學的黨性，鼓吹文學的無思想性，反對作家的思想改造，要求給反黨的宗派集團以合法的權利。」這裡，更明確地公開了上面年初爲「小集團」作出的「反黨的宗派集團」的政治定性。

　　如前所述，舒蕪在當年 2～4 月間曾撰寫過兩篇文章，一篇題爲《反馬克思主義的胡風文藝思想》（2 月作），另一篇題爲《胡風文藝思想反黨反人民的實質》（4 月作）。先說作於 4 月的這一篇，通篇著眼於「胡風的一套反黨反人民的文藝思想」，並無一句批判到「小集團」，似乎並未表現出如研究者所說的「在胡風集團最新遭遇上的靈敏嗅覺」。再說作於 2 月的那一篇，文中也無一句批判到「小集團」。只是在批判到「胡風反黨的宗派活動」之時，兩次明確提到可以「提供具體的材料」繼續作深入的批判。他是這樣寫的：

關於胡風在解放前文藝界的反黨的宗派活動，我將在別處根據我所掌握的材料作一些說明。

他在他所能影響到的人們面前，全力破壞黨的威信，把黨的文藝工作中的負責同志描寫成醜惡不堪的面貌，把他們之間和他們對整個革命文藝界的關係描寫成醜惡不堪的關係。（關於這方面，我將另外提供具體的材料。）〔註1〕

這裡提到的「所掌握的材料」及「具體的材料」，不是別的，指的都是胡風給他的書信。當年舒蕪能在公開發表的文章無所顧忌地提到這些「材料」，恰好印證了前文所述的他們那一代文化人「法律意識」的淡薄，胡風是這樣，舒蕪也是這樣，後文將述及的《人民日報》編輯們也是這樣。舒蕪起念要使用私人信件來揭露胡風的錯誤，最早可以追溯到 1954 年 7 月 7 日，那天他與聶紺弩、何劍熏上門看望胡風而受到辱罵，聶紺弩打圓場時第一次透露出胡風的「批判說」，舒蕪情急之下便欲拿出「他給我的信」來「證明」給朋友們看，後經聶的勸阻方作罷。此時他又提出可以用「具體的材料」來證實胡風的宗派主義，其思路是一貫的。

舒蕪立意要揭發胡風的宗派活動，但他的揭發與郭沫若、林默涵的批判仍有區別：其一，他要批判的是胡風個人的「反黨的宗派活動」，郭沫若、林默涵批判的是胡風派的「反黨的宗派集團」的活動；其二，他的立論基點主要放在胡風與「黨的文藝工作中的負責同志」的私人恩怨上，而郭沫若和林默涵的基點則放在「小集團」與「黨的文藝事業」之間的對抗關係上。總之，舒蕪所欲揭發的胡風個人的宗派表現，與「政治運動」的宏大宗旨有著相當距離，顯然不及郭沫若和林默涵文中的政治訴求。也許就是由於這些原因，舒蕪的這篇表示願提供「具體的材料」以批判胡風「反黨的宗派」活動的文章並未引起運動指導者們的任何注意。

就在這個時候，《人民日報》編輯部為配合「批判胡風運動」向縱深發展，想找一位知情者深入揭露和批判胡風的「宗派主義」，他們首先考慮的人選是綠原和路翎，其次才是舒蕪。他們未把舒蕪作為首選對象，當是認為他解放後已脫離了「胡風派」罷。當年的組稿者之一、該報文藝部成員葉遙曾回憶道：

〔註 1〕 轉引自張業松《舒蕪的兩篇「佚文」》。

　　大約在 1955 年 3 月下旬或 4 月上旬，文藝界正在對胡風同志的
文藝思想進行批判。《人民日報》文藝部的負責人林淡秋同志和袁水
拍同志，要瞭解批判胡風文藝思想的組稿情況。文藝部分工，這項
工作由我負責。當時林淡秋和袁水拍兩人合用一間辦公室，他們找
我到辦公室彙報。我告訴他們，大部分稿子已經落實，一部分稿子
作者正在寫，估計問題不大；還組織什麼稿子，需要議一議題目和
找誰寫。他們又談了幾個題目，商定後我記了下來。這時，袁水拍
同志忽然想起，胡喬木同志在過去一次談話（我已經記不得什麼時
間、什麼場合）中曾說，「胡風的宗派主義嚴重，若能瞭解一下他們
的宗派活動，也可寫點文章」（大意）。林淡秋同志認爲，組織這種
稿子，「難度太大」。我也認爲，瞭解這方面的情況「很不容易」。袁
水拍同志也認爲「難」。難在哪裏，這是不言而喻的。和胡風同志無
來往、不熟識的人，自然無從談起；和胡風同志有來往、熟悉的人，
也未必肯說。當時雖然猶像不決，最後還是商定，不妨找綠原、路
翎、舒蕪等同志試試看。任務交給了我，我毫無把握，只好試試看。

〔註2〕

從上可知，雖說「批判胡風宗派主義」的選題是袁水拍「忽然想起」的，卻
出自胡喬木的指示。他們「商定」的撰稿人依次爲「綠原、路翎、舒蕪」，也
許綜合考慮了對方的政治身份（綠原是黨員）及與胡風關係的疏密程度（路
翎與胡風關係最密切）。

　　葉遙正是按照這個順序先後找綠原、路翎和舒蕪約稿的。其結果是，綠
原婉拒，路翎不與接談，而舒蕪「答應寫」。她回憶了向舒蕪約稿時的若干細
節，摘錄如下：

　　　　我開門見山地對舒蕪同志說，我們組織批判胡風文藝思想的稿
　　子已有一些了，你能否考慮寫點別的文章，如胡風的宗派主義。你
　　在《致路翎的公開信》裏已提到這個問題，能否回憶得更具體點，
　　寫得詳細些，但要言之有據。

　　　　舒蕪同志答應寫。似乎還說，他原來也有要寫這個題目的考慮。
　　他回憶了抗日戰爭時期，在重慶和胡風、路翎等人的交往，1945 年

─────────────

〔註 2〕　葉遙《我所記得的有關胡風冤案「第一批材料」及其他》，轉引自《舒蕪集》
　　　　　第 8 卷第 412～413 頁。下同，不另注。

他寫的《論主觀》一文發表後，胡喬木同志曾找他談話，批評過他，他不服氣，和胡風等曾通信來往等。我問他，「那些信是否還在？」他說在，我現在已記不清楚，他當時說，那些信是存放在安徽老家沒有運來，還是已經運來，沒有整理。只清楚地記得舒蕪媽媽動作很麻利，彎腰從雙人床下拉出一個小皮箱，把箱子打開說：「信都在裏面哩。」舒蕪同志說，他想根據這些信寫胡風的宗派主義。我說，那你就給我們寫一篇這方面的文章吧。舒蕪同意。

應該說，葉遙的回憶可信度較高。如上文所述，舒蕪確實「原來也有要寫這個題目的考慮」，也曾想過要引用「具體的材料」以證實「胡風在解放前文藝界的反黨的宗派活動」。而他所掌握的「具體的材料」不是別的，就是胡風給他的書信，他把這個構想明確地告之約稿者，對方並未提出任何異議。

葉遙向舒蕪口頭約稿後，說是還要徵求報社領導的意見，以便正式列入選題計劃，於是向舒蕪借走全部信件。她連夜讀完，第二天又交報社文藝部領導林淡秋和袁水拍讀過。據她回憶：

記得這批信，林淡秋、袁水拍和我看後是吃驚的，儘管有些內容不知指何人何事，但譏諷、謾罵的話大體上是能看懂的。當時認為胡風同志和他的朋友們確確實實存在著嚴重的宗派主義。僅此而已，沒有別的議論和看法。

林淡秋和袁水拍也沒有對舒蕪將引用書信作為論據提出異議，選題計劃於是落實了。葉遙帶著報社列印好的「選題計劃」和全部書信又來到舒蕪家，通知他開筆。舒蕪很快便寫出了《關於胡風的宗派主義》。

在此，首先必須釐清的是所謂「將私人通信用於公共事務」的問題。近年來某些研究者多執此說來責備「胡風集團案」當事者之一舒蕪的行為，認為此舉不僅違憲，而且超越了「知識分子的道德底線」，應該受到最嚴厲的譴責。也有研究者發現另一位當事者胡風早在一年前就已做過這樣的事情，於是懷疑舒蕪必定通讀過「萬言書」全本，尤其是含有「關於舒蕪問題」的「事實部分」，認為舒蕪此舉雖屬傚仿，卻不無挾私「報復」之嫌，於理可恕，於德有虧。

以上兩說都難以令人信服，其理由有四：

如果說知識分子真有一條公認的「道德底線」（其實沒有），而且以是否「違憲」（指「保障通信自由」條）為最低標準。那麼，無論對胡風，或是對

舒蕪，或是對《人民日報》的組稿者們都應以這條「底線」來衡量。舒蕪在文中引用他人書信固然該受指責，胡風在「討論會」（1952 年）上、「萬言書」（1954 年）中率先引用私人書信也難辭其咎，《人民日報》的組稿者們的默許也應負有一定的責任。獨責舒蕪，則是道德的雙重標準，此其一。

　　再從那一代文化人的行爲規範來審察，五四進步知識分子在辯難時從不忌憚引用他人的書信，尤其在非引用不能說明問題的情況下更是如此。最著名的例證有魯迅的《答徐懋庸並關於抗日統一戰線問題》和《答托洛斯基派的信》，這兩篇文章都未經對方允准而引用了私人書信。值得注意的是，魯迅先生儘管這樣做了，但並不以爲十分正當，因此在行文中婉轉地進行了辯解。他在《答徐懋庸並關於抗日統一戰線問題》中這樣寫道：「以上，是徐懋庸給我的一封信，我沒有得他同意就在這裡發表了，因爲其中全是教訓我和攻擊別人的話，發表出來，並不損他的威嚴，而且也許正是他準備我將它發表的作品。」而在《答托洛斯基派的信》後也補充了一句：「要請你原諒，因爲三日之期已過，你未必會再到那裏去取，這信就公開作答了。」無視那一代知識分子思維的「慣性」和行爲規範，並不是唯物主義者的態度，此其二。

　　再說「報復」問題。胡風和舒蕪都是「尊魯迅」的，他們的血管裏都流著尼采的血。魯迅有個著名的「遺訓」，曰：「損著別人牙眼，卻反對報復，主張寬容的人，萬勿和他接近。」而尼采說過：「只有死人才不會爲受到的傷害報復。」胡風和舒蕪從不侈談「寬容」，而主張「愛愛仇仇」。舒蕪「反戈」之後，胡風向中央舉報其爲「叛黨份子」，表現出「狂熱的仇視」，必欲置之死地而後快；胡風「批判說」出後，舒蕪一直耿耿於懷，從未停止過公開辯白的念頭。忽略他們思想上的這個「共同點」而想探求底蘊，無異於緣木求魚，此其三。

　　至於舒蕪引私人書信入文是否受到胡風的啓發，是否在讀過「萬言書」全本後而產生「報復」的念頭，此事還當另議。以舒蕪當時的身份和地位而言，他是沒有可能讀到「萬言書」的「事實部分」的。聶紺弩算是中共的高級幹部了，他當時就沒有能得到一本「事實部分」。據他回憶，當時因聽到有人說他爲胡風的「萬言書」提供了「材料」，才找人要了一本來看。後來他在「檢討材料」中寫道：

　　　　（爲「萬言書」）供給材料之說，也聽見邵荃麟講過，他說：胡
　　風把誰和他談的話都寫進去了，其中也有我說的。爲了這事，我曾

要到一份「三十萬字」來看過，還沒有發現什麼。當看的時候，不
仔細，現在也記不起什麼來。但就記得較清楚的意見書部分講，裏
面決沒有一條材料是我供給的，也沒有一條意見是我的。彷彿記得
事實部分，他把誰同他講什麼都注明得很清楚，怎麼與我有關呢？
是不是現在還可給一份「三十萬字」讓我仔細看看，看出那些話是
我說的，讓我徹底交代呢？〔註3〕

前文已述，胡風在「萬言書」中大量使用私人通信、私人談話及私人印象爲
論據，案發後牽連甚廣，其危害程度從聶紺弩的遭遇中可見一斑。

在釐清了如上前提之後，才有可能還原舒蕪撰寫《關於胡風的宗派主義》
一文時的歷史環境，進而探討其與林默涵指定要點的《關於胡風小集團的一
些材料》的聯繫，也才有可能實事求是地評估個人、體制、政治環境、歷史
條件諸因素各各在「胡風集團案」定性中所起的不同作用。

《關於胡風的宗派主義》大約寫成於 4 月 27 日。成稿先交由《人民日報》
文藝部編輯葉遙審讀，她「認爲可以」；再交文藝部負責人袁水拍和林淡秋審
閱，他們「也認爲可以」。值得注意的是，他們審讀時均未再感到「吃驚」，
可見該文給他們的印象遠不及閱讀胡風原信時感受過的震撼，大致可認定該
文給予「胡風的宗派主義」的定性並未超出中宣部文件的範圍。由於該文迄
未面世，尚無從剖析其內容及主要觀點。

不過，根據目前已有的研究資料可知，舒蕪對「胡風的宗派主義」的批
評至少可以追溯到抗戰後期。

1945 年 6 月 11 日他在致胡風的信中寫到：「我想，我們先前都致力於孤
獨的個人的生活，這用力是強的。但眞正解決的，恐怕還是集體主義的方式
吧！」這是舒蕪對「胡風的宗派主義」的第一次內部批評。

1948 年 4 月 27 日他致信胡風，寫道：「《泥土》之類，氣是旺盛的，可是
不知怎樣，總有令人覺得是壇上相爭之處。我以爲，梅兄近來的論文，如特
別置重於李廣田等，並且常有過份的憤憤，也不大好。或者是我不大熟悉這
方面的事吧，總覺得今天重要的問題，並不在那裏似的。……又，對於自己
朋友們的東西，似乎今後最好也要展開檢討（這希望你能做一做）；這也許更
有積極意義的。」這是舒蕪對「胡風的宗派主義」的第二次內部批評。

〔註3〕 《聶紺弩全集》第 10 卷第 138 頁。

1952 年「胡風文藝思想討論會」之前，舒蕪撰《致路翎的公開信》對「我們當時的宗派主義」進行了公開的檢討。文中寫道：「在我們談論中，當時文藝界裏面，除了我們自己一夥之外，幾乎沒有一個人不是要不得的。在發表的文字中，我們藉口批評，用了所謂『公式主義』和『客觀主義』兩頂帽子，抹煞了當時國民黨統治區內除我們自己之外的所有較好的作品；不管那作品如何確曾起過相當的作用。……搞來搞去，中國之大，彷彿除《希望》雜誌之外就沒有文藝一樣。而且，我們對於許多進步文藝工作者的批評，那種嘲笑辱罵的態度，有時簡直近於對待敵人。」這是舒蕪對「胡風的宗派主義」的第一次公開批評。

1955 年 2 月舒蕪作《反馬克思主義的胡風文藝思想》，其中寫到「胡風在解放前文藝界的反黨的宗派活動」的表現時，提到「（胡風）把黨的文藝工作中的負責同志描寫成醜惡不堪的面貌」及「把他們之間和他們對整個革命文藝界的關係描寫成醜惡不堪的關係」，等等。這可以說是舒蕪對「胡風的宗派主義」的第二次公開批評。

從上述可知，1955 年 4 月舒蕪撰《關於胡風的宗派主義》，再次揭露「胡風的宗派主義」，是有著一定的歷史根源和認識基礎的。

29　林默涵說：「當然不是說胡風是反革命⋯⋯」

1955 年 4 月 27 日前後，舒蕪撰成《關於胡風的宗派主義》，將成稿送交《人民日報》編輯部審定。

《人民日報》文藝組負責人袁水拍審閱了這篇文章，由於該文大量引用了胡風的書信，按照編輯慣例，需要核對原文，於是他便讓葉遙再去找舒蕪借信。葉遙在回憶文章中寫道：《關於胡風的宗派主義》通過初審後（約在 4 月 29 日）：「袁水拍同志對我說，能否向舒蕪同志再借一下胡風的原信，以便核對原文。我說可以。我到舒蕪家再借胡風的原信，告訴他我們需要核對原文。這時，舒蕪已將這批信裝訂成冊了。我拿回後交袁水拍同志。以後袁水拍將舒蕪的文章和胡風給舒蕪的信送中宣部林默涵同志審閱。」

舒蕪的回憶與葉遙所述基本相同，他寫道：「文章（指《關於胡風的宗派主義》）送到《人民日報》編輯部過了兩三天，葉遙同志又來找我，說可否把胡風的原信『借給我們看一看』。我當時想，可能是編輯部要核實一下我那篇文章中引用的胡風的信，就把已經裝訂在一起的胡風歷年來給我的全部信件交給了葉遙同志。」

其後發生的事情便超出了作者和組稿者的視野。按照通常的程序，《人民日報》的重要稿件要交由中宣部過目。袁水拍正是這樣做的，他審完後便把稿件及書信全部送交時任中宣部文藝處處長的林默涵，等待他的指示。不久，林默涵便讓《人民日報》編輯部通知舒蕪來中宣部談稿子。

　　葉遙在回憶文章中寫道:「又過一些天,袁水拍同志告訴我,請通知舒蕪同志到中宣部找林默涵同志談他的文章。我通知了舒蕪同志。林默涵同志找舒蕪同志怎樣談的,文章怎樣修改的,當時我不知道。」

　　舒蕪的回憶與葉遙所述基本相同,他寫道:「又過了三四天,葉遙同志又來通知我,說林默涵同志想找我談一談我那篇文章的事,並約定了時間叫我到中宣部去找他,這日期大約是離五月十三日《人民日報》發表第一批材料前一個星期左右。」

　　5月3日前後,舒蕪如約來到中宣部,聽取林默涵對稿件的指示。當事人只有他們兩人,回憶卻大不相同。在此附帶提一句,近年來學界圍繞著舒蕪「借信」或是「交信」頗有爭執,其起源便在於此。

　　林默涵是「交信說」的作俑者,他在《胡風事件的前前後後》中寫道:

　　　　大約在 1955 年 4 月 (時間有誤,筆者注) 的某一天,舒蕪來到中南海中宣部辦公室找我。他交給我一本裝訂好的胡風給他的信件,說其中有許多情況,可以看看。當時我認爲私人信件沒有什麼好看的,就一直放在書架上,沒有重視。……有人說,舒蕪這批信,是我要他交出來的,這就怪了,我又沒有特異功能,怎麼知道舒蕪會藏有這些「寶貝信」呢?

此說不無可商榷之處。首先,舒蕪與林默涵素無特殊的私人關係和工作關係,他不可能主動地到中宣部拜訪林;其次,中宣部在中南海裏面,如無事先約定,門崗是否准入還是個問題;再說,舒蕪既拿出書信來,總是想舉報什麼,絕不會讓領導自己去「看看」;況且,林默涵剛在《人民日報》發表了《雪葦——胡風的追隨者》,文中公開點出「(胡風)反黨的宗派集團」,能得到書信材料爲佐證,他絕不會不「重視」。

　　根據林默涵的回憶,他似乎在中宣部接見過舒蕪兩次,第一次是接受他的「交信」,第二次才是指導他編撰《關於胡風小集團的一些材料》。他這樣寫道:

　　　　由於我與胡風有所接觸,信中的有些暗語能夠看懂,但還有很多看不懂,於是我把舒蕪找來,請他把信中人們不易看懂的地方作些注釋,把信按內容分分類,整理得較爲醒目一些。舒蕪同意並且很快整理出來了,一兩天後就交給了我,他整理得很清楚。

舒蕪的回憶有所不同,他只提到去過林默涵辦公室一次,情況如下:

　　我坐下以後，林默涵同志拿出他已經看完了的我寫的（關於胡風的宗派主義）的文章，和我交給葉遙的訂成一本的一百多封信，（這些信由誰交給林默涵同志我不清楚，當時也未問，從當時情況分析，很可能由袁水拍一級的幹部送的，似乎葉遙同志不是與林默涵同志直接聯繫。）對我說：「你的文章和胡風的信，都看了。你的文章可以不必發了。現在大家不是要看舒蕪怎麼說，而是要看胡風怎麼說了。」……林默涵同志又說：「現在胡風的問題，已不僅僅是一般的宗派主義的問題了，當然不是說胡風是反革命，但是，是對黨、對黨所領導的革命文藝運動，對黨的文藝政策，對黨的文藝界的領導人的態度問題了。」

接著，林默涵便指示他如何作「注釋」、如何「分類」及如何「整理」。據舒蕪回憶，林默涵的指示非常具體，具體到了如下的程度：

　　他把已經在原信上畫了許多記號，打了許多槓槓的信還給我說：「可否把這些重要的摘抄出來，按內容分成四類，一，胡風十多年來怎樣一貫反對和抵制我們黨對文藝運動的領導；二，胡風十多年來怎樣一貫反對和抵制我們黨所領導的由黨和非黨進步作家所組成的革命文藝隊伍；三，胡風十多年來為了反對我們黨對文藝運動的領導，為了反對我們黨所領導的革命文學隊伍，怎樣進行了一系列的宗派活動；四，胡風十多年來在文藝界所進行的這一切反黨的宗派活動，究竟是以怎樣一種思想、怎樣一種世界觀作基礎的。」

舒蕪記下了林默涵的指示要點，取回稿子和胡風的信件。回家後「大約化了兩天兩夜的時間，按照林默涵同志給擬定的四個小標題，進行摘錄、分類、注釋」。在此期間，林默涵還數次打電話催促加快進度。舒蕪於第三天寫完，定題為《關於胡風小集團的一些材料》，送《人民日報》葉遙轉交。

　　《關於胡風小集團的一些材料》大約寫成於 5 月 6 日〔註1〕，撰稿者雖冠以「舒蕪」名，不如說是林默涵指導下的命題作文，或是林默涵與舒蕪合撰更為恰當，因此下文將稱之為「署名舒蕪的材料」或「材料」。「署名舒蕪的材料」中當然也會有舒蕪的個人觀點，即未刊的《關於胡風的宗派主義》一文的主要論點，除見於「材料」的標題之外，還應在「材料」首尾處的概括性按語中有所體現：

〔註 1〕據康濯《〈文藝報〉與胡風冤案》一文，5 月 8 日排好清樣送審。

（起首處的概括性按語）胡風文藝思想是在「馬克思主義」外衣掩蓋之下的徹頭徹尾的資產階級唯心論和資產階級個人主義的文藝思想。多年來胡風在文藝界所進行的活動，是從個人野心出發的宗派主義小集團的活動，是反對和抵制黨對於文藝運動的共產主義思想的領導、反對和抵制中國共產黨所領導的革命文學隊伍，爲他的反馬克思主義的文藝思想和反黨文藝小集團爭奪領導地位的活動。

我在解放以前，是這個小集團的主要成員之一，在胡風主編的《希望》以及其他胡風文藝集團的刊物上，發表了《論主觀》等一系列反馬克思主義的論文，狂熱地宣傳著資產階級主觀唯心主義和資產階級個人主義。直到解放後，在黨的教育之下，在參加實際鬥爭當中，我才初步認識到自己所犯的嚴重錯誤。但是，胡風在解放後不僅是對於他的錯誤沒有認識，反而對抗著文藝界和廣大讀者對他的批評，以至使他的錯誤的文藝思想發展到更加嚴重的程度。在這裡，我要提供一些有關的材料，以幫助大家更好地認識胡風思想和他的反黨宗派活動的實質。

（結尾處的概括性按語）整理胡風給我的信中這許多材料之後，不禁觸目驚心。這些材料，現在擺在面前，反黨反馬克思主義的氣息，卑鄙的個人野心的氣味，是這樣地強烈。可是當時，卻把這些信當作經常指導自己整個生活、工作和思想的寶貴文獻，從來沒有看出什麼不對的地方。這就是一個鏡子，可以照見自己當時思想的面貌是何等的醜惡！

我在這裡提供這些材料，主要是爲了幫助大家進一步認識胡風文藝思想錯誤的實質，同時也爲了促使自己更進一步檢查過去的錯誤。〔註2〕

請細讀如上文字，舒蕪要批判的是「他（指胡風）的反馬克思主義的文藝思想和他的反黨宗派活動」，並沒有將其擴大爲「我們」或「他們」的意圖。不過，文中對「小集團」的提法卻又呈現出矛盾的狀況，第一段中「宗派主義小集團」和「反黨文藝小集團」的提法各出現一次，後一個提法顯然與大標

〔註2〕 筆者錄自 1955 年 5 月 13 日《人民日報》，與他處所見略有不同。

題相侔；第二段談及自己時只承認「我在解放以前，是這個小集團的主要成員之一」，不提「宗派」，更不提「反黨」；結尾兩段連「小集團」都未提及，而只是說「幫助大家進一步認識胡風文藝思想錯誤實質」。

這裡便出現了新問題：如果說舒蕪在編撰「材料」時已經把「小集團」定性爲「反黨」，無異於把自己劃進了「反黨文藝小集團」，他會這樣做嗎？林默涵在回憶文章中堅稱，並未對「材料」中的文字作「任何改動」。是耶非耶，暫且存疑。

歷史總在不斷地演出戲劇化的場面。年初作協黨組組稿計劃裏沒有舒蕪，《人民日報》編輯葉遙向文藝組領導林淡秋袁水拍彙報組稿情況時，林淡秋忽然「想起」胡喬木在「什麼地方」說過可以批一批胡風的宗派主義，這才想到找綠原、路翎和舒蕪。舒蕪在組稿對象中排名末位，卻因在論文中摘引了胡風的書信而被文藝領導所注意，而受命編撰「材料」。接著，這份「材料」又被政治家所看中，改題上綱，繼而又「做一點文章進去」，於是造成無可預料的嚴重後果。

「署名舒蕪的材料」在發表之前還有一波三折。

據葉遙回憶：「舒蕪同志修改後的文章由陳沅芷同志送到報社，託我轉交林默涵同志。我沒有拆看，當即以『急要件』交報社收發室轉送林默涵同志。又過兩天，林淡秋和袁水拍同志告訴我，舒蕪的文章由中宣部領導決定在《文藝報》發表，《人民日報》不登了。」葉遙沒有拆看，故將「材料」誤識爲「修改後的文章」。

據林默涵回憶：「我看後把它交給了周揚。周揚看後，同我商量是否可以公開發表一下，我表示贊成。於是就將這些材料交給了《文藝報》，請主編康濯加一個編者按語發表。」林的表述有點奇怪：他似乎並不打算公開發表「材料」，而是周揚提議的。歷史在這裡又出現了曲折。林的原打算及周的「商量」，出於可理解的原因，基本上都無法核實。

值得慶幸的是，原以爲再也找不到了的康濯撰寫的「編者按」，三年前被研究者徐慶全意外地發現了。據此，當可重新評估周、林、康諸人當年對「材料」的基本印象，也可對「材料」於「胡風小集團」定性的影響程度作進一步的分析。茲引康濯原撰「編者按」全文如下：

　　編者按：目前全國各地廣泛展開的對胡風的資產階級唯心主義
　文藝思想的批判，已經進行了五個月之久。現在胡風寫了《我的自

我批判》，本刊特予發表。在這篇《自我批判》中，胡風先生雖然在若干問題上承認了自己的錯誤，但他認為他的錯誤的根源，只是在於「把小資產階級的革命性和立場當作了工人階級的革命性和立場」，他特別強調他的錯誤主要是表現在「局限於狹隘的實踐觀點而不能從政治原則看問題」。在這裡，他把資產階級的反動思想立場說成是小資產階級的革命立場，把資產階級的政治原則說成狹隘的實踐觀點。他迴避了他的思想基礎是資產階級唯心主義世界觀這個最根本的問題；正是這種反動的世界觀構成了胡風的一系列反黨、反人民、反社會主義的理論及其小集團活動的理論（周揚將「理論」改為「思想」，筆者注）基礎。因此，胡風的這篇自我批判是不能令人滿意的。我們希望胡風先生能有進一步的、真正誠懇的自我批評。我們並希望文藝界和讀者繼續展開對胡風及其小集團的文藝思想的更深入的批判。〔註3〕

在這個史料未被發現之前，當事人（林默涵、康濯等）大都以為他們當時非常重視「署名舒蕪的材料」，並有意將其作為敦促胡風進一步檢討的重武器。有此史料為證，實際情況卻並不是這樣。

康濯曾在回憶文章中寫道，他的「編者按」是為《文藝報》第9號（5月15日出版）同時刊載「材料」和「自我批判」而寫的。他寫道：

我在編者按中寫了這樣幾點是可以肯定的：一，胡風的問題按語中仍然認為是文藝思想和思想作風問題，就是說還是人民內部問題。二，按語中肯定了胡風自我批判中的進步。三，認為胡風的檢討仍然不夠，有一些資產階級文藝思想的實質問題還沒有接觸到。四，宗派小集團的問題嚴重，這只要對比舒蕪的材料就可以看得很清楚；可惜這一重要問題胡風認識很不夠，而這當然極大地限制了他認識文藝思想的錯誤。五，希望胡風繼續聽取批評意見，並檢查改正。

某研究者不僅沿襲了該說法，而且有所發揮〔註4〕。史料的發現者徐慶全卻指

〔註3〕轉引自徐慶全《新發現的康濯為胡風「我的自我批判」起草的按語》，載2003年8月13日《中華讀書報》。下不另注。

〔註4〕李輝曾寫道：「舒蕪拿出的信，為文藝領導人十分重視，決定將這批信由舒蕪整理分類，配合胡風的《我的自我批判》，一併在《文藝報》上發表。這樣，既可以證明胡風的檢討，並非講的真話，而是在掩飾自己的錯誤，企圖蒙混

出：將康濯的回憶與新發現的「按語」進行對比，恰恰第四點「對比舒蕪的材料」之說不能成立。他寫道：

> 在第四項（點）中，康濯說寫道「宗派小集團的問題嚴重」的事，而在現在的按語中，除了兩處用「及其」的語言提到「小集團」外，對所謂胡風小集團如何「宗派」、如何嚴重，並未提到，甚至連舒蕪的文章也未有一字的評論。

在此需要補充的是，康濯「編者按」中「反黨、反人民、反社會主義的理論」的提法也來自年初中宣部的報告，但「反黨、反人民、反社會主義的……小集團活動」的提法卻與上文提到的郭沫若、林默涵 4 月間在《人民日報》上發表的兩篇文章有著間接的聯繫。

不管怎麼說，有此史料為證，大致可以肯定林默涵、康濯等當時「仍然認為（胡風的問題）是文藝思想和思想作風問題，就是說還是人民內部問題」之說不虛，問題雖然提到了「反黨……小集團活動」的高度，但並不因此而特別重視署名「舒蕪」的這份「材料」。換言之，他們對「小集團」的看法並未因讀過「署名舒蕪的材料」而發生質變，其基本態度仍如邵荃麟年初代表作協黨組呈中宣部的報告中所說「只要他們政治上不是反革命，仍然應該採取治病救人的態度，應當通過批判，幫助他們認識錯誤，改正錯誤」。

以上事情均發生在 1955 年 4 月 1 日至 5 月 8 日之間，即從郭沫若發表《反社會主義的胡風綱領》到康濯將《文藝報》第 9 號的清樣送呈周揚審查之日止。林默涵在中南海的辦公室裏對舒蕪說過的那句話，似可作為解讀這段歷史的關鍵：

> 現在胡風的問題，已不僅僅是一般的宗派主義的問題了，當然不是說胡風是反革命，但是，是對黨、對黨所領導的革命文藝運動，對黨的文藝政策，對黨的文藝界的領導人的態度問題了。

「當然不是說胡風是反革命」，這是林默涵給舒蕪的一顆定心丸。舒蕪對此深信不疑，內心略感安慰。

過關，又可以將進行了幾個月的批判高潮，再向前推進一步，徹底滅掉胡風的氣焰，以取得勝利，讓胡風從此抬不起頭來，去幹不為人注意的教學或編輯工作。」見於《胡風集團冤案始末》第 185 頁。

30 周揚說：「批判胡風是毛主席交下來的任務。」

　　1955年5月初中宣部副部長周揚、中宣部文藝處處長林默涵和《文藝報》主編康濯商定，將在《文藝報》第9號（5月15日出版）上發表胡風的《我的自我批判》，其文前有康濯撰寫的「編者按」，其文後有署名「舒蕪」的「材料」。

　　康濯在回憶文章中簡略地提到商議的結果：「當時我們的打算是發了舒蕪材料和胡風檢討以後，再搞一兩期發幾篇對胡風檢討提意見的文章，然後結束這場胡風文藝思想的批判。這個意見並已得周揚同志同意。」

　　中宣部打算在5～6月間「結束」運動的「打算」有一定依據。中國作協黨組年初呈中宣部的報告已提出在當年「四五月間」召開中國作家協會第二次理事會，會上將「對胡風文藝理論和他關於文藝領導意見做出結論」〔註1〕。中國文聯主席團3月10日召開各協會負責人參加的擴大會議，再次宣佈「在預定的今年召開的（作協）第二次理事會上，將對這一思想批判作出初步的結論」〔註2〕。附帶提一句，由於「批判胡風運動」後來出現了變數，作協第二次理事會延至1956年2月才舉行。

　　5月8日，《文藝報》第9號的清樣打出，交周揚、林默涵審閱。按照康濯的說法，「周揚應於5月9日晚上退回清樣，10日由我們修改後交工廠付印。13日就要裝訂好出廠，14日送到書店，15日期刊就已按時出版、發行、零售

〔註1〕 參看林默涵1月2日為作協黨組起草的給中宣部報告。
〔註2〕 參看1955年3月14日《人民日報》第三版《中國文聯主席團擴大會議決定》。

了。」這裡說的是編輯部發稿的例行程序，未考慮到本期內容的特殊重要性。中宣部主管文藝的負責人周揚、林默涵的想法就不太一樣。他們沒有按時退回清樣，因爲他們「忽然」想到還應呈交給毛澤東審閱。

　　林默涵是當事人之一，他在回憶文章中提到呈交毛澤東審閱是周揚「忽然」作出的決定。他寫道：

　　　　《文藝報》排出樣子後。送給周揚和我看。我們都覺得按語還
　　可以，準備退給康濯發表。周揚同志忽然想到，這個材料比較重要，
　　發表前似應送給毛主席看看才好。我認爲對。周揚就於 5 月 9 日把
　　胡風寫的一篇「自我批判」和舒蕪提供的材料清樣一同送給毛主席，
　　並給主席寫了一封信。

引文中提到的「這個材料」指的就是「舒蕪提供的材料」。周揚認爲凡「比較重要」的文章發表前都必須交毛澤東審閱，這是有依據的。毛澤東是「批判胡風運動」的決策者，中宣部主管文藝的諸領導是運動的實際操作者〔註3〕，他們在作出任何重要決定之前都要向毛澤東請示彙報，幾無一例外：12 月 8 日周揚在文聯、作協主席團擴大會議結束時所作的《我們必須戰鬥》的發言，講稿月前便送交毛澤東審閱；1955 年 1 月 12 日中國作協主席團就發表胡風上書所寫的「卷頭說明」，也交毛澤東修改過；1 月 14 日胡風找周揚反映其對公開發表「萬言書」的意見後，周揚直接向毛澤東彙報並得到批示；1 月 26 日中央以（55）018 號文件批轉中宣部報告之前，中宣部負責人陸定一、周揚和林默涵曾到毛澤東的辦公室當面彙報批判胡風的計劃，得到批准。

　　周揚沒有按時退回清樣，斟酌了兩天，於次日（5 月 9 日）晚將部分清樣呈送毛澤東審批，並附信一封，寫道：

　　　　主席：胡風的自我檢討和舒蕪的揭發材料擬在下期《文藝報》
　　（即本月十五日出版的）一同登載，胡風文章加了一個編者按語，
　　茲送上清樣，請您審閱。同期《文藝報》還有一篇許廣平駁斥胡風
　　的文章，附告。

周揚沒有及時退回清樣，引起《文藝報》主編康濯的焦慮和不安。他在回憶文章中寫道：

────────────────

〔註 3〕 康濯在《〈文藝報〉與胡風冤案》中寫到：「當時周揚同志是中宣部主管文藝
　　　　 的副部長，林默涵同志是中宣部文藝處處長，《文藝報》的工作，特別是當時
　　　　 批判胡風文藝思想的工作就是周揚、默涵代表中宣部具體指導的。」

　　　　我在編輯部等到快半夜（指 5 月 9 日夜，筆者注），就打電話
催問。周揚同志答覆我說，清樣他已看過，認爲我在胡風檢討前加
的編者按弱了一點，是不是還有點右？我說：「我是徵求了你的意
見的，你可以修改嘛。」周揚說：「我是改了兩個字。」我很唐突
地衝口而出：「改一兩個字就不右了嗎？」周揚同志很瞭解我的壞
脾氣，沒有理會我的唐突，他說：「問題不在這裡，我考慮批判胡
風是毛主席交下來的任務，因此我想，胡風的檢討和舒蕪的材料還
是要送主席看一看才好。」我忙說：「那當然太好了，但是那就要
快！要爭取主席明天晚上把清樣退回。否則，我們刊物就要脫期
了。」周揚同志最後說：「我馬上就送去。」過了一天，10 日半夜，
主席還沒有退回清樣。到了 11 日的一點多鐘了，我再一次打電話
催問周揚同志，得到的答覆是：「主席看過了，也退回中宣部了，
恐怕變動很大，天明以後上班時，默涵會帶原件去找你，你在編輯
部等他好了。」

周揚斟酌的兩大的結果只是在康濯寫的「編者按」中改動了「兩個字」，而且是
無關「左」「右」宏旨的兩個字，這事頗有點令人費解（註4）。但他所說的「問
題不在這裡」，卻點明了問題的樞機所在。問題在哪裏呢？在於「批判胡風」
運動的掌舵者是毛澤東。他不能確定毛澤東讀過胡風的「檢討」和「署名舒
蕪的材料」後會作何反應，他不能確定「批胡運動」能否按原定日程結束！
於是，我們在周揚致毛澤東的這封信中，看不出他的主觀態度，而只是純事
務性工作的彙報。

　　11 日淩晨 1 時許，毛澤東將四件「原件」退回中宣部：第一件是周揚給
毛澤東的信及毛澤東在信上所作的批示；第二件是毛澤東爲胡風《我的自我
批判》重新寫的 800 餘字的「編者按」；第三件是康濯作的「編者按」和胡風
的「自我批判」，第四件是「署名舒蕪的材料」，「材料」原題《關於胡風小集
團的一些材料》，毛澤東改成了《關於胡風反黨集團的一些材料》。

　　毛澤東批示的全文爲：

　　　　周揚同志：按語不好，改了一個，請你和陸定一同志看看可用
　　否？如以爲可用，請另抄付印，原稿退還給我爲盼！

〔註 4〕　據徐慶全《新發現的康濯爲胡風「我的自我批判」起草的按語》，周揚只是將
　　　　康濯所寫「編者按」中的「理論」二字改爲「思想」。

可登《人民日報》，然後在《文藝報》轉載。按語要用較大型的字。

如不同意，可偕陸定一於今晚十一時以後，或明日下午，來我處一商。

對於中宣部主管文藝的領導而言，這是一個不眠之夜。無論陸定一、周揚當晚是否去見過毛澤東，是否去提過不同意見，這一晚都是難於安枕的。

周揚應是第一個讀到「原件」的人，現在還沒有發現他關於當時情況的回憶，康濯只聽他說了「變動很大」四個字。

林默涵應是第二個讀到「原件」的人，他回憶了讀後的第一印象：「毛主席寫的按語，將胡風小集團定性為反黨反人民的文藝的小集團，這是出乎我和其他一些同志的意料的。但當時，我只是感到自己的思想水準低和政治敏感性差，我對按語沒有提出任何異議，其他同志也沒有提出。這樣，一個本來屬於人民內部文藝思想上的分歧和小集團問題，就上升為敵我性質的政治問題了。」

嚴格地說，林默涵覺得出乎「意料」，並不在於這個定性的本身，而在於這個定性出自毛澤東。如前所述，他在4月30日發表的文章《雪葦——胡風的追隨者》中已經使用過「反黨的宗派集團」的提法。當然，個人上綱是一回事；領袖定性又是一回事。中宣部「其他一些同志」覺得出乎「意料」，也可作如是觀。須知，中宣部1月20呈送中央報告的第二段所提到的「小集團」，其性質已接近於「反黨」，其文為：「胡風的錯誤的文藝思想是有他長期的歷史根源的。十多年來，他一直堅持著他的資產階級唯心論的文藝思想，並以他的這種思想為中心形成一個小集團，頑強地同黨的文藝思想和黨所領導的文藝運動相對抗。」當然，宣傳部門的定性與政黨領袖的定性，意義上仍有不同。

康濯也許是讀到「原件」的第三人。他上班後才讀到毛澤東撰寫的「編者按」，在回憶文章中也寫到當時的感受：

（林）默涵走後，我和侯金鏡有一段談話。開始我們兩人都有些發懵，因為我們經手了將近半年的批判胡風文藝思想這件事，突然變成了揭發反黨集團的鬥爭，難免一下接受不了；同時問題的性質一變，我們刊物的工作自然也就必須有根本性的變化。……接著，我打電話給周揚同志，彙報了《文藝報》改出兩期合刊和組織新的

稿件的措施，得到他的同意。然後，我向他表示，主席的按語把胡
風問題的性質變了，變成反黨、也就是敵人了；並説：「我一時還接
受不了，侯金鏡同志也和我差不多。」周揚説：「不應該接受不了，
而應該努力認識主席的指示。」又説，他也沒有想到主席會這樣改
變性質。我説：「主席提得太高了。」他説：「不是主席提得高，而
是我們的思想同主席的思想距離太遠、太大，我們應該努力提高自
己，儘量縮短同主席思想的距離。」

「反黨」這個提法，前文已經述及，在周揚、林默涵、邵荃麟及胡風等那一
代政治化的文人嘴裏，大約與思想上的「反馬克思主義」相近，但與政治上
的「反革命」尚有一線之隔。1952 年 12 月周揚在「胡風文藝討論會」的最後
一次會上責令胡風在文藝理論上脱褲子，要他承認「反黨」。1954 年 7 月胡風
在「萬言書」中向中央舉報周揚等已經達到了「反黨」的程度。1955 年 1 月
邵荃麟爲作協黨組寫的報告中提到「（胡風）已經達到極其露骨反對黨的領導
的地步」，但又指出：「只要他們政治上不是反革命，仍然應該採取治病救人
的態度。」這些，都可以作爲佐證。就此而論，還不能說毛澤東在這個按語
中已經把胡風視爲「敵人」。

　　接著，林默涵把「原件」帶到《人民日報》。報社社長鄧拓和文藝部負責
人袁水拍閱過後，將文稿交給排版部門，不知是什麼原因，他們交下的並不
是「原件」中《文藝報》排好的清樣。毛澤東審閱的是胡風《我的自我批判》
的第三稿，而《人民日報》排的卻是第二稿加上第三稿的「附件」，這個「錯
排事件」，後來引出了天大的風波，且待後述。排版完成，打出大樣，接著便
是校對。文藝部編輯葉遙參加了校對工作，她回憶到讀過「編者按」時的感
受：

　　　　5 月 11 或 12 日由報社一級的領導交給文藝部已經排好的樣子。
　　因怕出錯誤，除專業校對負責校對外，文藝部領導又指定我和另一
　　位編輯劉仲平同志再負責核對……我們一讀按語，它像一聲凌空「霹
　　靂」把我們驚呆了。我們愣愣地、木木地，東西對坐在我們各自的
　　兩張拼對著的辦公桌前，誰也沒有說話。誰能料到胡風的文藝思想
　　問題一下子變成了重大的政治問題；「以胡風爲首的文藝上的小集
　　團」、「宗派主義」，一下子變成「胡風反黨集團」、「胡風和他所領導
　　的反黨反人民的文藝集團！」

如前所述，舒蕪原撰「材料」中本沒有「反黨集團」字樣，見報時篇首概括性的文字中卻出現了一處「反黨文藝小集團」，其提法與大標題、小標題及文末概括性的文字均不相侔，筆者懷疑可能是終審時被人修改。

舒蕪大約在「材料」見報的前一天讀到了毛澤東撰寫的「編者按」。據葉遙回憶，她們在校對過程中發現「材料」文所引胡風信中有幾個字看不清楚，於是，「大約在 5 月 12 日下午，我打電話請舒蕪同志把胡風的原信帶來，由他辨認不清楚的幾個字予以改正。」舒蕪回憶他來到編輯部後：

> 一看清樣，「材料」的大標題，已由原來的《關於胡風小集團的一些材料》，改爲《關於胡風反黨集團的一些材料》，前面還加了一篇大一號字的編者按，我匆匆看了一遍，捏了一把冷汗，我問葉遙是誰寫的編者按，葉遙只對我說，反正是上面寫的，我也不便深究了。

說是「不便追究」，當然是「不敢追究」，舒蕪內心的惶恐、惶惑全都通過這「一把冷汗」流露了出來，從「文藝上的小集團」（胡喬木語）到「與黨對立」（周揚語），從「胡風小集團」（林默涵語）到「反黨集團」（毛澤東語），在胡喬木的推動下他走了第一步和第二步，在林默涵的推動下又走了第三步，現在「上面」又強迫他邁出第四步，前三步都是在「內部矛盾」中打轉，第四步行將墮入萬劫不復的「敵我鬥爭」深淵。也許還會有第五步，他不敢再想了。多年以後，他在回憶文章中寫道：

> 林默涵的談話，雖然已把問題提得嚴重起來，但是他明確地說了「當然不是說胡風是反革命」，那麼界限還沒有劃到「那邊」去，我還能接受。現在，把我原來的題目中的「胡風小集團」，改成了「胡風反黨集團」，又加了這麼一個顯然有大來頭的十分嚴重的按語。……這同我對胡風問題的「定位」太相反了。

5 月 13 日，《人民日報》以兩個版面刊載了毛澤東撰寫的「編者按」、胡風的《我的自我批判》及「附記」、胡風的《對「關於幾個理論性問題的說明材料」的檢查》及署名「舒蕪」的《關於胡風反黨集團的一些材料》。「編者按」的位置在第二版胡風《我的自我批判》大標題之下，署名「舒蕪」的「材料」在第三版。鑒於該按語十分重要，全文引如下：

> 胡風的這篇在今年一月寫好，二月作了修改、三月又寫了「附記」的「我的自我批判」，我們到現在才把它和舒蕪的那篇「關於胡

風反黨集團的一些材料」一同發表，是有這樣一個理由的，就是不讓胡風利用我們的報紙繼續欺騙讀者。從舒蕪文章所揭露的材料，讀者可以看出，胡風和他所領導的反黨反人民的文藝集團是怎樣老早就敵對、仇視和痛恨中國共產黨和非黨的進步作家。讀者從胡風寫給舒蕪的那些信上，難道可以嗅得出一絲一毫的革命氣味來嗎？從這些信上發散出來的氣味，難道不是同我們曾經從國民黨特務機關出版的「社會新聞」、「新聞天地」一類刊物上嗅到過的一模一樣嗎？甚麼「小資產階級的革命性和立場」，甚麼「在民主要求的觀點上，和封建傳統反抗的各種傾向的現實主義文藝」，甚麼和「和人民共命運的立場」，甚麼「革命的人道主義精神」，甚麼「反帝反封建的人民解放的革命思想」，甚麼「符合黨的政治綱領」，甚麼「如果不是革命和中國共產黨，我個人二十多年來是找不到安身立命之地的」，這種種話，能夠使人相信嗎？如果不是打著假招牌，是一個真正有「小資產階級的革命性和立場」的知識分子（這種人在中國成千成萬，他們是和中國共產黨合作並願意接受黨領導的），會對黨和進步作家採取那樣敵對、仇視和痛恨的態度嗎？假的就是假的，偽裝應當剝去。胡風反黨集團中像舒蕪那樣被欺騙而不願永遠跟著胡風跑的人，可能還有，他們應當向黨提供更多的揭露胡風的材料。隱瞞是不能持久的，總有一天會暴露出來。從進攻轉變為退卻（即檢討）的策略，也是騙不過人的。檢討要像舒蕪那樣的檢討，假檢討是不行的。路翎應當得到胡風更多的密信，我們希望他交出來。一切和胡風混在一起而得有密信的人也應當交出來，交出比保存或銷毀更好些。胡風應當做剝去假面的工作，而不是騙人的檢討。剝去假面，揭露真相，幫助黨徹底弄清胡風及其反黨集團的全部情況，從此做個真正的人，是胡風及胡風派每一個人的唯一出路。〔註5〕

將這個新撰的「編者按」與康濯原撰按語比較，可以看出兩個重大差別：第一，康濯所作按語未將胡風的「自我批判」與舒蕪的「材料」聯繫起來，他只是指出胡風的檢討「不能令人滿意」，「希望胡風先生能有進一步的、真正誠懇的自我批評」，語氣相當和緩；而毛澤東撰寫的按語雖也著眼於胡風的「自我批判」，卻以「材料」為參照系，指出胡風作的是「假檢討」，語氣相當嚴

〔註5〕　筆者直接錄自 1955 年 5 月 13 日《人民日報》，與他處所見略有不同。

屬；第二，康濯所作按語指出胡風的檢討「不能令人滿意」，其根據在於「他（指胡風）迴避了他的思想基礎是資產階級唯心主義世界觀這個最根本的問題；正是這種反動的世界觀構成了胡風的一系列反黨、反人民、反社會主義的理論及其小集團活動的理論基礎」。而毛澤東撰寫的按語認定胡風作的是「假檢討」，其根據在於「材料」揭發出的「胡風和他所領導的反黨反人民的文藝集團是怎樣老早就敵對仇視和痛恨中國共產黨和非黨的進步作家」的諸多事實。

概而言之，康濯所作按語重點在於「求真」，毛澤東所作按語重點在於「打假」。兩個按語所給予胡風及小集團的定性，從嚴格的意義上來說，都未超過1月15日毛澤東在周揚彙報信上所作的批示（「應對胡風的資產階級唯心論、反黨反人民的文藝思想進行徹底批判」），及1月20日中宣部呈送中央報告的基調（「他（胡風）的活動是宗派主義小集團的活動，其目的就是要為他的資產階級文藝思想爭取領導地位，反對和抵制黨的文藝思想和黨所領導的文藝運動，企圖按照他自己的面貌來改造社會和我們的國家，反對社會主義建設和社會主義改造」）。然而，為何毛澤東撰寫的「按語」一出，便引起社會上巨大的轟動呢？這裡有個從黨內到黨外、從內部到公開、部門領導與政黨領袖的問題。康濯在回憶文章中寫道：

> 當時毛澤東的指示、陸定一的意見、劉少奇的話以及周揚的信，都並沒正式傳達過。我只聽周揚同志講過主席曾說「應對胡風的資產階級唯心論、反黨反人民的文藝思想進行徹底的批判」，但並沒研究過應如何具體貫徹這一批示，因而在前八期刊物的批判文章中沒明確出現過「反黨反人民的文藝思想」這一帽子。

如上回憶不無可議之處。康濯也許沒聽過中央首長指示、意見的正式傳達，但無疑見過中央1月26日給中宣部報告的批覆的傳達（該批覆下發至「國家機關各黨組」），該批覆明確提到「（胡風）在長時期內進行著反黨反人民的鬥爭」；再說，他並非沒有編發過戴有這個「帽子」的稿件，僅舉一例，《文藝報》第7期（號）轉載過郭沫若的《反社會主義的胡風綱領》，該文中兩度出現了「反黨反人民」的字樣。儘管康的回憶有誤，但也足以說明當年居於宣傳要害部門的人士對「反黨反人民」的提法已司空見慣；如果再聯想到胡風「萬言書」中「反黨」一詞出現的頻度，也可見出那個高度政治化時代的某些令人啼笑皆非的特點。

　　總之，《人民日報》編輯部以黨中央機關報的權威地位正式向全社會發佈對胡風及其小集團的「反黨」指控，其意義非同尋常。在高度政治化的時代環境中，以高度政治化的地位，發出高度政治化的號召，自然會喚起高度政治化人們的高度關注。引起社會轟動是必然的，激起敵愾之心也是必然的。

　　不過，從「反黨」進而到「反革命」，其間還有一道鴻溝。在此，有必要重提邵荃麟1月2日為作協黨組起草的報告中提出的一條原則，該原則是：「對於胡風以及胡風派的人，只要他們政治上不是反革命，仍然應該採取治病救人的態度。」在此，還有必要強調5月初林默涵指導舒蕪編撰「材料」時說過的一句話，「當然不是說胡風是反革命」，似乎都未忘記「治病救人」原則。說到底，毛澤東是這條原則的制定者，他在1942年延安整風期間所作的《整頓黨的作風》中首次提出黨內鬥爭的兩條宗旨：第一是「懲前毖後」，「對犯錯誤的同志一定要揭發，不講情面，要以科學的態度來分析批判過去的壞東西，以便後來的工作慎重些，做得好些」；第二是「治病救人」，「我們揭發錯誤、批評缺點的目的，好像醫生治病一樣，完全是為了救人，而不是為了把人整死——任何犯了錯誤的人，只要他不諱疾忌醫，不固執錯誤，以至於達到不可救藥的地步，都要歡迎他，把他的毛病治好，使他變成一個好同志。」這是中共集體領導對黨內鬥爭歷史經驗的總結。顯而易見，毛澤東在為胡風的「檢討」撰寫按語時也還未被激怒到忘掉該「宗旨」的程度。這從按語結尾一句中可看得非常分明：

　　　　胡風應當做剝去假面的工作，而不是騙人的檢討。剝去假面，
　　揭露真相，幫助黨徹底弄清胡風及其反黨集團的全部情況，從此做
　　個真正的人，是胡風及胡風派每一個人的唯一出路。

換言之，毛澤東此時對「胡風以及胡風派的人」在政治上是不是「反革命」尚無十足的把握，他還給了一條「出路」，他還在觀察，還在等待，還在斟酌。

　　就在這個關鍵的時刻，《人民日報》誤排胡風《我的自我批判》第二稿的事件突然爆發，導致胡風問題發生了雪崩似的質變，請看下文。

31　周揚說:「主席定了,就這麼做吧！」

　　1955 年 5 月 13 日,《人民日報》在第二、三版上發表了加有「編者按」的胡風的《我的自我批判》,及該文的「附記」、《對「關於幾個理論性問題的說明材料」的檢查》和署名「舒蕪」的《關於胡風反黨集團的一些材料》。

　　這是充滿了驚惶、忙亂和震撼的一天,對胡風及其「小集團」成員來說是如此,對《人民日報》和《文藝報》負責人來說也是如此,甚而對中宣部主管文藝的領導人來說也是如此。然而,從胡風當天的日記中卻讀不出任何異狀,他只是寫道:

　　　　上午,練拳。

　　　　「自我批判」在《人民日報》上加上按語發表,同時發表了舒
　　蕪的「材料」。

　　　　區政府及軍委工作組來量房子,要徵用。

　　　　下午,聽總理和陳毅副總理關於亞非會議的報告。

　　　　(晚上)康濯和嚴文井來。

其實,這天清早便發生了一件大事,即前文已述的「錯排事件」。胡風發現了這個錯誤,及時地作出了反應,但他並沒有把這事記在日記中。

　　《人民日報》是頭天深夜印出的,凌晨開始發售。據梅志回憶:

　　　　(胡風)拿到報,還來不及細看,就發現這份《自我批判》是
　　第二稿,而不是最後的第三稿,他立即打電話給總理辦公室說明情
　　況。更使胡風感到嚴重的是那編者按語(當時還不知道是毛澤東所
　　寫),想不到舒蕪竟會這樣報復,像這樣地把來信斷章摘句,加上歪

曲原意的注釋和結論，不但將罪責全盤推給了胡風，而且可以挑起群眾的憤怒與批判。因此，按語嚴屬地指出：「從舒蕪文章所揭露的材料，讀者可以看出，胡風和他所領導的反共反人民反革命集團是怎樣老早就敵對、仇視和痛恨中國共產黨和非黨的進步作家……假的就是假的，偽裝應當剝去」，全篇語氣帶著雷霆萬鈞之勢，絕對不容等閒視之！〔註1〕

胡風發現「錯排」之後立即打電話給總理辦公室「說明情況」；周總理十分重視，當即作了緊急的處理，從而引發了一系列始料不及的後果。

現在要問的是，第三稿究竟與第二稿有什麼不同？胡風為什麼非得為此事驚動周總理？前文已述及，胡風撰寫第二稿時因擔心「要牽到別的」，有意迴避了若干重大問題，因而被中宣部否決；撰寫第三稿時，他聽取了喬冠華轉達的周總理的意見，主動或違心地「修改了若干實質性的內容」，使之非常「接近上面的看法」，方得到中宣部的認可。胡風的第三稿寫成後交給了周揚（3月16日前後），周揚認可後還曾找他面談（3月29日），明確地說將在《文藝報》發表。但如今，周揚的承諾竟全部沒有兌現：不是在《文藝報》而是在《人民日報》發表，發表的不是第三稿而是第二稿加第三稿的「附記」這麼個「不三不四的東西」〔註2〕，而且還加上一個「雷霆萬鈞」的「編者按」。他有理由懷疑周揚等使用了「偷樑換柱」的卑劣手法，隱瞞了他修訂過的第三稿，並利用舒蕪的「材料」發難，存在著使他的問題惡化的「故意」。一句話，胡風打電話給總理辦公室，就是「告」這個「狀」。

總理辦公室接到胡風的投訴電話後，及時地轉告給周總理，周總理當即打電話給周揚，責令徹查此事。在周揚調查「錯排事件」的全過程中，總理始終給予了極大的關注，並及時地作出了指示。

這裡還有一個問題，周總理指示徹查「錯排事件」，這個史實本身蘊含著什麼信息？第一，他也許讀過胡風的第三稿，而且認為「應該打掉的」已經打得非常「徹底」，確認是份「真檢討」，否則徹查事便沒有必要。第二，他也許認為毛澤東讀的是胡風的第二稿，並據此寫出了「編者按」，作出了胡風

〔註1〕 梅志《胡風傳》第640頁，引文有誤。當天報紙的原文是「從舒蕪文章所揭露的材料，讀者可以看出，胡風和他所領導的反黨反人民的文藝集團是怎樣老早就敵對、仇視和痛恨中國共產黨和非黨的進步作家」。

〔註2〕 引自康濯《〈文藝報〉與胡風冤案》。

是「假檢討」的判斷，否則徹查事也沒有必要。第三，當時中央集體領導並未對如何處理胡風問題作出最後的決定，亦即胡風問題的定性還有轉寰的餘地，否則徹查事也沒有必要。

此外，還必須說明的是，總理3月6日前後指示喬冠華等人以朋友的身份去看望胡風並傳達他的若干指示，不久便率團出席亞非會議去了（從4月初到5月初），未能繼續過問胡風的問題。5月7日總理返回北京，還未及瞭解胡風問題的進展。一句話，總理本以為胡風問題可以按照「思想鬥爭」的一般程序得到解決，未想到離京一個來月，胡風問題竟變質了。

其實，「錯排」與否與毛澤東撰寫的「編者按」毫無聯繫。前文已述及，周揚5月10日凌晨呈給毛澤東審閱的是《文藝報》打出的清樣，即胡風檢討的第三稿及其他有關文章。5月11日凌晨毛澤東作出新的指示，先在《人民日報》刊登，然後交《文藝報》轉載。不料，《人民日報》沒有根據《文藝報》的清樣排版，而誤排了胡風的二稿加三稿的「附記」，遂造成「錯排事件」。一言以蔽之，毛澤東撰寫「編者按」時讀到的是第三稿，並不是《人民日報》錯排的第二稿。胡風不瞭解這個內情便貿然向周總理「告狀」，總理為瞭解情況而責令周揚徹查，中宣部諸領導因無法善處只得向毛澤東彙報，於是引出連鎖反應。

幾乎與胡風在同一時間，《文藝報》主編康濯也發現了「錯排事件」，他回憶道：

> 剛要上班去，就接到了《人民日報》。我知道今天這張報紙十分重要。……我翻到報紙二、三版所載這些文稿，立即把按語和《自我批判》看了一遍。按語看得仔細，《自我批判》則只流覽了一番。不，《自我批判》流覽到近一半，我就再也不能容許自己粗略地匆匆而讀了。自己作為當時《文藝報》的主要負責人，對胡風同志這篇檢討早已相當熟悉。正如編者按開頭的介紹，胡風此文是「在今年一月寫好、二月作了修改、三月又寫了《附記》的」，就是說此文先後已有過一稿、二稿、三稿。發表的當然是三稿。然而我流覽了一陣就感到似有不對，便找出家中留有的二稿、三稿的打印件，再對照往下讀，經反覆查對，終於發現《人民日報》排錯了胡風的文章。

康濯剛查出「錯排」的責任在《人民日報》，便接到了周揚打來的問罪電話。他在回憶文章中描寫了驚魂初定後的這一幕，因其本是小說家，描寫得分外生動：

我拿起話筒，聽出是周揚同志，他焦急而又意外嚴屬地責問我道：

「康濯，你怎麼搞的？爲什麼把胡風的檢討登錯了？」

「不是我錯了！」我已經胸有成竹，便儘量從容地給周揚同志答話，「我已經查對過，是《人民日報》排錯了。」

「《人民日報》？那怎麼回事？」周揚仍然焦急而嚴屬，「剛才胡風從電話上報告了周總理，總理馬上就打電話責問我哩！」

「你可不能反轉來又打電話責問我哇！」我如實彙報了錯排的具體情況，「剛剛查對過，我們《文藝報》送《人民日報》的胡風檢討是最後定稿，第三稿。可人家排的卻是檢討第二稿再加三稿後面的《附記》。爲什麼會搞成這樣？那只有問袁水拍了。」

由以上對話中，不僅可以讀出「錯排事件」中並不存在著有誰調換稿件以造成胡風問題惡化的「故意」，還可讀出即便毛澤東給「胡風小集團」定性爲「反黨」後，有關人士並未認爲胡風問題已經了結。反觀某些研究者不瞭解當時「語境」，誤以爲「反黨」即等於「反革命」，以爲毛澤東撰「編者按」一出，胡風即成「反革命」，其錯謬不言自明。

周揚追究責任的電話打到了《人民日報》後，引起報社從上到下的一片慌亂。報社社長鄧拓馬上召開編委會議進行調查，很快查清問題出在文藝部，是袁水拍等人工作中的失誤。袁水拍在編委會上解釋了出錯的經過，他說：

胡風二稿早已送工廠排出了小樣，這個二稿的清樣並經過他們文藝部好幾個同志仔細校對，他也親自校對過；這一次，昨天晚上發稿，他的錯誤是沒有親自主持此事，只把原來排好的二稿清樣和《文藝報》最後的清樣交給文藝部幾個同志，要他們再好好校一遍，然後發稿。誰知道他們並沒有校對完，他們並不知道胡風還有個檢討的三稿，便只是把二稿的清樣和《文藝報》的清樣對照著校了一部分，結果發現每一段每一個字都相同，他們就以爲《文藝報》的和他們二稿的校樣是一個稿子，而他們的二稿又是校對過多少遍，沒有錯誤的。偏偏不知道胡風的三稿是在二稿的後半部還有不少改動，於是便沒再校對下去。他們只是翻到《文藝報》校樣的最後，

發現還有一個附記，於是便把《文藝報》三稿的附記加在了他們二

稿的後面，就這樣發了稿。〔註3〕

他的解釋並未得到全體編委的諒解，有的編委當場便質問道：「這是搞的什麼
政治陰謀……」

接著，鄧拓把情況向周揚作了彙報，周揚又向總理作了彙報，總理的意
見非常明確：

更正胡風檢討稿，還要《人民日報》做檢討。

迄今為止，幾乎沒有人認真思索過總理這個指示的豐富內涵，也未曾設想過
總理這個指示一旦被執行，可能會出現什麼樣的後果。這裡當然有「中央的
黨報」作檢討是否妥當的問題，但更嚴重的問題似乎並不在此。周總理之所
以責令《人民日報》重登胡風的第三稿，無非認為這樣做對胡風比較有利，
也就是說可以抵消和減弱「編者按」的作用。但「編者按」是毛澤東寫的，
如果《人民日報》公開承認「錯排」，重發胡風的第三稿，那麼對毛撰的「編
者按」該如何處理呢？是說「儘管錯排了胡風的檢討，本報按語仍然有效」
麼，那太不像話；仍然肯定第三稿為「假檢討」麼，也顯然違反周恩來責令
報社檢討錯排的意圖；說「因為錯排，本報按語應予撤銷」麼，則是對毛的
極大冒犯。然而，除此之外，還能有什麼別的說法嗎！？

《人民日報》社長鄧拓倒是想到了問題的嚴重性，一時間急得沒有了主
意，趕緊打電話徵詢老下級康濯的意見。康濯在回憶文章也描寫了他們之間
的對話——

（鄧拓說）：「你看我們把胡風的檢討登錯了，現在周總理要我
們為這件事發表一篇檢討，我想徵求一下你的意見，看看這個檢討
怎麼寫呀？」

（康濯）答覆道：「《人民日報》作為中央的黨報，發檢討好嗎？
登錯了文章，責任是在你們文藝部，卻要整個黨報來出面檢討，只
怕不大合適吧。」

（鄧拓）又說：「那還有什麼別的方式沒有啊？」

（康濯）建議道：「是不是可以由你們發表一啟事，說明胡風的
檢討你們登錯了，責任主要是在文藝部，報社也有工作上的責任，

〔註 3〕引自康濯《〈文藝報〉與胡風冤案》。

這也就是檢討了嘛！啓事最後還可說明，胡風的《我的自我批判》一文，以今年《文藝報》第九、十期合刊的發表稿爲準。」

（鄧拓）回答説：「可以研究。」

「錯排事件」當然不會按照他倆商議的辦法得到解決，由於周總理對此事的重視程度非同一般，周揚等尚且不敢擅作主張，鄧拓、袁水拍當然更不敢。

當天上午 10 時許，周揚把林默涵、袁水拍、康濯等召集到一起緊急商量應對之策，但不是在辦公室裏，而是在周揚的家中（東四頭條老文化部的西院）。據康濯《〈文藝報〉與胡風冤案》回憶，周揚先讓袁水拍講了「錯排」的經過，然後又徵詢林默涵和康濯的意見，他們都認爲袁水拍的問題雖屬「嚴重的政治錯誤」，但還不是「政治陰謀」。最後問題的焦點集中在應否及如何執行總理對「錯排事件」的指示。商議來商議去，到了中午也沒有得出一致意見。最後，周揚想出了一個辦法，他說：

我看，稿件清樣既然經過了主席，現在的處理最好還是再問一下主席。我現在就去問一問，你們等一等，我回來以後再談。

沒有一個人對周揚的辦法提出異議。

歷史在這裡又出現了波折。周揚爲何提出這個辦法，其他人爲何附議，其動機大概可以從兩個方面進行估計：第一，他們都認爲周總理對「錯排事件」的處理意見不宜執行，但又不敢提出異議，只得想出這個繞過的辦法；第二，他們都認爲「批判胡風運動」是毛澤東親自抓的，有關重要事宜應該請示毛澤東。就這樣，他們在兩難的情境下，在兩位中央領導之間，作出了於己最爲有利的選擇。

就這樣，周揚走了，把矛盾帶走上交了。此後發生的事情，迄今大部仍掩埋在歷史的煙雲中，不盡爲世人所知。

周揚這一去就是兩個小時，直到下午一時許才返回家中。接著開會，議題便不再是討論應否及如何執行總理的指示，而是傳達毛澤東的最新指示及布置後續工作。據康濯回憶，周揚只傳達了毛澤東的三句話，錄如下：

主席説，什麼二稿三稿，胡風都成了反革命了，就以《人民日報》的稿樣爲準，要《文藝報》按《人民日報》的重排。

主席講，胡風是要逮捕的，不過他是全國人大代表，必須經過人大常委會批准以後才能逮捕，這件事已經同少奇同志和總理商量了。還得要幾天才能辦妥。

　　　　主席認為：這幾天還要派人去看看胡風，穩定他一下。

在場諸人本來指望周揚能帶回一個毛澤東認可、也能向周總理交代的兩全的處理「錯排事件」的善後方案，卻未想到事態竟在兩小時之內發生了如此巨大的變化，胡風問題從「反黨」突然升級為「反革命」，從懸浮在半天雲中的思想問題突變為必須作刑事案件處理的政治問題！康濯當時的反應是「腦袋又一懵」，林默涵、袁水拍的反應是「半天沒講話」，是周揚的一句話打消了他們的猶疑。周揚說：

　　　　主席定了，就這麼做吧！

也許可以這麼說，胡風問題的性質從「反黨」突變為「反革命」，其「做」成的時間就在 1955 年 5 月 13 日 11 時半至 13 時這個短短的歷史瞬間。不過，康濯轉述的毛澤東當天與劉少奇、周恩來商量過「逮捕胡風」之事，迄今仍無法確證〔註 4〕。順便提一句，周總理月前剛率團出席在印尼萬隆舉行的亞非會議（4 月 18 日至 24 日），在此期間還發生了蔣特製造的震驚世界的「喀什米爾公主號」爆炸事件（4 月 11 日）。這天（5 月 13 日）下午周總理與陳毅副總理向在京人大代表作「關於亞非會議的報告」，其時胡風正坐在臺下。

　　毫無疑問，胡風問題的急轉直下與周揚此次「再問一下毛主席」有著直接的關係。不過，周揚當時是去向毛澤東請示如何按照周總理的指示處理「錯排事件」的，他是怎樣彙報的，彙報了什麼，毛澤東對周總理的指示有何看法，為何突然改變「治病救人」的宗旨，不待「徹底弄清胡風及其反黨集團的全部情況」，便匆忙地宣佈其為「反革命」，這些都成了千古之謎。有研究者暗示，胡風問題的最後定性事涉「權力中心的政治鬥爭」，是耶非耶，且待後述。

　　根據現有史料，在那兩個小時的歷史瞬間，見證並參與毛澤東作出這一重大決策的人士僅有陸定一、胡喬木和周揚三人。據陳清泉、宋廣渭著《陸定一傳》記：

　　　　陸定一說過，胡風案件要定「反革命」性質時，毛澤東找了他
　　和周揚、胡喬木商談。毛澤東指出胡風是反革命，要把他抓起來。

─────────────────────
〔註 4〕　據《周恩來年譜》記載，周總理參加的討論胡風問題會議是在 5 月 17 日：「凌
　　　晨，到毛澤東處開中共中央書記處擴大會議。會上談關於胡風問題。」見中
　　　共中央文獻研究室編《周恩來年譜》上卷，中央文獻出版社 1997 年 6 月。轉
　　　引自謝泳《從被遺落的文檔看中國政治文化》。

周揚和他都贊成，只有胡喬木不同意。最後還是按照毛澤東的意見辦，定了胡風爲「反革命」。

長期以來，研究界一直比較關注胡喬木在胡風集團案形成過程中所起到的重要作用。事實也是如此：是他，1945 年 10 月 11 日作爲毛澤東的特使專程飛抵重慶處理胡風文藝思想和《論主觀》問題；是他，1945 年 11 月 10 日在《新華日報》爲《芳草天涯》和《清明前後》召開的一個小型座談會上批評「有一些人正在用反公式主義掩蓋反政治主義，用反客觀主義掩蓋反理性主義，用反教條主義掩蓋反馬克思主義」，引發大後方第一次公開批判胡風思想的運動；是他，1952 年 6 月親自爲《人民日報》轉載舒蕪《從頭學習》撰寫「編者按」，第一個點出「以胡風爲首的一個文藝上的小集團」；是他，同年中又指示《人民日報》記者向舒蕪約寫繼續批判「胡風小集團」的稿件（《公開信》）；是他，1955 年初又提出要組織揭批「胡風宗派主義」的稿件。附帶說一句，胡喬木是中宣部常務副部長，胡風一度把他看成「最大的依靠」；但胡風又十分明白胡喬木對他的態度，他在「萬言書」所指控的對象似乎是周揚，其實是胡喬木；後來，他甚至認爲胡喬木是造成共和國文藝事業凋零的兩大罪魁之一。

然而，歷史卻在這裡展現出了另一面的眞實：就在黨的最高領袖已明確地提出要將胡風定性爲「反革命」之時，中宣部正副部長陸定一、周揚都表示讚同，而惟有他，毛澤東最爲倚重的理論秘書、曾多次替毛澤東出面處理文藝界複雜問題的能手、始終不肯假胡風以顏色的胡喬木，卻提出了不同的意見〔註5〕。雖然在那一刹那，他已意識到自己的政治生命也許會就此終結〔註6〕，但其恪守的原則性仍驅使他不能不這樣做。從這個史實中，是否也能證實胡喬木此前對胡風及其小集團的批判，並不是出於「渺小的恩怨」，並不是出於獨霸文壇的私欲，並不是爲了迎合領袖的意旨，並不是爲了滿足自己的「名位」追求呢？從胡喬木更推及開來，何其芳、林默涵、邵荃麟、喬冠華、

〔註 5〕 胡喬木曾回憶道：「抓胡風，我是不贊成的。毛主席寫的那些按語，有些是不符合事實的。胡風說，三年局面可以改變，毛主席認爲是指蔣介石反攻大陸。實際上，胡風是說文藝界的局面。」第一句說的是 5 月 13 日他的態度。第二句說的是審讀「第二、三批材料」時他的態度。二者不能混淆。轉引自謝泳《從被遺落的文檔看中國政治文化》。

〔註 6〕 王康回憶道：「胡喬木還說，他對毛主席的決定提出不同意見後，擔心自己的政治生命可能就要完了。」王康《我參加審查胡風案的遭遇》，載《百年潮》1999 年第 12 期。

胡繩，甚至舒蕪，此前對胡風文藝思想和宗派主義的質疑和批評，是否也是出於對某種原則性的堅持，或是在對主義、潮流、時代、文藝諸方面的理解與胡風確實存在著無法調和的差異呢？

話再說回來，在胡風及其小集團問題升級爲「反革命」之時和之後，黨內外能夠及敢於表達不同意見者似乎並不多。對於很多人來說，這裡其實並不存在有無勇氣和膽量的問題，而是對黨中央毛主席是否充分信任的問題，及對胡風問題的內情是否足夠瞭解的問題。

幾天後，中共高級幹部大概都已獲知胡風問題的性質已從「反黨」升級爲「反革命」了。時任中共中央辦公廳主任的楊尚昆 5 月 13 日日記有如下記載：

> 今天《人民日報》公佈了胡風的自我批判並附有舒蕪的《關於胡風反黨集團的一些材料》編者按：號召胡風集團的一切分子站出來向黨交待，交出與胡風往來的密信，交出來比隱藏或銷毀更好些！我以極大的興趣讀了舒蕪的東西（胡的文章簡直無法看！）。胡風集團是一個長期仇恨黨的反革命集團，應該是無疑的了！ [註7]

有研究者因此認爲：「當時不僅在權力中心的人對胡風缺少起碼的同情，就是一般的知識分子對胡風的遭遇也沒有保持一點人道同情。 [註8]」此說似乎脫離了一定的時代和政治環境，在「階級鬥爭」的形勢被政治意識強烈的人們估計得十分嚴峻的時代裏，「人道同情」是無人肯與惠顧的，試看周揚與胡風相互攻訐「反黨」時，他們何嘗存半點寬容之心。中共在延安整風后期，調整了處置被懷疑爲政治異己的人們的政策，改過去的肉體消滅爲「一個不殺」，並輔以適當時候的「甄別平反」，在最低的意義上兼顧了「人道」和黨性原則。除此之外，還能奢求什麼！

胡風問題經毛澤東又一次定性後，事態已無法逆轉，國家機器迅速地轉動起來。

5 月 13 日晚，康濯、嚴文井根據周揚和林默涵的安排，去胡風家完成了毛澤東布置的「穩定他一下」的工作 [註9]。

〔註 7〕 轉引自謝泳《從被遺落的文檔看中國政治文化》。
〔註 8〕 參看謝泳《從被遺落的文檔看中國政治文化》。
〔註 9〕 康濯與嚴文井同是中國作協黨組成員、書記處書記，康時任《文藝報》主編，嚴時任《人民文學》主編。

　　5 月 16 日晚，公安部派員拘捕了胡風。據說，「拘捕前，全國人大常委會舉行會議，通過了取消胡風人大代表資格的決議。」〔註 10〕

　　「胡風集團冤案」就此鑄成。

〔註 10〕據林默涵《胡風事件的前前後後》。

尾聲：「一個永遠解不開的謎」

一

1955 年 5 月 13 日上午，周總理對《人民日報》「錯排事件」作出「更正胡風檢討稿」、「公開檢討」等指示，周揚等覺得無法遵照執行，於是向毛澤東彙報請示，不料竟促使毛澤東對胡風問題作出了重新定性，將兩天前剛定下的「反黨」升級爲「反革命」。

對於這個歷史突變，研究者普遍覺得不可理解，有人甚至認爲，「這是一個永遠解不開的謎」。戴光中的看法頗具代表性，他在《胡風傳》中寫道：

> 康濯和林（默涵）、袁（水拍）誰也沒問周揚，他究竟是怎樣彙報請示的，毛澤東剛給胡風定性爲「反黨」，並在「編者按」中寫得分明：「胡風應當做剝去假面的工作，而不是騙人的檢討。剝去假面，揭露眞相，幫助黨徹底弄清胡風及其反黨集團的全部情況，從此做個眞正的人，是胡風及胡風派每個人的唯一出路。」爲什麼突然之間又給定了個「反革命」，而且還要逮捕胡風呢？看來，這是一個永遠解不開的謎了。〔註1〕

且不管天下有沒有「永遠解不開的謎」，倒是可以從如上文字中讀出一個頗有價值的信息：研究者已經認識到，毛澤東在撰寫「編者按」時尙給胡風及「胡風派」留了「出路」，待到聽完周揚的「彙報請示」後，才又「突然」作出了新的決定。

〔註 1〕 戴光中《胡風傳》第 319 頁。

　　中央對胡風及小集團的定性確實不是一次完成的，解放前且不談，已知的解放初對胡風集團的定性大約有如下五次：

　　第一次定性在 1952 年 6 月，胡喬木在爲《人民日報》轉載舒蕪《從頭學習》撰寫的「編者按」中點出了「以胡風爲首的一個文藝上的小集團」。當年 12 月 16 日周揚在「胡風文藝思想討論會」的最後一次會上對這個定性作了一些解釋，他說：「今天也並不是說文藝上的小集團一概不應該存在。事實上還是有的，例如巴金他們就是。但不能與黨對立，另搞一套，而且還要自命爲無產階級的東西，還要用來指導運動。那是辦不通的。」那時，他們只是將其視爲「一個文藝上的派別集團」，即「流派」。當然，周揚也曾明確指出，胡風小集團的文藝綱領「是與毛澤東文藝路線針鋒相對的」〔註2〕。

　　第二次定性在 1955 年 1 月 15 日，毛主席在周揚的信上批示：「應對胡風的資產階級唯心論、反黨反人民的文藝思想進行徹底的批判，不要讓他逃到『小資產階級觀點』裏躲藏起來。』」中央同年 1 月 26 日批覆中宣部報告，指出：「胡風的文藝思想，是資產階級唯心論的錯誤思想，他披著『馬克思主義』的外衣，在長時期內進行著反黨反人民的鬥爭，對一部分作家和讀者發生欺騙作用，因此必須加以徹底批判。各級黨委必須重視這一思想鬥爭，把它作爲工人階級與資產階級之間的一個重要鬥爭來看待，把它作爲在黨內黨外宣傳唯物論反對唯心論的一項重要工作來看待。」該批覆及報告以紅頭文件形式下發。

　　第三次定性在 1955 年 5 月 11 日淩晨，毛澤東爲《人民日報》撰寫「編者按」時將胡風小集團定性爲「反黨集團」，這個定性與年初（1 月 20 日）中宣部給中央的報告有聯繫，該報告指出：「十多年來，他（指胡風）一直堅持著他的資產階級唯心論的文藝思想，並以他的這種思想爲中心形成一個小集團，頑強地同黨的文藝思想和黨所領導的文藝運動相對抗。」毛澤東在這裡將其明確化、公開化了。

　　第四次定性發生在 5 月 13 日中午，毛澤東聽完周揚關於「錯排事件」的彙報後，將胡風定性爲「反革命」，並作出了逮捕的決定。

　　第五次定性發生在 6 月 3 日，毛澤東在「第三批材料」公佈前將胡風問題由「反黨集團」升級爲「反革命集團」。他對中央「關於揭露胡風集團的指示」作了修改，修改後的指示稱：「各省市委和黨組必須認識這一斗爭的目的，

〔註 2〕引自舒蕪《參加胡風文藝思想討論座談會日記抄》。

不但在於肅清胡風反革命集團分子，主要的是借著這一斗爭提高廣大群眾（主要是知識分子和幹部）的覺悟，揭露各種暗藏的反革命分子（國民黨特務分子，帝國主義特務分子，托派分子和其他反動分子），進一步純潔革命隊伍。」這次定性與發動「肅反運動」有關。

在如上五次定性中，只有第一次與第三次定性與舒蕪的文章及「材料」有著一定的關連。

勿庸置疑，由於最爲關鍵的第四次定性涉及到毛澤東對周恩來處理「錯排事件」指示的反應，加之有關檔案至今仍未解密，研究者無從知曉當年中共高層在胡風定性問題上的具體操作過程，只得暗示道：胡風問題的升級與「權力中心的政治鬥爭」有關〔註3〕。鑒於此，或可將戴光中的質疑改寫爲：

> 康濯和林（默涵）、袁（水拍）誰也沒問周揚，他究竟是怎樣彙報請示的，周總理剛爲《人民日報》「錯排事件」作了「更正胡風檢討稿」、「公開檢討」的指示，分明是把胡風問題看作是人民內部矛盾，想在最後關頭拉胡風一把。毛主席爲什麼根本不考慮周總理的意見，不僅不接受，反而突然將胡風問題升級爲「反革命」，而且還要逮捕胡風呢？這不是明顯地給周總理難堪嗎？看來，這是一個永遠解不開的謎了。

由此，可以先拋開一些比較皮面的傳統觀點。譬如，在應該如何評價「舒蕪在胡風事件上的作爲」這個問題上，傳統的觀點是：「他（指舒蕪）曾在 1952 年連續發表《從頭學習〈在延安文藝座談會上的講話〉》和《致路翎的公開信》兩篇文章，引發了全國範圍內對『以胡風爲首的一個文藝上的小集團』和胡風文藝思想的批判，此後又在 1955 年 5 月 13 日《人民日報》上發表《關於胡風反黨集團的一些材料》，直接導致了對胡風的批判由『思想』問題升級爲刑事罪案的『胡風反革命集團案』的發生。〔註4〕」

此說是「舒蕪賣友求榮」的學術化版本之一〔註5〕。前文已經述及，胡風自 1950 年底即已單方面與舒蕪絕交，1952 年向中宣部檢舉其爲「破壞分子」

〔註3〕 參看謝泳《從被遺落的文檔看中國政治文化》。

〔註4〕 轉引自張業松《舒蕪的兩篇「佚文」》。

〔註5〕 執此類說法者很多，如許良英在《痛悼摯友、同志李慎之》一文中寫到：「對舒蕪 1955 年把胡風的信交給《人民日報》，他（指李慎之）說，『世人或有難諒解者，我是有深切的同情。』我則認爲這是置胡風於死地的告密行爲，即使在當時的政治壓力下是可以理解的，但是從人性、良知和道義的準則來衡量，是應該譴責的。」

（內奸），1954 年向中央舉報其為「叛黨分子」。他們早就無復「朋友」關係，
而彌漫著「狂熱的仇視」。明眼人都能看出，胡風問題於 1954 年～1955 年間
得到中央的嚴重關注，其根本原因並不在舒蕪寫於 1952 年的那兩篇文章，而
在於胡風 1954 年在「萬言書」和「批紅運動」中表現出來的「清君側」的強
烈訴求、指導文藝運動的熾熱欲望、及排斥一切的強烈的宗派主義情緒，正
是這些不尋常的表現引起了黨中央和毛澤東的高度警惕。

胡風對此並不是沒有認識，就在被定性為「反黨集團」的那天（5 月 11
日），他在致李正廉的信中承認：

　　　　雖然多少在存心上沒有以什麼個人權威為念，但終於犯了這樣
　　嚴重的錯誤，原因之一，可以說是主觀唯心論地理解了個人責任的
　　緣故罷。

所謂「主觀唯心論地理解了個人責任」，往好處說，是「以天下為己任」，往
壞處說，即是宗派主義的「個人野心」，恰恰印證了「第一批材料」中的相關
指控。就此而論，對歷史運動動機的叩問絕不能變質為對個人道德的盤詰，「渺
小的恩怨」絕不能取代具有鮮明宗派主義特徵的流派追求，政治化的胡風問
題也只能放在政治化的框架中進行解讀。

聶紺弩是胡風的也是舒蕪的朋友，他對「賣友求榮」說有尖銳的批判，
1982 年 4 月 18 日他書贈舒蕪，詩曰：

　　媚骨生成豈我儕，於時無忤又何哉？
　　錯從耶弟方猶大，何不紂廷咒惡來。
　　驢背尋驢尋到死，夢中說夢說成灰。
　　世人難與談天下，跳入黃河濯酒杯。

聶紺弩解釋道：「我看見過忘記了名字的人寫的文章，說舒蕪這猶大，以出賣
耶穌為進身之階。我非常憤恨。為什麼舒蕪是猶大，為什麼是胡風的門徒呢？
這比喻是不對的。一個卅來歲的青年，面前擺著一架天平，一邊是中共和毛
公，一邊是胡風，會看（不）出誰輕誰重？我那時已五十多了，我是以為胡
風這邊輕的。至於後果，胡風上了十字架。幾千幾萬，幾十萬，各以不同的
程度上了十字架，你是否預見到，不得而知，我是一點未想到的。正和當了
幾十年黨員，根本未想到十年浩劫一樣。〔註6〕」他認為，脫離了具體的政治
歷史環境而侈談個人的道義責任，無異於緣木求魚。

〔註 6〕 《聶紺弩全集》第 9 卷第 416 頁。

由此，也可以先拋棄一些貌似深刻的新潮觀點。譬如，在探究「毛澤東為什麼要將胡風打成反革命」這個問題上，新潮的觀點是：「毛澤東為什麼偏偏選中胡風，作為當時全力擊刺和解剖的主要對象呢？思想的對立是最根本的。但是，如果胡風僅僅是一個空頭理論家，或可相安無事；致命的是，他的論文偏偏帶有挑戰性質。〔註7〕」

此說不僅與毛澤東對胡風問題的關注情形不合，而且也與胡風的文藝實踐活動情況相違。前文已經述及，解放後的幾年裏（至 1954 年 7 月前）毛澤東從未主動地過問胡風問題，倒是胡風多次向其表示「要求在領導下工作」和「要求直接得到指示」，過份積極地表現出對其興無滅資戰略思想的理解和追隨的熱情，從而引起了毛澤東的注意。再說，胡風解放後除了「萬言書」，並未撰寫過任何有影響的理論著作，他的創作實踐（詩與報告文學）所顯示的並不是背離主流的企圖，而是趨奉、迎合的努力和渴望。前文已述，他是開國後頌歌體的創始人，曾自傲於「第一個歌頌了毛澤東」；他是主旋律報告文學的實踐者，其筆下的英雄人物沒有絲毫「精神奴役的創傷」。概而言之，解放後胡風的創作實踐與理論主張已呈現著明顯的分離狀態。

康濯對胡風解放後的創作實踐有評說，他寫道：

> 胡風提倡「到處有生活」，談到客觀對象時又強調「日常生活」；然而他自己一到解放區就忙著訪問英雄模範，訪問工廠、農村的先進人物，訪問戰鬥英雄和後來的志願軍英雄。胡風不主張提重大題材，然而他自己解放後下筆就是英雄模範和開國大典。可見他也仍然並不是反對先進的鬥爭生活和題材應有主流的。

在「萬言書」中，胡風對自己的文藝思想作了很多解釋，引證了許多革命領袖的言論，表現出貼近主流的努力。然而，這並不足以消除人們對其文藝思想的流行看法。胡風案發後，韋君宜曾談到讀「萬言書」的體會，她寫道：

> 至於萬言書，我們青年幹部都看得出來，那更是笑話。明明所有文藝方針都由中宣部一手包辦。這個萬言書，說的是反對一切對文藝的管制，卻又說一切應決定於中宣部。這豈不是矛盾。〔註8〕

〔註7〕 林賢治《胡風「集團」案：20 世紀中國的政治事件和精神事件》，載《黃河》1998 年第 1 期。下不另注。
〔註8〕 韋君宜《思痛錄》，北京十月文藝出版社 1998 年版。下不另注。

參與過「萬言書」寫作的綠原曾努力澄清某些研究者把胡風視爲毛澤東文藝思想對立者的誤解，他曾回憶過當年與胡風作「模擬答辯」時的情景，胡風是這樣表述他的「五把刀子」理論的：

> 哪裏反對過作家具有先進的世界觀呢？是反對……
>
> 哪裏反對過描寫「重大題材」或工農兵生活呢？是反對……
>
> 當然不反對歌頌光明面，但是反對……
>
> 當然也不反對作家的思想改造，但是反對……
>
> 至於民族形式，則是反對……

綠原還寫道：「胡風深信不疑，他的這些觀點、論據和建議正是馬克思主義文藝學的重要內容，正是馬克思主義政黨正確領導文藝工作這項特殊精神勞動的重要方法。〔註9〕」實際上，這種「不是……但是」的思維方式，並不能徹底解決問題。

勿庸諱言，毛澤東對胡風問題的幾次定性之所以成爲「永遠解不開的謎」，解讀的樞機並不在於舒蕪的幾篇文章，也不在於胡風與主流思想的「對立」，而另有原因。

二

在這裡，也許有必要補述 1953 年高饒事件發生後，中共七屆四中全會（1954 年）通過的《增強黨的團結的決議》。該決議的要點是「重申黨的團結的重要保證之一是嚴格遵守民主集中制，嚴格遵守集體領導的原則」，這對於防範中共領導層再次出現高饒那樣的地下宗派活動起了積極的作用。同時，該決議還明確規定：

> 全黨高級幹部的重要的政治活動和政治意見應該經常向所屬的黨的組織報告和反映，其關係特別重大者則應直接向黨中央的政治局，書記處或中央主席報告和反映；如果避開黨組織和避開中央來進行個人的或小集團的政治活動，避開黨的組織和避開中央來散佈個人的和小集團的政治意見，這在黨內就是一種非法活動，就是違反黨的紀律，破壞黨的團結的活動，就必須加以反對和禁止。〔註10〕

〔註 9〕 綠原《胡風與我》，《我與胡風——胡風事件三十七人回憶》第 541 頁。
〔註10〕 轉引自《共和國重大事件和決策內幕》下冊第 197 頁。

這項規定對高級幹部的「非法活動」作出了極為嚴格的界定，但對「中央主席」的權限未加任何限制，雖有利於消除黨內的「圈圈」，卻無助於克服已露端倪的對毛澤東的個人崇拜傾向。

如前所述，毛澤東 5 月 11 日凌晨作出「胡風反黨集團」的政治定性時，並未徵求中央其他主要領導的意見，似乎違背了四中全會重申的「集體領導」的原則。周恩來 5 月 13 日要求《人民日報》為「錯排事件」作出補救，其本意固然是想挽救胡風，而這一行為本身所表現出來的卻似乎是對「集體領導」原則的呼喚。然而，從另一角度看，周恩來責令中共中央機關報《人民日報》「更正胡風檢討稿」和「公開檢討」，應屬「關係特別重大」的「政治意見」，似乎也未及「直接向黨中央的政治局，書記處或中央主席報告和反映」。

時任《文藝報》主編的康濯是歷史的在場者，他在回憶文章中用小說家的筆法觸摸了一下這個歷史之謎，但不肯再深入一步。他寫道：

（我）下午三四點鐘才到辦公室。隨即向侯金鏡傳達了主席關於胡風檢討文章處理的決定，他聽了也默默無言，和我一樣感到不知說什麼才好。

過了一陣，我說：「當然，已經給胡風定了性，他的檢討更正不更正，是不可能改變性質的了。因而從對敵鬥爭的需要和火局看，主席這一有膽量的決定也是可以的。不過，是不是有點兒過份？」

「總理原來是主張更正胡風檢討稿，還要《人民日報》做檢討的。」侯金鏡想了一陣才這樣說，「而且主席在決定反黨集團這麼一件大事情上，事先好像也很可能並沒徵求總理和少奇同志的意見。」

「現在要抓人了，主席已經同少奇同志和總理商量了。」我介紹了剛才周揚同志講到的情況。

以上文字中蘊藏的信息量很大。康濯想表達的似乎是這麼一個過程：周總理責令《人民日報》「更正胡風檢討稿」，本意是想挽救胡風；然而，當毛澤東從周揚的彙報中獲知周恩來對「錯排事件」的指示後，不僅拒絕作任何讓步，反而將胡風問題升級；接著，毛澤東以「對敵鬥爭的需要和大局」觀念統一了高層領導的思想，在形式上完成了中央集體領導的決策程序；於是，周恩來不再能對胡風問題的「定性」提出異議，也只能附和毛澤東的「這一有膽量的決定」了。

僅僅半天時間，周恩來在胡風問題上的態度竟發生了如此重大的轉變，
這也是許多歷史在場者都感到困惑不解的問題。

黎之當年是中宣部的工作人員，他在回憶文章中寫道：

> 周總理是個極講原則，極顧大局的政治家，我敬佩他把最高原
> 則和顧全大局處理得那樣好。但是在「胡風事件」上，後來的做法
> 同周總理的原則精神相距太遠了。這是我長期想瞭解，而又瞭解不
> 清楚的問題。〔註11〕

在他看來，周恩來此時在胡風問題上所面臨的是「原則」與「大局」不能兼
顧的矛盾，他最終選擇了「大局」而放棄了「原則」。

林默涵時任中宣部文藝處處長，他在回憶文章中寫道：

> 周總理對胡風是極其關心的，但他的關心是有原則的，首先是
> 從政治上關心胡風，其次是關心他的文藝思想，決不是像有些人所
> 想像的那樣，似乎他對胡風的思想觀點沒有個是非看法。

在他看來，周恩來在胡風問題上所持的「原則」是一貫的，後來縱然有變化，
也是合乎邏輯的發展。

周恩來「從政治上關心」胡風，有許多例證。如前所述，周恩來在抗戰
後期曾多次告誡胡風「要改變對黨的態度」，並明確指出「理論問題只有毛主
席的教導才是正確的」，都被胡風置若罔聞〔註12〕。解放初周恩來曾於百忙中
抽出時間與胡風長談，告誡他和共產黨「合起來力量大些」，卻被他誤解為是
「鼓勵的話」；1955年3月胡風受到嚴厲的批判，周恩來託喬冠華等人給他帶
話，說「應檢查思想，應該打掉的打得愈徹底愈好」，胡風這才在《我的自我
批判》第三稿中作了一些重大修改。

周恩來對胡風的文藝思想有「是非看法」，這也有許多例證。如前所述，
周恩來在抗戰後期討論《論主觀》時，曾建議胡風不要使用「客觀主義」這
個概念，但被胡風拒絕；抗戰勝利後周恩來再次提醒他，「說延安反對主觀主
義時，（你）卻在重慶反對客觀主義」，但胡風依然「沒有理會」。1952年7月
周恩來在胡風的一再要求下，批准召開「胡風文藝思想討論會」，並明確指出

〔註11〕 黎之《回憶與思考——關於「胡風事件」的補充》，載《新文學史料》1999
年第4期。

〔註12〕 胡風回憶錄寫到：「我當時對這兩點不但沒有理解，反而……等於對我的工作
做了肯定。」《胡風全集》第7卷第624頁。

「如能對你的文藝思想和生活態度作一檢討，最好不過」，他卻迴避了「文藝思想」，只在「生活態度」上作了檢討。

嚴格地說，在周恩來與胡風的關係上，誰辜負了誰，後人是能夠作出判斷的。

解放初，周恩來把胡風「劃在左的一邊」，這是事實；但胡風卻要在「左的一邊」獨佔鰲頭，這卻有點不切實際。就胡風、胡風文藝思想、胡風流派在文壇上的實際地位而論，也許尚能在抗戰文壇上佔有一席之地，但其影響其實也有限；解放後在追隨毛澤東文藝路線的角逐中，胡風及其流派毫無疑問地處於下風，其實際地位自第一次文代會後便難以遏止地下滑，其流派（胡風無刊物，路翎改寫劇本，舒蕪、方然不再弄理論，阿壟一蹶不振）逐漸淪落到了無甚理論、無甚實績、無甚影響的邊緣地位。其實際地位，可以借用林默涵 1952 年在「胡風文藝思想討論會」前對舒蕪說過的話來說明，即：

> 此次對胡風批評，以幫助他自己解決思想問題為主，教育讀者則是次要的，因其影響今尚不大，並非當前文藝運動之主要障礙……因此在方式上，也就以內部談談為主，不擬展開大規模的公開批評……希望內部談一兩次可以解決問題，最後由胡風自己公開檢討，別人就不必多所批評……〔註13〕

周揚在「討論會」的最後一次會上，也說過相同的話。他說：

> 今天，胡風的影響並不大。不是不批評胡風，我們的文藝運動就不能前進；但是，批評了胡風，可以幫助我們前進。這是因為，胡風理論的直接影響今天雖是小的，但產生這種理論的基礎今天還是相當存在的。小資產階級知識分子歡喜很革命很漂亮的名詞，但只願意付出最小的代價。這就是產生胡風的理論的基礎……如果不批評胡風，可能不久又會產生這樣的理論，甚至我們自己也會搞出來。如果經過批評，群眾受過這一次鍛鍊，將來即使再有同樣錯誤理論產生出來，群眾也就容易辨別。〔註14〕

從 1952 年的「胡風文藝思想討論會」到 1954 年的「批判紅樓夢研究運動」，中宣部對胡風問題的處理大體上貫徹著周恩來在此期間為胡風問題作出的兩

〔註13〕 轉引自舒蕪《參加胡風文藝思想討論座談會日記抄》。
〔註14〕 轉引自舒蕪《參加胡風文藝思想討論座談會日記抄》。

個批示的精神。概括地講，即是：止於對其個人的批評教育、不甚重視其理論影響、不欲擴大對其的公開批判；而要通過「自我清算」、「公開批判」及參與社會實踐活動等方式，把他拉回到革命隊伍中來。

周恩來的第一個批示作於 1952 年 7 月 27 日，寫在周揚「對胡風文藝思想的檢討步驟」的請示信上，正文爲：

> 同意你所提的對胡風文藝思想的檢討步驟，參加的人還可加上胡繩，何其芳，他們兩人都曾經對胡風進行過批評。不要希望一次就得到大的結果，但他既然能夠並且要求結束過去二十年來不安的思想生活，就必須認眞地幫助他進行開始清算的工作。一次不行，再來一次。既然開始了，就要走向徹底。少數人不成功，就要引向讀者，和他進行批評鬥爭。空談無補，就要把他放在群眾生活和工作中去改造，一切都試了，總會有結果的。

第二個批示作於 1953 年 3 月 5 日，寫在中宣部報送的《關於批判胡風文藝思想經過情況的報告》（2 月 15 日）上。全文如下：

> 對胡風的方針和態度正確。已告中宣部應該堅持下去·繼續對他的思想作風和作品進行嚴正而深刻的公開批判，但仍給以工作，並督促其往前線、或工廠與農村中去求鍛鍊和體驗，以觀後效。

中宣部在其時及其後（至 1954 年 12 月 8 日周揚作《我們必須戰鬥》的報告之前）對胡風問題的處理，都是遵照周總理這兩個批示的精神進行的。

胡風對周恩來的指示精神及中宣部的基本態度是完全瞭解的。如前所述，他及時地讀到了周恩來 1952 年 7 月 27 日責其「對文藝思想和生活態度作一檢討」的覆信，或許也及時看到了周恩來同日爲周揚信所作批示的原件，即使當日沒有讀到，不久也通過綠原從舒蕪處打聽到了幾乎全部內容。錄舒蕪 1952 年 10 月 15 日致綠原信部分內容如下：

> 領導上對胡風很愛護，總理有信給周揚，叫找内部少數同志談，一次兩次三次，不行則輔以適當的公開批評；空言無補，即讓他到實際鬥爭中去，以求長期解決，聽說還有信給胡風。領導上認爲，胡風思想和《武訓傳》不同，故以内部談爲主。如談得好，公開檢討一次就算了，批評一篇不寫，要寫也只一兩篇。但又估計目前不可能徹底解決，只求解決根本問題；如根本不行，就只好讓他到鬥爭中去。那時公開討論與否，當酌情而定。

綠原得信後及時轉送胡風，這是沒有疑問的。在此附帶說一句，胡風其後所作《萬言書》及晚年所作回憶錄中都沒有提及對「總理有信給周揚」一事的瞭解情況，反而只強調總理的一個口頭指示（「不要先存一個誰對誰錯的定見」），好像總理眞對他的思想觀點「沒有個是非看法」似的。後人不查，竟有以訛傳訛者，在此不贅述。

根據現有資料，毛澤東是從 1953 年 3 月初開始關注到胡風問題的。3 月 4 日毛澤東收到了一封署名「普通文藝工作者」的群眾來信，寫信人對 1 月 29 日中宣部文藝處以全國文協的名義在文化部禮堂召開的一次內部會議提出批評，並對林默涵在會上所作「關於檢討胡風文藝思想問題」的報告提出意見，毛將其批給時任中宣部副秘書長的熊復「調查」，並囑「以其情形告我」。3 月 5 日毛澤東圈閱了中宣部關於胡風問題的報告及周恩來的批示，未另作批示。4 月 8 日毛澤東閱過熊復呈送的調查結果，未見有批示下達。

雖然目前尚不知曉毛澤東 1953 年間是否已對處理胡風問題有成形的想法，但自此以後便出現了一些頗爲蹊蹺的現象：首先是周恩來不再直接過問胡風問題，也不再對胡風問題作任何批示；其次是胡風不再把胡喬木當成與中央聯繫的通道，尤其當他定居北京（1953 年 8 月）之後，凡有要事皆直接找政務院秘書長、文教委員會副主任習仲勳。

在很長一段時間裏，研究者對這種現象不知所以，近年來隨著部分檔案材料的解密，歷史的山巒開始逐漸顯現出來。原來，1953 年初毛澤東對周恩來主持的政務院工作提出了嚴厲的批評，而高崗的地位卻在持續上升。3 月 10 日中央的《關於加強中央人民政府系統各部門向中央請示報告制度及加強中央對於政府工作領導的決定》（草案）及 5 月 15 日政務院的《關於中央人民政府所屬各財務經濟部門的工作領導的通知》，都透露出黨內權力鬥爭的信息。該「決定」和「通知」指出：爲了使政府工作「避免脫離黨中央的危險」，今後政府工作中一切主要和重要的方針、政策、計劃與重大事項，必須經過黨中央的討論和決定或批准；並對政府各項工作重新作出了「明確的分工」，其中：

國家計劃工作，由高崗負責；

政法工作，由……負責（筆者略去）

財經工作，由……負責（筆者略去）

> 文教工作，由習仲勳負責；
>
> 外交工作，由周恩來負責；
>
> 其他不屬於前述五個範圍的工作，由……負責（筆者略去）。

同時，政務院 20 個部中的 8 個主要工業部門劃歸與政務院平行的國家計委領導，計委主席正是高崗。研究者林蘊輝指出：

> 中央作出的上述決定和分工，無疑是對中央人民政府黨組幹事會書記、政務院總理周恩來的嚴重批評。根據這個決定和分工，周恩來對政務院的工作除必須擔負全部責任外，實際上他所直接領導的只剩下一個外事口了。〔註15〕

當然，據此還不足以證實毛澤東此時已認定周恩來在「文教工作」上也犯了「脫離黨中央」的錯誤，也不能證明毛對周恩來處理胡風問題的原則已持有異議，但此後周恩來再也沒有約見過胡風，再也沒有對胡風問題作出明確的指示，這卻是事實〔註16〕。

　　周恩來再次過問胡風問題事發生在 1955 年 3 月初，當時他正待率團參加在印尼萬隆舉行的「亞非會議」，這是新中國建立以後最重大的一次外事活動。此時「批判胡風運動」已在全國範圍蓬勃展開，胡風因「自我批判」兩次稿均未得到中宣部通過，非常苦惱。3 月 6 日他「與喬冠華通電話」，3 月 8 日喬冠華、陳家康、邵荃麟便來看望。據胡風回憶，「他們是秉承總理的指示來的」。這次訪問雖是私人性質，卻給胡風提供了最為切實的幫助，他聽取了喬冠華傳達的周恩來的意見，接受了朋友們的規勸，對第三稿進行了重大修改，順利地得到中宣部的認可。周恩來出席完「亞非會議」返回北京（5 月 7 日）剛一個星期，便聽到胡風反映《人民日報》的「錯排事件」，他的干預雖非常及時，卻顯倉促，指示固然明確，卻似有未妥。他責令《人民日報》「更正胡風檢討稿」，卻未考慮到將置毛澤東親撰的「編者按」於何地位；他責令中央機關報作出「公開檢討」，竟未考慮到這是否是對毛澤東最高權威的極大冒犯。

〔註15〕有關引文皆出自林蘊輝《高崗發難與中共四中全會》，收入《共和國重大事件和決策內幕》第 181～183 頁。不另注。

〔註16〕1953 年至 1954 年胡風給周恩來寫過三封信：1953 年 8 月 20 日，第二次文代會召開之前；1954 年 8 月 31 日，送出「萬言書」之後；1954 年 11 月 4 日，在兩會主席團批判《文藝報》錯誤大會發言之前。

　　如前所述，毛澤東在聽過周揚的彙報後，沒有接受周恩來對「錯排事件」的處理意見，反而斷然將胡風問題升級。此中似有玄機，筆者不敢臆測。

　　在此也許有必要引證胡風 1954 年《給黨中央的信》中對他與周恩來關係的描述：

> 雖然一些同志甚至把從抗戰初起周總理對於我的領導關係和思想影響都否定了，但我沒有一次懷疑過黨中央對我是基本信任的，沒有放棄過要依靠黨來解決問題的信心，一直相信鬥爭一定會展開，我的發言權和勞動條件一定會被恢復。〔註17〕

也許還有必要引證胡風同年在「萬言書」中關於他聽從周恩來「指示」的描述：

> 我終於明白了：周總理向我提示的「不能迴避批評」，是要我正視自己、正視現實、面對面地向鬥爭迎上去的意思。周總理向我指示的意思是：在鬥爭面前，我迴避不脫；有黨的保證，我沒有權利保留顧慮情緒。周總理向我指示的意思是：在必要的時候，無論在什麼領域黨都要求展開鬥爭，在鬥爭面前黨是無情的。周總理向我指示的意思是：黨是為歷史要求，為真理服務的，在歷史要求面前，在真理面前，黨不允許任何人享有特別權利。

且不論這些表述是否真實，胡風如此強調周恩來對他的「領導關係」，如此強調周恩來對他的「指示」，很容易給審閱過「萬言書」的中央最高領導造成意想不到的誤解。

　　毛澤東是讀過胡風的上書的，他說「胡風的文章很不好看」〔註 18〕，但不知他對胡風言必稱「周總理」的作派有何看法，也不知他在 5 月 13 日中午聽完周揚的彙報後是否對此有所聯想。

〔註17〕　胡風在「萬言書」中也有類似的表述，如：「我自己從我二十多年的經歷看，從我和黨的接觸的經驗看，從周總理和文藝以外的一些老黨員同志對我的態度看，黨中央雖然沒有可能來檢查文藝上的具體情況和具體問題，可能耽心我犯有嚴重的理論錯誤，但基本上是信任我的。」《胡風全集》第 6 卷第 149 頁。

〔註18〕　據康濯《〈文藝報〉與胡風冤案》，毛澤東讀過胡風的「萬言書」後曾說，「胡風的文章很不好看，大概是由於他的觀點有很多矛盾，他標榜的是馬克思主義，實際上又是宣傳唯心主義，這就不能不把文章寫得隱晦難懂。」

<h1 style="text-align:center">三</h1>

　　胡風問題的惡化與升級也許與周恩來在政壇上的沉浮並無直接的聯繫，但似乎與毛澤東對國內外階級鬥爭形勢的估計及對高饒事件的處理思路有著間接的關係。某些當事人已在回憶文章中隱隱約約地涉及到了這方面的問題。

　　林默涵在回憶文章將毛澤東「把胡風一案定爲反革命集團」與他在「兩個月之前召開的黨的全國代表會議上」的講話聯繫了起來，認爲黨中央毛主席在處理高饒事件的過程中對當時國內外階級鬥爭形勢的基本估計存在著過於嚴重的「左」的情緒，而「胡風一案正是在這一社會背景下定錯了性質的」。文中引用了毛澤東在這次黨代會上講話的一段：

> 帝國主義勢力還是在包圍著我們，我們必須準備應付可能的突然事變，……這是一方面。另一方面，國內反革命殘餘勢力的活動還很猖獗，我們必須有計劃地，有分析地，實事求是地再給他們幾個打擊，使暗藏的反革命力量更大地削弱下來，藉以保證我國社會主義事業的安全。如果我們在上述兩方面都做了適當的措施，就可能避免敵人給我們的重大危害，否則我們可能要犯錯誤。

毛澤東的講話作於 3 月 21 日，其中所說的「我們必須有計劃地，有分析地，實事求是地再給他們幾個打擊」，是對一個月後在全國範圍展開「肅清反革命」運動的預告，似乎還不應包括兩個月後「做一點文章進去」的「肅清胡風反革命集團」運動。

　　康濯在回憶文章中也提到，3 月間黨中央對高饒事件的分析與定性對 5 月間胡風案的定性有一定影響。他寫道：

> 由於 1955 年階級鬥爭的理論和實踐而把胡風定爲反革命，從當時《文藝報》所見的另一方面是在組織上，即胡風同他接近的同志之間的確可以看成是有個小集團；當然他們這個小集團並沒什麼政治綱領和組織機構，這主要怕也同當時「階級鬥爭尖銳化」的「左」的空氣下往往不適當而又司空見慣地所定的各種「小集團」略無二致。

他的言外之意是，在當年的政治環境中，「沒有政治綱領和組織機構」也能被打成「反革命集團」，中央對高饒事件的定性已經開了先例，對胡風小集團的處理只是循例而行，並沒有什麼突兀的地方。高饒案的正式定性見於中共代表大會《關於高崗、饒漱石反黨聯盟的決議》（1955 年 3 月 31 日），其中指出

「他們始終沒有在任何黨的組織或任何黨的會議上或公眾中公開提出過任何反對黨中央的綱領，他們的唯一綱領就是以陰謀手段奪取黨和國家的最高權力」〔註 19〕。康濯由此及彼，認為胡風小集團已具備了被打成反革命集團的主客觀條件〔註 20〕。

是否可以這樣說，毛澤東已經從高饒事件的教訓中痛切地認識到必須杜絕黨內的非組織活動的緊迫性，又從胡風的「萬言書」中覺察到胡風與周恩來的過份密切關係，接著從「材料」中看到胡風有嚴重的幫派情緒和秘密活動的跡象，繼而又從周揚的彙報中聽出了周恩來對胡風的袒護，於是雷霆火發，把胡風問題看得十分嚴重，遂作出第二次定性呢？

這當然是不能忽略的重要因素。毛澤東 3 月 21 日在黨代會開幕式上的講話特別提到了必須反對「偽裝」著的「秘密活動」，他說到：

> 對於我們的黨說來，高崗、饒漱石事件是一個重要的教訓，全黨應該引為鑒戒，務必使黨內不要重複出現這樣的事件。高崗、饒漱石在黨內玩弄陰謀，進行秘密活動，在同志背後進行挑撥離間，但在公開場合則把他們的活動偽裝起來。他們的這種活動完全是地主階級和資產階級在歷史上常常採取的那一類醜惡的活動。馬克思、恩格斯在《共產黨宣言》上說過：「共產黨人認為隱秘自己的觀點與意圖是可恥的事。」我們是共產黨人，更不待說是黨的高級幹部，在政治上都要光明磊落，應該隨時公開說出自己的政治見解，對於每一個重大的政治問題表示自己或者贊成或者反對的態度，而絕對不可以學高崗、饒漱石那樣玩弄陰謀手段。

高饒進行非組織活動的目的是「奪權」，因此被毛澤東確定為「反黨聯盟」。胡風問題的實質雖未被提高到「奪權」的層面上，但其「連根動」的動機

〔註 19〕 轉引自《共和國重大事件和決策內幕》上冊第 198 頁。

〔註 20〕 康濯在《〈文藝報〉與胡風冤案》文中寫到：胡風和他的朋友們之間一切進退、取捨，確都是有目的、有計劃的，甚至他們在對外保密上還頗有紀律。而胡風也確有一套長期堅持的、有自己特色的觀點、主張和理論，為了貫徹他的一套而幾十年幾乎是無所不用其極，從來都沒有過任何自我批評；但是在一旦形勢對己不利時，卻又可以不計一貫堅持的觀點，而儼然很快就有認識似的寫出檢討，粗看時檢討還寫得不錯！由此難道不足以說明，在當時「階級鬥爭尖銳化」和「左」的思想影響下，胡風和他的朋友們在組織上不確是很充分地至少具備了被擴大化到打成宗派小集團乃至反黨集團的性質和條件了嗎？

也不能不引起有關部門的嚴重懷疑，上書「清君側」的初衷表面上是為了維護心目中的「聖旗」，實際上卻是為了與周揚等爭奪「毛主席文藝思想的唯一的正確的解釋者和執行者」的地位，其動機與「奪權」無異，當然也無法得到主政者的理解和寬容〔註 21〕。高饒進行「秘密活動」的典型表現是「假」，因而被毛澤東痛斥為「醜惡」。胡風問題的基本特徵，在某些人看來也全是一個「假」。早在 1945 年胡喬木就不點名地批評他「用反公式主義掩蓋反政治主義，用反客觀主義掩蓋反理性主義，用反教條主義掩蓋反馬克思主義」，1948 年邵荃麟批評他「處處以馬列主義與毛澤東文藝思想者自命」，1950 年何其芳斷然否認他的一貫正確論，1952 年 12 月 16 日邵荃麟在「胡風文藝思想討論會」最後一次會上批評胡風思想「是反馬列主義的思想，然而卻以馬列主義的面貌出現，就把一切都弄糊塗了」；1954年 12 月周揚指出「胡風先生是以『馬克思主義者』自命的，有些人也是這樣地看他」；1955 年初中宣部認定胡風上書中「所講的『事實』，許多是捏造的、不符事實的，以誣衊和挑撥離間為目的的」。毛澤東曾在周揚的信上批示「不要讓他逃到『小資產階級觀點』裏躲藏起來」，又在「編者按」中以「假」來概括胡風的「自我批判」，如「假的就是假的，偽裝應當剝去」，「隱瞞是不能持久的，總有一天會暴露出來」，「應當做剝去假面的工作」，及「剝去假面，揭露真相」，等等。

那麼，是否可以說毛澤東將胡風小集團定性為「反革命」，其基本思路就是其處理高饒事件思路的繼續呢？

似乎也還不能。高饒案與胡風案在根本性質上有很大的不同，高饒是「反黨聯盟」，胡風案是「反革命集團」，中央對這兩案的處理也有著很大的區別〔註 22〕。

如上所述，高饒案主要關乎中共高層的權力鬥爭，無關於文化上的興無滅資的兩條路線鬥爭，中央對高饒集團的處理主要是從組織上解決，而不是從思想上整肅，亦未因之而否定高饒的革命經歷及其在國家經濟工作中的貢獻。七屆四中全會對高饒問題基本定案，但中央仍對其採取團結的方針，寄

〔註 21〕 胡風在回憶文章中寫到：「在公安部，審問我的第六局局長有一次偶然提到我的報告（他很少直接提到），說我是想篡奪文藝領導權。」《胡風全集》第 6 卷第 678 頁。

〔註 22〕 在當年，定為「反黨」與定為「反革命」，性質有所不同，處理也不同。「丁玲陳企霞反黨集團」定性後，二人人身仍然自由，可證二者區別。

希望於其「痛改前非」，無意造成大規模的運動，也無意當成反革命刑事案件
處理。

胡風案則顯然不同，從 1952 年「胡風文藝思想討論會」開始，中宣部只
將其問題的性質定爲「反馬克思主義」及「反現實主義」；1954 年「萬言書」
呈上後，有人以爲他是想與周揚爭奪文藝領導權，也有人以爲他是爲流派爭
地位〔註23〕；1954 年底胡風文藝思想被毛澤東納入「批判資產階級唯心論運
動」的框架之內，如果其後不出現意外的話，「批判胡風運動」本應於 1955
年 5 月間結束，並作出類似「《武訓傳》批判」、「紅樓夢研究批判」、「《文藝
報》錯誤批判」及「胡適思想批判」類似的結論，既不會危及胡風本人的生
存，更不會禍及無辜。就此而論，當年上海的一些教授學者爲胡風受批判而
向賈植芳表示祝賀，並不是毫無原因的。

四

然而，出乎所有人意料的事終究還是發生了：1955 年 6 月前後，毛澤東
突然將胡風問題升級爲「反革命集團」，又決定要「做一點文章進去」，硬生
生地將一群雖不甚「單純」其實也並不「複雜」的「文化人」推到美蔣反動
派的懷抱中，立即批捕，成立專案，迅速擴大化，以此作爲「肅反」運動的
助推劑，開了解放後以打擊「現行反革命」來推動政治運動的先河。

那麼，是否可以說，「做一點文章進去」，就是毛澤東決定將胡風問題由
「反黨集團」升級爲「反革命集團」的樞機所在呢？

根據目前掌握的資料，毛澤東是在「第三批材料」公佈前作出這一決斷
的。6 月 3 日毛澤東在中央關於揭露胡風集團的指示上作了批語和修改。修改
後的指示如下：

> 各省市委和黨組必須認識這一斗爭的目的，不但在於肅清胡風
> 反革命集團分子，主要的是借著這一斗爭提高廣大群眾（主要是知
> 識分子和幹部）的覺悟，揭露各種暗藏的反革命分子（國民黨特務
> 分子，帝國主義特務分子，托派分子和其他反動分子），進一步純潔

〔註23〕 康濯《〈文藝報〉與胡風冤案》寫道：「他們（指胡風派）把黨在文藝界的領
導，看成是長期的『教條主義統治』，他們的目的就是要改變這個『教條主義
統治』，要由他們、或者至少由他們成爲主要參與者來領導文藝。」按，胡風
曾說「萬言書」的宗旨是關注文藝界的「建黨問題」，與康濯說似有聯繫。

革命隊伍。因此，當鬥爭有了進一步發展時，就要公開號召一切暗藏的反革命分子和反動分子進行自我坦白，這種坦白，向小組會向大會向負責人去做或寫書面材料都可以。但在中學學生和小學生中不要去進行這種坦白的號召。

6月6日毛澤東收到胡風專案組送來的「第三批材料」及鄧拓起草的《人民日報》社論，在撰寫完按語和注文（除了「延座講話」一條之外）後，又作出如下的重要批示：

定一、周揚同志：社論尚未看。對「第三批材料」的注文修改了一點，增加了幾段。請你們兩位或再邀請幾位別的同志，如陳伯達、胡喬木，鄧拓，林默涵等，共同商量一下，看是否妥當。我以爲應當藉此機會，做一點文章進去。

最好今天下午打出清樣，打出來後，除送你們要送的人以外，請送劉、周、小平、彭眞、彭德懷、董必武、張聞天、康生各一份（朱、林、陳雲同志不在家），並請他們提出意見，又及。〔註24〕

接著，毛澤東又重新改寫了鄧拓起草的《人民日報》社論，據林默涵說，改動之大，僅剩下了原來的標題。

歷史的一幕再次上演，5月11日凌晨毛澤東爲胡風的《我的自我批判》重寫「編者按」時，將康濯原撰按語中的「胡風及其小集團」升級爲「胡風反黨集團」，並將「第一批材料」的原標題《關於胡風小集團的一些材料》改爲《關於胡風反黨集團的一些材料》；6月6日他又爲「第三批材料」新撰「編者按」，將「胡風反黨集團」升級爲「胡風反革命集團」，並完全改寫了鄧拓起草的《人民日報》社論。唯一不同的是，前一次定性時僅徵求了中宣部正副部長陸定一和周揚的意見，而這一次卻徵求了中央政治局和中宣部所有（除不在京者外）成員的意見，在形式上完成了集體領導的程序。

6月10日《人民日報》發表了社論《必須從胡風事件吸取教訓》及加有「編者按」的《關於胡風反革命集團的第三批材料》。「社論」與「編者按」的口徑完全一致，都著意於揭露該集團的「政治背景」，有著明顯的借打擊「現行反革命」來促進全國的「肅反」運動的政治意圖。摘錄這兩篇文章的首尾部分如下：

〔註24〕引自林默涵《胡風事件的前前後後》。

（社論開頭）今天本報發表了關於胡風反革命集團的第三批材料，進一步證明胡風和他的一夥是同帝國主義和蔣介石匪幫有密切聯繫的一群反革命份子。這一嚴重事件，應當引起全國人民的警惕，並從這個事件吸取教訓。現在，胡風集團的假面已被完全揭穿了。胡風分子到底是一些什麼人，現在也大體有了眉目。可以說，帝國主義國民黨特務份子，反動軍官，托洛斯基分子，革命叛徒，自首變節分子，就是這個集團的基本骨幹。

（社論結尾）必須注意清查出一切暗藏的反革命分子，必須堅決地有分別地對於清查出來的這些分子給以適當的處理。這是整個革命隊伍一切成員的任務，這是一切愛國者必須注意的大事情。

（編者按開頭）胡風反革命集團第一、第二兩批材料的公佈，激起了全國廣大人民群眾對反革命分子的極大的憤怒。人們要求追究胡風集團的政治背景。他們問：胡風的主子究竟是誰？關於這個問題，人民政府已經獲得大批材料，其中的一部分，我們把它放在這個「第三批材料中」發表出來。胡風和胡風集團中的許多骨幹分子很早以來就是蔣介石國民黨的忠實走狗，他們和帝國主義國民黨特務機關有密切聯繫，長期地偽裝革命，潛藏在進步人民內部，幹著反革命勾當。……

（編者按結尾）現在已經到了徹底弄清胡風這一批反革命黑幫的面目的時候了，中國人民再也不容許他們繼續玩弄欺騙手段！全國人民必須提高警惕！一切暗藏的反革命分子必須受到應有的懲處！

6 月 17 日毛澤東接見蘇聯大使尤金，談到將胡風集團定為「反革命」的依據。他提到專案組對胡風政治歷史問題的調查結果，提到「很多方面的負責階層裏已經並且仍然有胡風分子」，還提到「在中國，階級鬥爭越來越激烈」。

政治家的思維絕非「單純的文化人」所能理解。共和國的第一代領袖們為了全力推進意識形態領域裏興無滅資的進程，為了迅速地建立適應於社會主義革命和建設事業的上層建築，不懈地發起一個又一個的運動；他們渴望在強敵環伺的世界上獨力地開闢出一片新天地，急於將宏偉的共產主義理想藍圖化為現實，急切地運用各種方式統一全黨全國人民的思想和行為，毫不

猶豫地以雷霆手段無情地剷除一切分離主義傾向和疑似的反對派；在這歷史性的進程中，成功的喜悅常伴著失誤的痛苦，勝利的成果卻付出了慘痛的代價。這一切，只能放在當年的國內外政治環境中才能得到理解，而如何準確地評價其利弊得失，也許還要花上幾代人的時間。

　　胡風集團冤案或許就是在這種大思維下鑄成的，其最直接的後果恰如聶紺弩所說：「胡風上了十字架。幾千幾萬，幾十萬，各以不同的程度上了十字架。」從這個意義上說，他們可稱為時代祭壇上的犧牲品，政治的需要選擇了他們，他們於是便成為了歷史。

（初稿完成於 2006－6－28）

（三次修訂於 2007－6－22）

後　記

　　「胡風反革命集團」案是發生在建國初期的重大政治文化事件。上世紀八十年代初該案平反後，胡風研究、「胡風派」研究及「胡風集團冤案」研究逐漸成為熱門課題。

　　近20餘年的上述課題研究大體未能脫出單一政治詮釋的思路，基本上沿著兩條路徑前行：第一條路徑似可歸納為「同質說」，即認為胡風等的政治觀念和文藝主張與時代要求在總體上是一致的。持這類觀念的反思者（如馬蹄疾、戴光中、梅志、曉風、綠原、魯煤等）認為，胡風和「胡風派」的蒙冤是歷史的誤會，如今要還其馬克思主義文藝戰士的本來面目。他們的撰述多在於辯誣或申訴，並盡力彌合其與主流文藝思潮的歷史縫隙。第二條路徑似可歸納為「異質說」，即認定胡風等的政治觀念和文藝主張與文壇主流所提倡和鼓勵的基本上不一致。持這類觀念的反思者（如李輝、萬同林、林希、萬家驥、趙金鐘、王彬彬等）認為，胡風和「胡風派」具有可貴的獨立的理論品格，堪稱「受難的思想鬥士」。他們的撰述多在於努力地發掘其「主體意識」，並把胡風塑造成某種程度的自由主義者。

　　曾為人稱道的更「深刻」的叩問也有，上世紀末有林賢治的《胡風「集團」案：20世紀中國的政治事件和精神事件》（載《黃河》1998年第1期），本世紀初又有周正章的《胡風事件五十年祭》（載《粵海風》雜誌2005年第3期），其思路則更加政治化。

　　曾為人稱道的更「全面」的解析也有，王麗麗《在文藝與意識形態之間：胡風研究》（中國人民大學出版社「新生代學人文叢」2003年）採用西方現代社會科學研究方法「對胡風事件重新進行全方位解析」，以「去魅」說繞開事

件中的「政治糾纏」，以「去蔽」說繞開事件中的「人事糾纏」，將事件純化為「胡風的態度問題、理論問題和宗派主義問題」。然而，其著仍不能不爲舒蕪設置專章，依然擺脫不了「人事糾纏」。可見，「去」或「繞」並不是最好的方法。

原「胡風派」成員綠原曾提出另一個研究思路。他寫道：

> 胡風在魯迅逝世十年之後重新受到中國左翼文化界的批判，是因爲在自己的刊物《希望》上發表了舒蕪的哲學論文《論主觀》。另一方面，胡風作爲批判對象的尷尬處境解放後突然明朗化並日益嚴重起來，則是由於舒蕪1952年的「轉變」和反戈而促成的。要研究胡風問題及其對中國文化界和知識分子的教訓，不研究舒蕪是不行的；不僅應當研究他所揭發的「材料」，更應當從那些材料研究他的人品，研究當時的領導層通過舒蕪向知識分子所樹立的「樣板」，並通過這個「樣板」研究某些人所掌握的知識分子改造政策的實質。

> （《胡風與我》）

學者蔡可在書評《穿越文藝與意識形態之間的迷霧——讀王麗麗〈胡風研究〉》（載《現代文學研究叢刊》2005年第1期）中曾慨歎：「又是舒蕪，所有對胡風事件的敘述都不可能繞過這個人物。在展現胡風集團悲劇的全過程中，舒蕪是一個最關鍵的因素……」

上述二人的思路——「不研究舒蕪是不行的」，「舒蕪是一個最關鍵的因素」——把解讀胡風問題的著眼點放在被人們所忽略的「胡風派」主要成員舒蕪與胡風的關係演變上，具有一定的歷史依據和可操作性。

當然，孤立地研究舒蕪是遠遠不夠的，應該著重研究他與胡風交往的全過程，研究他們各各的文化觀念、社會實踐及其相互影響，認眞地探討導致他們關係演變的主客觀原因。除此之外，還得把「胡風派」其他重要成員（路翎、阿壠、方然、綠原等）也納入視野；還得兼及他們與毛澤東、周恩來、郭沫若、茅盾、胡喬木、陳家康、周揚等的交往及其與同時代其他作家的關係。

從作家關係史角度進行的系統的「胡風派」研究，目前國內外尚付闕如。

2001年，筆者曾進行過相關的嘗試，撰成專著《隔膜與猜忌：胡風與姚雪垠的世紀紛爭》。去年年初，筆者開始撰寫專著《舒蕪胡風關係史證》。

　　筆者在本著中繼續運用「文本細讀與文化人類學分析」的方法，審視「胡風派」主要成員交往的歷史狀態及演變過程，力求將單一的政治環境還原爲多元的歷史文化環境，將政治祭壇上的「神」和「鬼」還原爲歷史運動中活動著的「人」，把立足點從泛泛的或單一的政治、道德和人格層面轉移到對其不同的文化追求及社會角色位置的確定與分析之上。致力於具體地展示相關人物關係的演變契機、過程及結果，以揭示「胡風派」之有別於其他現代文藝社團的特質。通過對「胡風派」內部運動狀態及矛盾狀態的細節描述，從另一側面揭示「胡風派」及「胡風案」形成的主客觀因素，進而把握抗戰時期文化運動的特點及建國初年社會主義文化建設的某些特徵。

　　本著的重點難點在於如何克服固有的思維定勢，超越單一的政治或道德層面，以還原歷史。反例甚多：如周正章稱「胡風事件的發生，本質上是（排除自由主義知識分子之外的）主流社會的人們對社會認識的分歧而產生的衝突」（《胡風事件五十年祭》），這是單一政治思維而必然導致的結論；如林賢治稱「舒蕪選擇周作人作爲學術研究對象是饒有意味的」（《胡風「集團」案：二十世紀中國的政治事件和精神事件》），這是對舒蕪的學術經歷完全不瞭解所作出的揣測；如汪成法稱「從人性的角度出發，我願意把舒蕪的反攻胡風看得比周作人的投降日本更爲不可原諒」（《何人識得重與輕——從舒蕪和他的周作人研究談起》），這是從單一道德視角出發所作出的輕率判斷；如王麗麗稱胡風的最大特點是「拒絕（意識形態的）詢喚」，這是在未曾瞭解有關史實的情況下作出的草率結論（胡風於 1949 年、1950 年、1952 年、1954 年數度致信毛澤東表態、贈書、陳情、密告）；至於將胡風比擬爲「基督」，將舒蕪比擬爲「猶大」，神聖化或妖魔化其人，聶紺弩早在 1982 年致舒蕪信中就坦言：「我非常憤恨！」。

　　鑒於上述教訓，筆者在研究過程中，特別注重原始資料的考據，強調博採，主張細讀，對若干眾說紛紜的故實逐一進行證實或證僞的工作。

　　可證實的則證實。舒蕪與胡風的合作始於 1943 年，終止於 1947 年。其間，胡風對舒蕪的文化哲學研究有著具體的督導，舒蕪的理論成果也被胡風及「胡風派」同人廣泛運用。胡風借助舒蕪的幫助，使《希望》雜誌成爲不同於《七月》的綜合性文化刊物，「胡風派」（希呼派）有別於「七月派」的文化特徵由此形成。然而，由於文化背景及文化追求的差異，他們的合作並不很愉快；加之舒蕪對本流派的孤立狀態及胡風的宗派傾向越來越不滿，他

們之間不斷發生矛盾；更爲重要的是，胡風要拉著舒蕪繼續與政黨的文化思想運動分庭抗禮，舒蕪則始終在學術研究和現實政治鬥爭之間搖擺，他們之間的裂隙不斷擴大。1947 年前後，舒蕪因對胡風組織的「整肅」文壇運動有異議，開始受到路翎等的猜忌和排斥；1949 年前後，舒蕪因投身當地民主運動無暇與聞本流派的活動，已被阿壟等視爲「死人」；1950 年前後，舒蕪因坦誠地將「思想改造」的收穫通告本流派成員，引起胡風的強烈不滿，不僅與之絕交，還指使路翎向中央揭露其「政治歷史問題」，指使綠原多向舒蕪「請教」……

可證僞的則證僞。關於《論主觀》公案，胡風 1945 年有用以搪塞周恩來追究的「爲了批判說」、1950 年有用以對付何其芳批評的「雙簧說」及 1955 年有用以應付中宣部批判的「失察說」。筆者經考證提出：舒蕪《論主觀》的寫作，是爲了聲援在黨內受到批評的陳家康等人，主旨是對政黨的思想統一運動及思想控制手段提出質疑，胡風非常清楚該文的鋒芒指向，並對該文及後續諸文的寫作和修訂給予了非常具體的指導和督促。又如「舒蕪反戈」說，人們通常認爲，由於舒蕪 1952 年 5 月底發表《從頭學習〈在延安文藝座談會上的講話〉》，從而「引起」了中央對於「胡風小集團」的注意。筆者考證出：胡風於當年 5 月初上書毛澤東和周恩來，向中央正式提出「討論理論問題」、「安排工作」、「移家北京」等要求，中宣部根據中央指示已開始草擬處理胡風問題的方案。再如關於「舒蕪出賣胡風」說，人們通常認爲，舒蕪 1955 年 4 月撰寫《關於胡風的宗派主義的一些材料》時引用了胡風的私人書信，「出賣」了胡風。筆者考證出：胡風和路翎早在 1952 年「討論會」期間就曾向中央遞交過幾份報告，密報舒蕪爲「叛黨分子」和「破壞分子」（內奸）；1954 年 4 月胡風撰寫「萬言書」時有專節論及「舒蕪問題」，其中大量摘引舒蕪私人書信……

概而言之，舒蕪與胡風關係演變的決定因素在於各自不同的文化背景、文化素養及文化追求，舒蕪只希冀在文化哲學方面有所獨立建樹，而胡風則有借助政治之力而施展文化抱負的遠志。他們在處理政黨政治的要求及宗派內外部矛盾的方式上也有所不同，建國初期舒蕪力圖通過公開的途徑消解矛盾、塡補裂隙，卻不被本流派成員所理解。他的批評胡風宗派主義的文章都是獨立寫成且公開發表的，而胡風等對舒蕪的批評和揭發都是私下商議且秘密呈報的……

　　總之，筆者力求眞實地勾勒出舒蕪、胡風關係演變的歷史，並以此爲主線連綴相關歷史人物和歷史事件，期望能夠還原歷史運動中的某些被扭曲了的細節和線條。

吳永平

2007－3－30

附錄：舒蕪胡風關係簡表 [註1]

　　舒蕪，1922 年 7 月 2 日出生於安徽省桐城縣城內勺園方家，本名方管。

　　胡風，1902 年 11 月 1 日出生於湖北省蘄春縣下石潭鄉中窯村張家，譜名張名楨。

一九三七年　舒蕪 15 歲　胡風 35 歲

　　秋，舒蕪入安慶高中一年級。冬，返回故鄉桐城參加縣抗敵後援會宣傳工作隊，曾主編《桐報》副刊《十月》。

　　同年，胡風在上海創辦《七月》雜誌，後移至武漢出版。

一九三八年　舒蕪 16 歲　胡風 36 歲

　　1938 年春，舒蕪流亡到安徽省宿松縣，就讀於安徽省第三臨時中學，在縣動員委員會指導員周公正的指導下開始學習馬克思主義。夏，隨母親逃難到廣西桂林，在《廣西日報》副刊《南方》（艾青主編）上發表散文兩篇，分別署筆名「舒吳」和「舒蕪」。

　　同年 12 月 2 日，胡風從武漢抵達重慶，繼續主編《七月》雜誌。

一九三九年　舒蕪 17 歲　胡風 37 歲

　　1939 年春，舒蕪在江津入國立第九中學，讀高中二年級下學期。冬，高中肄業後與友人籌辦私立旅宜四川中學宜昌分校。在重慶《新華日報》上發表短論《用新方法整理國故》。

　　同年，胡風在重慶繼續主編《七月》雜誌。

〔註 1〕　曾載於《新文學史料》2010 年第 1 期。

一九四零年　舒蕪 18 歲　胡風 38 歲

　　春，舒蕪在四川省江北縣悅來場私立大夏大學附屬中學任國文教師，結識路翎，又經路翎介紹，結識何劍熏。

　　同年 10 月，郭沫若在國民黨軍事委員會政治部下組建文化工作委員會（簡稱「文工會」），胡風被聘為專任委員。

一九四一年　舒蕪 19 歲　胡風 39 歲

　　1941 年，舒蕪在何劍熏任教務主任的武勝縣沙魚橋建華中學任教，開始「用馬克思主義研究墨學」，撰寫著作《墨經字義疏證》。

　　同年 5 月，為抗議國民黨發動皖南事變，胡風在中共南方局的安排下避居香港。《七月》委託聶紺弩、歐陽凡海代管，出至第七集後停刊。

一九四二年　舒蕪 20 歲　胡風 40 歲

　　年初，舒蕪經叔父方孝博先生介紹，為國立中央政治學校教授黃淬伯當助教。不久，介紹路翎來中央政治學校圖書館任職。兩人同居一室。

　　同年 3 月，胡風從香港脫險抵達桂林。為《七月》停刊事責怪聶紺弩。

一九四三年　舒蕪 21 歲　胡風 41 歲

　　年初，舒蕪有志於「發展馬列主義」，轉入現代哲學研究，寫成論文三篇。

　　3 月 27 日，胡風攜全家從桂林抵達重慶，與喬冠華重逢並結識陳家康，他們有意發動一個「廣義的啟蒙運動」，以反對「整風運動」中出現的「以教條主義反對教條主義」的傾向。

　　4～5 月間，路翎帶舒蕪去中華文協所在地重慶市張家花園看望胡風，舒蕪初識胡風。

　　9 月 11 日，胡風致信舒蕪，建議他多關注「現實問題」，並暗示可以撰文與郭沫若爭鳴墨學。這是胡風寫給舒蕪的第一封信。

　　本月，舒蕪到賴家橋看望胡風，帶去現代哲學稿三篇。

　　10 月底，舒蕪寫成「反郭文」（與郭沫若爭鳴墨學的論文），交胡風審閱。胡風閱後提出意見。

　　同月，舒蕪的墨學論文《釋無久》發表於《國立中央大學文史哲季刊》第 2 期（黃淬伯推薦）。不久，黃淬伯介紹舒蕪認識顧頡剛（《文史雜誌》主編），顧約其撰寫《通俗墨子傳》。

11 月初，舒蕪把《釋無久》的「抽印本」寄給胡風。不久，胡風介紹舒蕪與對墨學有興趣的陳家康見面，並與喬冠華商定「反郭文」可在《群眾》雜誌上發表。

同月 22 日《中宣部關於〈新華日報〉、〈群眾〉雜誌的工作問題致董必武電》發來重慶，該電文批評「現在《新華》、《群眾》未認真研究宣傳毛澤東同志思想，而發表許多自作聰明錯誤百出的東西」。中共南方局開始內部整風。

12 月初，舒蕪根據胡風的意見修訂完「反郭文」，胡風即送交陳家康和喬冠華。

同月 16 日董必武《關於檢查〈新華日報〉、〈群眾〉、〈中原〉刊物錯誤的問題致周恩來和中宣部電》發往延安，該電文點名批評了喬冠華、陳家康、胡繩等近期撰寫的「有問題之文」。喬冠華等人在整風運動中作了檢查。

一九四四年　舒蕪 22 歲　胡風 42 歲

1 月 4 日，胡風從喬冠華處得知「反郭文」不能在《群眾》上發表，當天便通知舒蕪，並為其尋找發表的其他途徑。

同月，舒蕪完成顧頡剛先生約稿的《通俗墨子傳》（約 5 萬字）。

2 月，舒蕪撰寫論文《論主觀》，聲援在整風運動中挨批的喬冠華、陳家康等。文稿在朋友間傳閱。

3 月，胡風函告舒蕪，陳家康奉令回延安。舒蕪得知這一消息後非常驚惶，以為陳家康會受到嚴厲處分。胡風批評他「少見多怪」。

同月，舒蕪發表兩篇哲學論文（胡風推薦）。《論存在》載韓侍桁主編的《文風》第 1 卷第 3 期。《論因果》載郭沫若主編的《中原》第 1 卷第 3 期，同期發表的還有于潮（喬冠華）的《方生未死之間》、項黎（胡繩）的《論藝術態度與生活態度》和李念群的《人的道路》等。

同月中旬，路翎辭去中央政治學校圖書館的工作，移居重慶市郊北碚。

4 月 23 日，胡風來南溫泉中央政治學校看望舒蕪。

5～6 月，撰寫《論主觀》的續篇《論中庸》。胡風審閱後，認為該文頗有份量，「等於拋手榴彈」。又說，《論主觀》不便馬上推薦發表，要看了《論中庸》後再決定。

同月，舒蕪的哲學論文《文法哲學引論》載侯外廬主編的《中蘇文化》第 15 卷第 3、4 期合刊（胡風推薦）。

7 月，舒蕪的墨學論文《釋體兼》發表於《文史雜誌》（黃淬伯推薦）。

同月，胡風致信舒蕪稱，《希望》雜誌如能批准出刊，就先發表《論主觀》。

9 月 20 日，寫成顧頡剛先生約稿的《墨子十論上中下篇對照表》（15 萬字）。

同月，與胡風商討為《論主觀》寫「附記」及附錄「意見」等細節問題。

10 月底，經黃淬伯先生推薦，舒蕪應聘國立女子師範學院國文系副教授（由助教越級拔擢為副教授）。該校位於四川省江津縣白沙鎮。

一九四五年　舒蕪23歲　胡風43歲

1 月初，《希望》雜誌創刊號面世。胡風發表短論《置身在為民主的鬥爭裏面》，該文被人看作是《希望》的發刊詞。舒蕪的論文《論主觀》也載於該期，胡風在「編後記」中稱該文提出了「一個使中華民族求新生的鬥爭會受到影響的問題」，並說，希望讀者們「要無情地參加討論」。在該期雜誌上，舒蕪所作（論文和雜文）占刊物的七分之二。《希望》也因此成為文化類期刊。

1 月 25 日，文工會為《論主觀》召開小型討論會，馮乃超主持會議，茅盾、胡風、葉以群、馮雪峰等參加。茅盾和葉以群批評了《論主觀》，胡風十分不滿，立刻函告舒蕪。幾天後，馮乃超又召集了一個討論會，請來哲學家侯外廬，講演對《論主觀》的批評。胡風請求侯外廬「寫文章」。在此期間，胡風約舒蕪、路翎、阿壟來重慶商議反批評事宜。

2 月初，剛從延安返回重慶的周恩來召集座談會，討論《論主觀》及「客觀主義」問題，出席會議的有徐冰、喬冠華、陳家康、胡繩、茅盾、以群、馮乃超、馮雪峰等人，胡風在會上聲明發表《論主觀》是為了「引起批判」。次日，周恩來與胡風進行了單獨談話，告誡他「理論問題只有毛主席的教導才是正確的」及「要改變對黨的態度」。胡風給舒蕪寫短信約略告知情況，沒有把這次會議上他聲明發表《論主觀》是為了「引起批判」的話以及與周恩來單獨談話的內容如實告訴舒蕪，只說「還沒有正式問到你」，並勉勵其「再接再厲」。

4 月 13 日，胡風給舒蕪寄去兩篇關於《論主觀》的讀者來稿，催促他趕緊寫出「答文」（對《論主觀》批評者的反批評）。

5 月，舒蕪寫成「答文」，題為《關於〈論主觀〉》，胡風看後覺得「太鬥雞式的了」，退回讓其修改。該文雖經反覆修改，胡風始終不滿意，沒有發表。

同月，《希望》第 2 期出版，發表了舒蕪的哲學論文《論中庸》。胡風在「編後記」中肯定該文「可以作爲《論主觀》的補充」，「會引起進一步的探求」，並暗譏批評《論主觀》者爲「法西斯」和「混蟲」。

同月，舒蕪讀到了毛澤東《論聯合政府》，驚歎「已有眞的『主觀』在運行，奔突。似乎是，一個大意志貫串了中國」，並感慨於「對照於這個，我的一些喊叫，就不免灰白，可憐相」。胡風不以爲然，認爲「以前，何嘗不是肯定了它的」。他們對時事政治的看法開始出現分歧。

6 月，因女師學院教授間的派別矛盾，舒蕪由助教越級拔擢爲副教授事被告到「教育部」，他陷於可能被降職的難堪境地。他打算另謀職業，寫信給胡風要求「上壇」，就是在文藝或出版界找職業，胡風卻以爲他想參加《希望》編輯部分取收益，引起了很大的誤會，傷害了彼此的感情。

同月，舒蕪對「孤獨的個人的生活」（指「胡風派」自我孤立的傾向）及「羅亭」式的生活方式（喻有言論而無行動的生活方式）提出質疑，遭到胡風、路翎的嚴重猜疑和反駁。

8 月底，「重慶談判」開始。毛澤東的秘書‧中共理論權威胡喬木來到重慶，他兩次約請胡風談話，對舒蕪的《論主觀》和《論中庸》提出批評，並表示想約舒蕪見面談談。

10 月 11 日胡喬木隨中共代表團乘機返回延安，當天又隨同機返重慶，又兩次與胡風長談《論主觀》問題。胡喬木於是再次要求胡風帶信給舒蕪，希望能與作者直接交換意見。

11 月 8 日下午和 11 月 9 日上午，胡喬木與舒蕪兩次討論《論主觀》問題。第一次在場旁聽者有胡風和梅志，第二次在場旁聽者有胡風、馮乃超和邵荃麟。胡喬木未能說服舒蕪，但他的兩句結論給舒蕪留下了深刻的印象：第一句是，「毛澤東同志對於中國革命的偉大貢獻之一，是把小資產階級革命性同無產階級革命性區別開來，而你恰恰是把兩種革命性混淆起來。」第二句是，「毛澤東同志說過：唯物論就是客觀，辯證法就是全面。而你的《論主觀》恰好是反對客觀，《論中庸》恰好是反對全面。」

12 月，國立女子師範學院因「遷校」問題起風潮，舒蕪致信胡風，想請《新華日報》「喬、胡諸兄」（指喬冠華和胡繩）發佈消息，卻被胡風誤會爲他有求於「權貴」，受到嚴厲批評。

一九四六年　舒蕪 24 歲　胡風 44 歲

2 月 25 日，胡風全家搭乘飛機返回上海。

3 月，舒蕪編成雜文自選集，寄交胡風的「希望」出版社。曾擬書名爲《舒蕪雜文集》，受到胡風「太大氣了」的批評，後定名爲《掛劍集》。

4 月，在「教育部」的高壓政策下，國立女子師範學院「遷校」運動失敗。學院成立「院務整理委員會」，學生重新登記，教師重發聘書。舒蕪仍然被聘爲副教授，他拒聘，以此表示對「教育部」和「院務整理委員會」處理方式的強烈不滿。

6 月，舒蕪改寫《論「實事求是」》，該文爲哲學專著《生活唯物論》的「第一講」，其中大量引用《整風文獻》（收錄有毛澤東的多篇文章）中的詞句。

8 月初，舒蕪奉母出四川，返回故鄉安徽桐城勹園故宅。經黃淬伯先生推薦，舒蕪受聘江蘇省立江蘇學院中文系副教授，該校在徐州。

10 月 18 日，《希望》出完第 2 集第 4 期後停刊。

11 月 17 日，舒蕪抵江蘇省立江蘇學院任教。

本年，胡風對舒蕪撰寫的文章多有批評，或是「心境太弱了」，或是「熱力不夠」。

一九四七年　舒蕪 25 歲　胡風 45 歲

1 月，舒蕪多次給胡風去信，未得到覆信。

2 月 12 日，舒蕪再次給胡風去信，懇切地寫道：「我的親切的朋友和引路人，請許我問一句：是不是你已經覺得我正逐漸遠去，因而無話可說，無信可寫了呢？」

同月初，胡風的大哥張名山在家鄉湖北蘄春遇害，胡風忙於爲大哥申訴和呼冤，身心俱疲。

5 月初，舒蕪赴北平與陳沅芷訂婚。陳原是女師學院的學生，抗戰勝利後轉入北平師範學院繼續求學。月中返回徐州。

同月，舒蕪雜文集《掛劍集》由上海海燕書店出版，爲胡風主編的《七月文叢》之一。

6 月 21 日，路翎劇本《雲雀》由南京戲劇專科學校附屬劇團公演，胡風專程到南京觀看首演。

同月，江蘇學院學生爲要求改校名爲「江蘇大學」，通電罷課。

7月初，徐州綏靖公署的機關報刊出消息，說是江蘇學院此次學潮是「四教授從中煽動」的。迫於反動政府的淫威，「四教授」（中文系黃淬伯、管勁丞、方管和英文系楊先薰）同日離校。舒蕪即赴上海接未婚妻陳沅芷一同回家鄉桐城度暑假。到上海後，看望了分別近兩年的胡風。返程時經過南京，看望了朋友路翎。此時，他們的關係已發生危機。

8月初，舒蕪與陳沅芷在桐城舉行婚禮。月底，收到桂林師範學院國文系正教授的聘書。此職位是臺靜農先生託李何林先生介紹的，當時臺、李二先生均在臺灣執教，李先生原擬應聘桂林師範學院，後因故不能去。臺教授得知此事後，便請李先生致函桂林師院為舒蕪謀得此職。

9月初，舒蕪正待啓程，適逢劉鄧大軍千里挺進大別山佔領桐城。胡風等為他的處境擔心。

10月初，劉鄧大軍揮師西向。舒蕪偕妻赴上海，分途轉往北平和廣西。在上海期間，先借宿於胡風家，後因國民黨迫害民盟，胡風離家避難，舒蕪偕妻在堂兄、話劇演員方琯德處寄宿。

11月初，舒蕪抵廣西南寧，任國立桂林師範學院（改名南寧師範學院）國文系教授。

同月，舒蕪被捲入師院蓬勃興起的群眾性的愛國民主運動。當時南寧師院正掀起兩大運動：一是「復院暨挽留曾院長運動」，一是「營救楊榮國、張畢來兩教授運動」。他曾跟隨師院的「四老」，謝厚藩（理化系主任）、譚丕模（國文系主任）、陳竺同（史地系主任）及汪士楷（史地系教授），去監獄慰問楊榮國、張畢來先生。

本年，胡風指導一些青年朋友在各地積極討伐「主觀公式主義」、「客觀主義」、「市儈主義」等「反現實主義」傾向。舒蕪只在北平《泥土》上發表了幾篇雜文，沒有直接參加胡風發起的「整肅」文壇運動。胡風、路翎等甚少給他寫信，關係已相當冷漠。

一九四八年　舒蕪26歲　胡風46歲

年初，舒蕪繼續撰寫哲學著作《生活唯物論》。胡風1943年即建議他撰寫一本替代艾思奇《大眾哲學》的普及性哲學讀物，他這幾年數易其稿，時寫時輟，直到解放前夕才寫完。

2月，舒蕪在報紙上讀到郭沫若在港演講的報導（《郭沫若在港總結一年

來文藝運動》），郭在演講中指責胡風派爲「通紅的文藝，托派的文藝」，遂剪下來寄給胡風。

3～4 月，《泥土》等刊物繼續「整肅」文壇。同月，舒蕪致信胡風，對阿壟、王元化等人的文風提出批評，建議「對於自己朋友們的東西，似乎今後最好也要展開檢討（這希望你能做一做）；這也許更有積極意義的。」胡風未予理睬。

3 月，香港《大眾文藝叢刊》創刊，第 1 輯《文藝的新方向》出版，首篇文章爲「本刊同人，荃麟執筆」的《對當前文藝運動的意見》，對胡風文藝思想提出批評。

4 月初，胡風致信舒蕪，附寄《大眾文藝叢刊》第 1 輯邵文「校樣」（馮乃超寄給胡風的），囑其撰寫反擊文章。

5 月，香港《大眾文藝叢刊》出版第 2 輯《人民與文藝》，喬冠華發表《文藝創作與主觀》，文中批判了「到處都有生活，不管是前線和後方，當前問題的重心不在於生活在前線和後方，而是在於生活態度」，這是包括自我批評在內的批評。胡風斥之爲「他用胡風的名字洗了手」。

同月，路翎寫成《論文藝創作的幾個基本問題》，胡風審閱了文稿，並提出了一些重要的修改意見。該文載北平《泥土》第 6 期（1948 年 7 月 20 日）。

7 月，舒蕪撰寫《生活二元論》，反駁邵荃麟文。8 月初寄交胡風審閱，胡風提出若干意見。

9 月，胡風寫成長篇論文《論現實主義的路》，約六萬五六千字，擬交中華文協機關刊物《中國作家》發表，但遭葉以群拒絕。胡風痛斥葉爲「小棍子」，買回紙版，後交「希望社」出版。

12 月，香港《大眾文藝叢刊》出版第 5 輯《怎樣寫詩》。邵荃麟在《論主觀問題》一文中批判了舒蕪的《論主觀》，並明確指出，《希望》創刊號上胡風的短論《置身在爲民主的鬥爭裏面》「實際上也就等於《希望》社對文藝運動提出的宣言」。

同月 14 日，胡風離滬抵達香港。

一九四九年　舒蕪 27 歲　胡風 47 歲

1 月 6 日，胡風乘海輪離港赴東北解放區。

同月，桂林師院風潮又起。CC 派大特務黃華表接任院長，師院掀起「驅黃」運動。

3月4日，師院舉行「教授會會員大會」，選舉理事、監事，舒蕪（方管）為七理事之一。3月5日，師院舉行「教授會理監事聯席會議」，選舉常務理事，舒蕪為三常務理事之一。舒蕪自述在「教授會」中「實際上是個『機要秘書』式的角色，拿大主意的多是汪澤楷、譚丕模兩位」。他為「教授會」起草了許多文件，如《致教育部尋訪黃華表院長行蹤並請促其早日回院電》及在各報刊登的《尋訪黃華表院長啟事》，等等。

3月26日，胡風抵達北平，參加第一次文代會的籌備工作。籌委會主任為郭沫若，茅盾、周揚為副主任。常務委員7人，胡風為籌備委員（籌備委員共42人）。

4月初，廣西省政府主席黃旭初干預南寧師院風潮。黃華表被撤換，四位教授（譚丕模、謝厚藩、汪澤楷、王西彥）被「禮送出境」。

4～5月，胡風參加第一次籌委會「國統區作家提名會議」。他先後為綠原、阿壟、方然、冀汸等人爭取參會資格（路翎已獲籌委會提名，綠原、阿壟後獲通過，方然、冀汸未通過），卻未為舒蕪爭取提名。

7月2日，第一次文代會開幕。胡風為大會主席團成員（主席團成員共有99人）之一，未進入常務主席團17人名單。本月全國文聯成立，郭沫若任主席，茅盾、周揚任副主席，常務委員21人，胡風列名全國文聯委員（共87人）。本月全國文協（中華全國文學工作者協會）成立，茅盾任主席，丁玲、柯仲平任副主席，胡風為常務委員（共21人）。

9月，舒蕪完成哲學著作《生活唯物論》，全稿約25萬字，未出版。

12月4日南寧解放。

12月8日，舒蕪致信胡風，告知近況，並請求幫忙在上海北平謀職。

同月，舒蕪被選為南寧師範學院「院務委員會」委員。

一九五零年　舒蕪28歲　胡風48歲

1月12日胡風自北京致信舒蕪，告知文壇形勢，並告誡「多和老幹部接觸，理解這個時代」。3月舒蕪回信說「從老幹部們身上，看到了毛澤東思想的具體表現」。

同月，南寧被正式確定為廣西省會。南寧師院遷桂林。舒蕪和另外兩位教師作為進步教授被留下來，不僅承擔了許多社會職務，還被內定分別接掌當地三個中等學校，進而合併當地所有中等學校，也就是當地所有中等以上學校，因為南寧師院遷走後，當地除了一個規模極小的私立「西江學院」外

沒有高等學校。寒假期間，南寧市委宣傳部舉辦了全市的「青年學園」和「中小學教師寒假講習班」，市委宣傳部長兼任兩個主任，舒蕪任「教師講習班」的常務副主任。

3月，舒蕪被任命為廣西省立南寧高中（後改為南寧中學）校長，同時擔任南寧市人民政府委員、南寧市中蘇友好協會籌委會副主任、廣西省教師聯合會宣教部部長、廣西省文聯籌委會常委和研究部長、南寧市文聯籌委會副主任、廣西省人大代表等社會職務。

本月中旬胡風致信舒蕪，介紹他到東北人民大學任教。同月下旬，胡風把舒蕪的哲學文化論文集《走向今天》原稿退回，說是「書店看到你的名字就頭痛」，讓他在南寧設法出版。並說《論主觀》「這公案遲早要公諸討論的」，讓其寫文章「加以注釋，引起曲解的加以解答，不足的地方加以自我批判」。舒蕪未明確表態。

同月26日，阿壟因兩篇理論文章受到批評，匆忙地在《人民日報》發表公開檢討。路翎責其有「頹喪退陣之意」，而胡風則譏之為「裝死躺下」。

4月13日，胡風為論文集《為了明天》「校後附記」作「注」。在談到《論主觀》問題時，強調作者是作者，編者是編者，各負其責；又以五四時期劉半農、錢玄同演「雙簧」事為比擬，暗示他當年發表《論主觀》是「為了引起批判」。

7月11日胡風致信舒蕪，對舒蕪久不來信表示詫異。

同月，天津《文藝學習》主編魯藜撰寫文章檢討刊物工作，文中批評了阿壟。阿壟寫信告路翎，說魯藜拿他來「洗手」。

7月21日舒蕪覆胡風，說打算根據閱讀雪葦《論文學的工農兵方向》一書所得的「啟示」，「寫自我批評又兼解釋的文章一篇」。胡風收信後，即與舒蕪斷絕通信來往。

9月，舒蕪赴北京出席中蘇友好協會全國工作會議。途經武漢時與中南局機關報《長江日報》文藝組長綠原見面相識，綠原約其寫「談思想改造」的稿件。在北京期間，他與新朋舊友（胡風、路翎、歐陽莊、魯藜、魯煤等）見面，談及對「過去工作與生活的檢討」，引起胡風和路翎的反感。路翎責其「教條主義」，胡風批評他是「五四遺老」、「小貴族」。分別近兩年，他們之間已甚少共同的語言。

10 月 26 日，舒蕪返回南寧。30 日致信路翎，談到要「改正解放以來的無為」狀態，並說「綠原力勸我要動筆」。

一九五一年　舒蕪 29 歲　胡風 49 歲

年初，舒蕪開始「動筆」，陸續在中南大區機關報《長江日報》發表了幾篇文藝隨筆。

2 月，撰寫理論文章《怎樣學習〈實踐論〉》和《文藝實踐論》。後一篇未獲發表，曾寄上海雪葦，王元化代表雪葦寫了審稿意見。

11 月 2 日，舒蕪作為廣西省文聯（籌）代表團成員來武漢出席「中南區文學藝術工作者代表大會」，大會主題是動員全區文藝工作者參加土改運動和進行思想改造，大會發言中全是圍繞這兩個主題表態，檢討自己的「小資產階級思想」，舒蕪也作了題為《我的體會》的大會發言，談到「改造小資產階級的舊民主主義的思想」問題，回顧了 1945 年胡喬木的告誡「毛主席對於中國革命的偉大貢獻之一，就是把小資產階級思想和無產階級思想毫不含混的區別開來」。綠原將載有舒蕪文的《長江文藝》紀念特刊寄胡風，胡風稱之為「舒蕪懺悔小文」。

11 月 23 日，舒蕪返回南寧。行前綠原贈言兩點：「一是多做實際工作，一是不要流為『民主人士』。」

同月，《文藝報》第 5 卷第 2 期設置專欄「高等學校文藝教學中的偏向問題」，山東大學中文系主任呂熒受到強烈的衝擊。批判的浪潮延續到次年 2 月，呂熒負氣出走上海。胡風對呂熒此舉不甚理解，曾寫信給朋友稱：「對他不能存什麼希望的。能譯一點有用的東西，就好了。」

12 月 3 日，胡風被周恩來約見，長談 5 小時。周總理提到同志們都反映他「不合作」，還談到「（和共產黨）合起來力量大些」，等等。同月 20 日胡風致信梅志，稱：「剛才和嗣興說過，搬到北京來，我要開始寫批評，掃蕩他們，為後來者開出路來。寫十年，情形就要大變。但嗣興說，寫兩年就夠了！」

12 月 8 日，舒蕪去南寧市委，與宣傳部袁部長談寫檢討問題。同日發信告知綠原。

12 月 12～14 日，寫成檢討《向錯誤告別》，給有關領導審閱。

12 月 20 日，舒蕪與來廣西參加土改的魯煤長談，給他看了《向錯誤告別》。幾天後，魯煤致函轉告胡風，胡風斥舒蕪「想用別人的血洗自己的手」。

　　年底，中宣部召開「文藝工作會議」，決定開展「批判資產階級思想」的文藝整風學習運動。

一九五二年　舒蕪 30 歲　胡風 50 歲

　　1 月底，舒蕪給綠原寫了一封長信，談及近來思想改造情況，談到「我們過去那樣集中火力對自己人，確是失去立場；而對於黨的文藝領導，也確實是沒有組織觀念」，還寫到對路翎小說中人物「瘋狂」、「痙攣」的新看法。綠原即轉告胡風，胡風稱舒蕪為「弄潮兒」。

　　3 月以後，舒蕪奉命率隊在南寧圖書文具業主持「五反」運動。

　　4 月 23 日，周揚參加土改路經上海，在彭柏山陪同下來到胡風家裏與之長談。周揚批評胡風「（一）反對改造；（二）反對文學傳統」，彭柏山提議進行「內部討論」。

　　5 月 4 日，胡風給毛澤東、周恩來去信，提出「內部討論」等要求。

　　同月初，舒蕪起筆撰寫檢討文章《從頭學習〈在延安文藝座談會上的講話〉》，「學習毛澤東思想以解決《論主觀》一大公案」，載 5 月 25 日《長江日報》。

　　同月 30 日，胡風接受彭柏山建議開始撰寫紀念「延安講話」的表態文章，題為《學習，為了實踐》，6 月 3 日寫成。由彭柏山帶往北京交周揚審閱。

　　6 月 8 日《人民日報》轉載舒蕪《從頭學習〈在延安文藝座談會上的講話〉》，胡喬木撰「編者按」稱，「作者在這裡所提到的他的論文《論主觀》，於一九四五年發表在重慶的一個文藝刊物《希望》上。這個刊物是以胡風為首的一個文藝上的小集團辦的。」

　　同月，胡喬木指示《人民日報》向舒蕪約稿，要求他「寫篇較詳細的檢討和批評文章」，約稿信由武漢《長江日報》轉往南寧。本月底，舒蕪撰成《致路翎的公開信》。

　　同月，胡風得知這一消息後頗形慌張，通知路翎「準備作答」，並提示「當然還要牽涉到相交期間及解放後對他的看法罷」。

　　7 月 5 日，胡風接到周揚「約到京討論」的通知。行前，改定兩份給中央的報告，一份是「關於《希望》的報告」，一份是「關於舒蕪的報告」。

　　7 月 23 日，周揚給周總理去信。信中彙報「胡風文藝思想討論會」的安排，寫到「當努力爭取他轉變和改正自己的錯誤」。7 月 27 日，周總理在周揚信上批示：「同意你所提的對胡風文藝思想的檢討步驟。」

7月28日，周揚約胡風談話，並轉交周總理給他的覆信，信中說：「如能對你的文藝思想和生活態度作一檢討，最好不過。」次日，胡風「開始寫生活態度的檢討」，不久寫訖，交周揚。

8月6日，中宣部電告廣西省委宣傳部轉知南寧市委宣傳部，通知舒蕪來京參加「胡風文藝思想討論會」。舒蕪因參加試點學校思想改造運動，請求緩行。獲中宣部同意。

8月12日，胡風從周揚處得知舒蕪將赴京參會的訊息，當晚給綠原寫信，讓他在舒蕪至武漢轉車時「千萬和和氣氣地請教他，愈多愈好，那是有益的，為了學習」。

9月6日，中宣部主持的「胡風文藝思想討論會」召開第一次會議，與會者要求胡風「就『現實主義』、『生活』、『主觀精神』、『民族形式』和『五四』五個內容進行檢查」。

本月3日，舒蕪啓程北上，5日深夜抵武漢，凌晨轉車，未及看望綠原，7日抵京。

9月9日上午，中宣部文藝處副處長林默涵、嚴文井來找舒蕪談話，傳達了中宣部對胡風問題的基本態度，並給他看了周總理寫給周揚和胡風的信。

此時，舒蕪已讀到了周總理在周揚信上所作的批示及周總理給胡風的覆信，清楚地瞭解到上面處理胡風問題的宗旨，深切地體會到上面對胡風的「爭取愛護之情」。順便說一句，胡風此時似乎還未讀到周總理的批示。

9月25日，舒蕪的《給路翎的公開信》在《文藝報》第19號發表，「編者按」指出，「他們在文藝活動上形成一個小集團，在基本路線上是和黨所領導的無產階級的文藝路線——毛澤東文藝方向背道而馳的。」舒蕪給綠原去信徵求意見，綠原覆信，「一方面說他的態度『基本上是對的』，並表示願意檢查自己，另方面則希望他傳達一下北京的部署。」

10月15日下午，林默涵又來到舒蕪寓所，傳達上面對胡風問題處理的基本思路、胡風目前的認識狀況及如何幫助胡風諸問題。當晚，舒蕪給綠原寫信，如實地傳達了「北京的部署」，並完整地轉述了周總理給周揚和胡風兩封信的主要內容。綠原隨即轉告胡風。

11月26日，「胡風文藝思想討論會」舉行第二次會議，會前散發了三份列印材料：胡風的《一段時間，幾點回憶》、路翎的《答我的批評者們》和舒蕪的《向錯誤告別》。胡風、舒蕪先後發言。周揚作結論說，胡風還是將小資

產階級革命與工人階級混為一談，又未提到民族傳統問題，特別是對問題不嚴肅，對別人意見毫不考慮，等等。

12 月 11 日，「胡風文藝思想討論會」舉行第三次會議，林默涵、馮雪峰、何其芳發言，批判胡風文藝思想及宗派主義表現。

12 月 16 日，「胡風文藝思想討論會」舉行第四次會議，發言的有胡繩、邵荃麟、田間、陽翰笙、艾青等。周揚做總結發言，指出：「到今天，是應該做出結論的時候了。這個結論只有兩種，或是胡風對而黨錯了，或是黨對而胡風錯了。」要求由胡風「自己作結論」，胡風表態接受批評。

12 月 27 日，舒蕪離京返南寧。行前，以明信片向胡風辭行。

討論會期間，胡風向中宣部文藝處遞交《關於舒蕪和〈論主觀〉的報告》和《關於〈希望〉的簡單報告》等 2 份報告，路翎遞交「關於和舒蕪的關係的報告」、「對於舒蕪批評他的理論根據的分析」、「關於解放以來自己的工作情況」、「對於解放以前的創作的檢查」等 4 份報告。

討論會期間，舒蕪向林默涵提出調京要求，經與馮雪峰商量，同意調入人民文學出版社古典部工作。

一九五三年　舒蕪 31 歲　胡風 51 歲

1 月 30 日，林默涵的批判文章《胡風的反馬克思主義的文藝思想》在《文藝報》第 2 號發表，次日《人民日報》加「編者按」轉載。

2 月 15 日，何其芳的批判文章《現實主義的路，還是反現實主義的路？》在《文藝報》第 3 號上發表。

4 月，舒蕪全家移居北京，在人民文學出版社古典文學編輯部任編輯。馮雪峰任該社社長兼總編輯，聶紺弩任副總編輯兼古典部主任。

8 月，胡風全家移居北京，在《人民文學》當編委。邵荃麟任該刊主編，嚴文井任副主編，編委還有何其芳、沙汀、張天翼、袁水拍、葛洛等。

9 月 23 日至 10 月 6 日，中國文學藝術工作者第二次代表大會在北京召開。正式代表 560 人，列席代表 189 人。胡風、路翎、舒蕪為正式代表，胡風認為舒蕪不配「掛著代表的紅條」，同時對綠原、阿壟、方然、梅志等未出席表示不滿。全國文協改組為「中國作協」，胡風為「中國作協」全國理事會理事，未進入「主席團」（共 8 人）。

本年，胡風和路翎在《人民文學》《文藝報》上發表多篇作品。

一九五四年　舒蕪 32 歲　胡風 52 歲

3 月 4 日晚，中央在懷仁堂召開會議，周恩來和陳毅向 2000 餘名高、中級幹部傳達了中央對高饒問題的處理情況。聶紺弩出席了會議，會後向胡風「洩密」。

3 月 12 日，胡風「開始查閱冤獄材料」，準備撰寫「萬言書」。3 月 15 日「對林文（指林默涵的《胡風的反馬克思主義的文藝思想》）做出提綱」。3 月 17 日「對何文（指何其芳《現實主義的路，還是反現實主義的路》）作出提要」。3 月 21 日「開始寫關於理論部分的『材料』」，當年 7 月初全部寫成。「萬言書」的「事實舉例」部分有專節「關於舒蕪問題」，胡風在其中利用私人通信密告舒蕪的政治歷史問題和現實政治表現。

7 月 7 日，胡風校改「萬言書」，並在歐陽莊的協助下裝訂成冊。

同日中午，聶紺弩、何劍熏和舒蕪去胡風家拜訪，被胡風「罵出門去」。聶紺弩說出胡風「當初發表《論主觀》是爲了批判的」，舒蕪認爲此說與事實不符，說可以拿出當年的通信來「證明」。

7 月 22 日，胡風見政務院文教委員會副主任習仲勳，呈上「關於解放以來的文藝實踐情況的報告」（「萬言書」）和「給黨中央的信」。

8 月，舒蕪選注《李白詩選》在人民文學出版社出版。

9 月 15 日～28 日，胡風出席第一屆全國人民代表大會第一次會議。

10 月 16 日，毛澤東給中央政治局和其他有關同志寫了一封信（收入《毛澤東選集》時定名爲《關於「紅樓夢研究問題」問題的一封信》），「批判《紅樓夢研究》運動」開始。胡風以爲是他的「萬言書」起了作用。

10 月 24 日中國作家協會古典文學部召開「《紅樓夢》研究問題座談會」，舒蕪出席了這次會議，他的發言與聶紺弩、老舍等類似，「不提『兩個小人物』，只批判或批評胡適、俞平伯」。

同月 28 日，胡風聽到「萬言書」將要出版的消息。

同月，人民文學出版社指派舒蕪根據「程乙本」重新校點《紅樓夢》，臨時重印本不久面世，糾正了原汪靜之本之誤。

10 月 31 日至 12 月 8 日中國文聯主席團和中國作協主席團先後聯合召開了八次主席團擴大會議，主持會議者爲文聯主席郭沫若，參加會議者數百人。

11 月 7 日下午第二次會議，胡風發言。

11 月 11 日上午第三次會議，胡風補充發言。

11 月 17 日上午第四次會議，聶紺弩等發言，批評胡風對舒蕪的態度。

當天晚上，周揚、林默涵來胡風家，徵求他對出版「萬言書」的「理論部分」的意見。

12 月 8 日第八次會議。上午，丁玲批評胡風。下午，周揚作《我們必須戰鬥》的總結發言，指出胡風對舒蕪有著「狂熱的仇視」。

12 月 11 日，胡風寄習仲勳信及呈毛澤東的報告。報告題爲《幾個月來的簡況》，起草於 11 月 30 日，12 月 10 日改定，內容爲反映「批紅」運動「變質」事。

12 月 16 日，胡風開始寫「檢討」。同月 24 日，寫成「檢討」初稿。

同月，毛澤東指示《文藝報》發表胡風「萬言書」中的第二、四部分，爲胡風思想定的性質是「資產階級唯心主義的文藝思想」。這是毛澤東爲胡風問題作的第一次定性。

同月 25 日，胡風從朋友處得知「萬言書理論部分」將公開出版的消息。

本年，舒蕪主編《〈紅樓夢〉問題討論集》（共四集），收 1954 年 9 月至 1955 年 6 月全國各報刊發表的討論文章 129 篇，作家出版社 1955 年 6 月出版。

一九五五年　舒蕪 33 歲　胡風 53 歲

1 月 2 日，中國作協黨組書記邵荃麟代表作協黨組，起草給中宣部的報告。

1 月 7 日，胡風開始構思《我的自我批判》，同月 10 日寫成第一稿，同月 19 日寄周揚、喬冠華和陳家康。

1 月 8 日，胡風訪袁水拍道歉。訪邵荃麟、劉白羽，談了三個小時。收到「萬言書」的《關於幾個理論性問題的說明材料》的清樣。

1 月 12 日，作協主席團爲《文藝報》刊發「萬言書」所寫的「按語」呈送毛澤東，毛澤東加上「（在）群眾中公開討論，然後根據討論結果作出結論」一句。

1 月 14 日，胡風訪周揚，表示不希望「萬言書」發表，如發表，則請附上他的《簡單的說明》。

1 月 15 日，周揚寫信請示中宣部部長陸定一併轉毛主席。毛澤東當天批示：「應對胡風的資產階級唯心論，反黨反人民的思想，進行徹底的批判，不要讓他逃到『小資產階級觀點』裏躲藏起來。」這是毛澤東爲胡風問題作的第二次定性。

1月20日，《中共中央宣傳部關於開展批判胡風思想的報告》上報中央。1月26日，中央以（55）018號文件的形式批轉了中宣部的這個報告。「批判胡風運動」正式拉開大幕。

1月30日周揚、邵荃麟約見胡風，說明「自我批判」第一稿「暫不能發表」的理由。

同月底，《文藝報》第1、2號合刊附發了《胡風對文藝問題的意見》（「萬言書」的第二、四部分）。

2月2日胡風改寫「自我批判」第二稿，7日改定寄周揚。仍未通過。

同月，舒蕪撰《反馬克思主義的胡風文藝思想》發表於《中國青年》第4期。

3月8日夜，喬冠華、陳家康、邵荃麟三人來到胡風家，傳達周總理指示。

同月15日，胡風改訖「自我批判」第三稿。26日，胡風為第三稿寫「附記」。

4月13日，舒蕪撰《胡風文藝思想反黨反人民的實質》發表於天津《大公報》。

同月，《人民日報》編輯部編輯葉遙上門約舒蕪撰寫批判「胡風的宗派主義」的稿件，舒蕪向其說明將利用胡風給他的信件為材料撰文，葉遙請示報社文藝部領導，均無異議。

同月底，舒蕪撰成《關於胡風的宗派主義》。《人民日報》文藝部為了核對原文，派編輯葉遙上門借走胡風致舒蕪的全部書信。《人民日報》文藝部將舒蕪原稿及書信送呈中宣部文藝處處長林默涵審閱。

5月3日前後，林默涵讓《人民日報》編輯部通知舒蕪來中宣部談稿子。林在原信上畫了記號和槓槓，指示舒蕪摘抄分類，並擬定了四個小標題。

同月7日前後，舒蕪編撰完成《關於胡風小集團的一些材料》，送《人民日報》轉交林默涵。

同月8日前後，周揚與林默涵商定舒蕪的「材料」和胡風的「自我批判」在《文藝報》第9號發表。《文藝報》清樣打出後，送周揚審閱。

5月9日夜，周揚把胡風的「自我批判」和舒蕪的「材料」清樣呈送毛澤東，並附信請示。

5月10日，毛澤東將舒蕪的「材料」改題為《關於胡風反黨集團的一些材料》，並親自撰寫「編者按」，指示在《人民日報》發表。這是毛澤東為胡風小集團作的第一次定性。

次日淩晨，周揚收到「編者按」及原清樣，即交《人民日報》付排。

5月13日，《人民日報》在第二、三版上發表了加有「編者按」的胡風的《我的自我批判》，及該文的「附記」、《對「關於幾個理論性問題的說明材料」的檢查》和署名「舒蕪」的《關於胡風反黨集團的一些材料》，但把胡風「自我批判」的第三稿錯排成第二稿加第三稿的「附記」。

當天早上，胡風發現「錯排」，打電話給周總理辦公室反映，周總理責令周揚調查。周揚調查後彙報，周總理責令《人民日報》「更正胡風檢討稿」並「做檢討」。

當天上午10時許，周揚、林默涵、袁水拍、康濯等商議如何處理「錯排」事件。中午，周揚決定向毛澤東彙報請示。

當天下午1時許，周揚帶回毛澤東的最新指示，說胡風是「成了反革命了」，「要逮捕」，並說「錯排」事已無關緊要。這是毛澤東為胡風問題作的第三次定性。

5月16日晚，公安部派員拘捕了胡風。據林默涵說，「拘捕前，全國人大常委會舉行會議，通過了取消胡風人大代表資格的決議。」

6月3日，毛澤東審閱修改中央「關於揭露胡風集團的指示」，指出：「各省市委和黨組必須認識這一斗爭的目的，不但在於肅清胡風反革命集團分子，主要的是借著這一斗爭提高廣大群眾（主要是知識分子和幹部）的覺悟，揭露各種暗藏的反革命分子（國民黨特務分子，帝國主義特務分子，托派分子和其他反動分子），進一步純潔革命隊伍。」這是毛澤東為胡風小集團作的第二次定性。

6月6日，毛澤東審閱修改「第三批材料的注文」及鄧拓起草的《人民日報》社論，批轉中央政治局成員及中宣部和《人民日報》負責人，提出「我以為應當藉此機會，做一點文章進去」。

6月10日，《人民日報》發表社論《必須從胡風事件吸取教訓》及加有「編者按」的《關於胡風反革命集團的第三批材料》。

2006－9－16 初稿
2009－8－18 改定